君蘭詩卉

李菁 編著

黄山書社

中國著名書畫大家
天津美術學院教授　恩師孫其峰先生為我《尋蘭訪竹》詩集而作

目錄

前言……一

題辭

序……三
風月資吟嘯　竹蘭得性情……四
讀李菁先生《尋蘭訪竹》集……七
題李菁《尋蘭訪竹》十首……九
賀菁君《尋蘭訪竹》編著初稿……一〇
讀李菁窗友《尋蘭訪竹》集……一一
讀李菁《尋蘭訪竹》集……一一
讀菁君《尋蘭訪竹》集……一二
奉和謝嘉德教授（讀菁君《尋蘭訪竹》集）原韻……一二
讀李菁先生《尋蘭訪竹》感賦……一二
讀李菁《尋蘭訪竹》有感……一三
曉寒教授題辭……一三
重讀李菁先生《尋蘭訪竹》集……一三
讀李菁吟兄詩集……一四
李菁先生《尋蘭訪竹》詩集讀後感賦……一四
再讀《尋蘭訪竹》有感……一四

詠物

詠菊……一五
竹林河……一五
詠竹……一五
附錄　吴君荃芝兄《金縷曲》一首……一七
詠蘭九首……一七
詠菊……一八
《非是花中偏愛菊》五首……二〇
詠竹（集古人句）……二〇
詠梅三章……二〇
詠梅二首……二一
詠蘭六首……二一
題自畫水墨蘭竹……二二
詠蘭五首……二二
詠梅二首……二三
寫竹……二三
詠蘭竹……二三
詠風竹……二三
題山谷蘭花……二四

詠竹（五言排律）……二四
詠菊……二四
題畫蘭……二四
詠竹……二四
附録　吴君荃芝兄和韻……二六
詠竹有寄……二七
敬題恩師孫其峰教授惠賜墨竹手卷……二八
又敬題集句八首……二九
依前格再集八首……三〇
附録　吴君荃芝兄敬題五言排律一首……三一
敬題孫其峰教授花卉手卷感賦三首……三一
奉和常老開愚先生
《題李菁墨竹圖》原玉……三三
附録　先生原作……三三
題黄山迎客松……三三
黄山蓬萊三山……三三
詠竹……三三
吟興未已再成三律……三四
題畫……三五
雪梅圖……三五
蟠桃圖……三五
春柳七律一章（集唐）……三五
丁亥春過山村喜新筍參
差高與檐齊感而賦此……三六
題《芙蓉仙鶴圖》……三六
竹影……三七
畫竹……三七
詠竹二首……三七
奉和謝君嘉德兄《詠竹》五律……三七
附録　嘉德兄原作……三八
奉和吴君荃芝兄《詠竹》……三八
附録　吴君荃芝兄新作
《李家山翠竹十首》……四二
竹之歌二首……四三
讀恩師《墨竹手卷》感賦……四五
詠竹五律一首……四六
奉和會友弟題畫蘭竹詩……四六
附録一　會友《題菁兄畫蘭竹》原作（新韻）……四六
附録二　朱鳳翔和韻（新韻）……四六

奉和會友弟題畫風竹詩……四六
附録一　會友《題菁兄畫風竹》原作……四六
附録二　朱鳳翔和韻……四六
蘭蕙辭七絕四十首（集句）……四七
山中蘭……五三
附録　吴君荃芝兄詠蘭六首……五三
牡丹……五四
白鷺……五四
奉和會友弟題畫梅原韻……五五
附録一　會友原作……五五
附録二　朱鳳翔和章……五五
奉和會友弟題畫雪梅原韻……五五
附録一　會友原作……五六
附録二　朱鳳翔和章……五六
題竹梅……五六
題自畫四君子圖……五六
題自畫彩墨松柏圖六首……五六
學畫四君子……五七
題畫梅六首……五八
題畫蘭三首……六〇
題畫竹五首……六〇
題畫菊三首……六二
詠蟬……六二
題自畫梅月圖……六三
題友人工筆荷花圖……六三
詠梅八章……六四
詠菊集句五十章……六五
詠梅集句五十章……七二
辛卯古稀又五生辰寫疏影暗香圖
效姜白石詞意補題……八〇
詠梅五律二首……八〇
詠竹集句四十首……八一
詠花小詩二〇〇首……八六

抒　懷

夏日偶成……一〇七
秋日偶成……一〇七
重九晚眺……一〇七
秋晚……一〇七

我的祖母黄氏新婚老大人……一〇七
己亥除夕……一〇八
登紫雲巖……一〇八
春遊和韻……一〇八
綺懷二首……一〇九
不寐……一〇九
倚欄……一〇九
秋夜即事……一〇九
思歸……一〇九
羈旅三首……一一〇
重九……一一〇
寄內……一一〇
留別……一一一
書懷……一一一
七夕客中書感……一一二
柬友人……一一二
秋夜……一一二
秋江晚眺……一一三
公園見菊有感……一一三
古書……一一三
歸期……一一三
春日偶成……一一四
旅居……一一四
村居晚步……一一四
東門外……一一四
孀婦吟……一一四
居江樓有感……一一五
花月吟……一一五
舟中对月……一一五
回文二首……一一五
秋日謁明長陵……一一五
賀友新婚……一一六
次友人《晚春偶感》原韻……一一六
春暮有感（集唐）……一一六
春歸（調寄《一剪梅》）……一一六
水上征途偶成……一一六
霜葉紅於二月花……一一七
春閨怨……一一七

秋閨怨…………一一七
深宵對月…………一一八
殘月…………一一八
贈予婧女史二首…………一一八
初面呈予婧女史…………一一九
又集句四首…………一一九
奉和予婧女史原韻二首…………一二〇
秋心集龔自珍句…………一二〇
懷人四首…………一二〇
壬子秋初登廬山…………一二一
甲寅秋重上廬山…………一二一
仙人洞…………一二一
赴周溪虬門利家訪利君秉將兄…………一二一
乙卯初春乘輪船赴鄱陽途中偶成…………一二一
瓷都景德鎮（調寄《浪淘沙》）…………一二三
又七律一首…………一二三
送別予婧女史…………一二三
臨歧次予婧女史原玉…………一二三
與錦芬先生聯句…………一二三
登石鐘山…………一二四
題《桃花扇》集句七絕八首…………一二四
癸亥秋日偶書…………一二五
病中住院漫成三首…………一二五
有懷…………一二六
贈羽兄…………一二七
又呈七絕四首…………一二七
乙丑初冬自京南歸旅途偶成…………一二七
丙寅秋由潯陽赴秣陵乘舟過小孤山（集句）…………一二八
庚午春節潮州行…………一二八
偕荃芝兄遊鼓浪嶼登日光巖口占…………一二九
車中偶成…………一二九
恭賀張志安老師六十大壽…………一二九
西湖紀遊七絕二十首…………一二九
詩六首…………一三一
答秉將窗友並步原玉…………一三二

依韻酬答利君秉將窗友二首……一三二
七絶二首……一三三
過唐寅墓……一三三
暮春有感……一三三
偶感……一三三
小港……一三四
病中懷人二首……一三四
七律三首……一三四
重遊秦皇島四首……一三五
秋郊偶成……一三五
秦關握别……一三六
丁丑春興四首……一三六
我的父親運榮公……一三七
姑蘇勝景……一三八
悼錦芬家先生七律一首……一三九
又七絶五首……一三九
附録　吴荃芝和韻……一四〇
附録　光庭《悼錦芬叔四首》……一四一
七絶四首……一四一
春日偶成……一四二
春歸偶成二首……一四二
馬來西亞之遊……一四二
答謝張志安老師惠贈墨蘭……一四二
敬贈孫其峰老師二首……一四三
敬贈光庭師……一四三
揚州辭（每首嵌一『畫』字）……一四三
偶感十首（集句）……一四五
春日江行……一四七
暮春有感三首……一四七
題予婧詩草……一四七
再題七絶六首……一四七
春日閒居三首（集句）……一四八
春歸偶成（集唐）……一四九
村居偶感四首（集句）……一四九
倒疊前韻四首（集句）……一四九
《鄱陽湖上都昌縣》十首（次蘇軾

都昌南山詩原韻集句）……一五〇
附録　宋·蘇軾《都昌南山》詩……一五二
依清·朱海峰題莫愁小像八首（集句）……一五二
附録　清·朱海峰原作八首……一五三
讀運輝家先生《不繫舟詩抄》題後……一五四
落花（集唐伯虎句）……一五四
秋日山居偶成……一五五
漫筆八章……一五五
我的母親詹氏榮花大人……一五六
登黄山……一五七
重遊碣石山……一五八
牯牛降之旅（甲申八月）……一五八
聽琵琶……一五九
聽彈詞……一五九
聽歌……一六〇
楓田歌（調寄《憶江南》）……一六〇
絲綢路上（甲申八月）……一六一
牯牛降之旅（乙酉三月）……一六三
贈謝君嘉德兄……一六五
題窗友馮俊文瓷畫山水二絶句……一六五
敬和光庭師《八十抒懷》原韻（集唐）……一六五
山居自遣（集唐）……一六五
晚春山行五律三首（集唐）……一六六
集唐四首……一六六
送春三首……一六八
吴荃芝先生大作
《斷雲幽夢》讀後敬題……一六八
附録　曉寒教授讀荃芝先生
《斷雲幽夢》感賦……一六八
恭賀光庭師八秩大慶（集運輝先生句）……一六九
我生六難……一六九
附録　吴君荃芝兄二首……一七三
春歸（集唐）……一七三
鄱陽湖上（集唐）……一七四
鄱陽湖上有懷二首……一七四
閲小照書感……一七四
登滕王閣……一七五
有感（集唐）……一七五

和友人『真』字韻集唐七絕句…………一七六
秋日閒居書感（集唐一東韻十絕句）…………一七七
秋日山行書感…………一七八
閒居偶感…………一七九
旅遊短章…………一七九
小孤山之遊…………一八一
大鄣山之遊…………一八二
小武當山…………一八三
七星巖三首…………一八三
天涯海角…………一八四
乙酉四九連日大雪…………一八五
雪…………一八五
石頭城…………一八六
讀《紅閨春恨》贈鄒吉玲女史…………一八六
又集唐一首…………一八六
古稀…………一八六
又集句五首…………一八六
附錄　吳君荃芝兄和韻一律…………一八七
老友利君秉將硯兄同年闔家為我古稀生辰設宴小詩致謝…………一八八
有感五律二首…………一八八
登閱江樓覽南京全局書感…………一八八
讀曹雲峰老先生惠賜七律有感…………一八九
附錄　先生原作《賀李菁七旬壽辰》…………一八九
偶成…………一八九
贈淦源道兄…………一八九
感懷二首…………一八九
附錄　先生原作…………一九〇
《張志安畫雞》畫集讀後敬題…………一九〇
赴贛州過吉安寄懷鄒吉玲女史…………一九〇
大孤山之遊…………一九一
曹雲峰老先生八十華誕致賀…………一九二
附錄一　曹雲峰老先生八十自壽詩…………一九二
附錄二　利秉將　敬賀岳丈八十大壽…………一九二
贈張天元學友…………一九三
戊子重九憶昔故里龍山登高集唐五律二首…………一九三
又憶南山登高偶成…………一九四

我除搜句百無功……一九四
失眠……一九六
客中偶成……一九六
古稀又三……一九六
己丑仲春踏青歸來漫成十章……一九六
光庭院長瓷畫肖像讚……一九七
畫松為舅父霄鵬詹老先生八十華誕
祝嘏敬題小詩三首……一九八
又七律一首……一九八
志英師喬遷新居誌喜……一九八
拜讀志英師《娱晚齋吟草》敬題……一九九
師友聯誼會……一九九
再遊秦皇島……一九九
賀范瑞生窗友古稀華誕……二〇〇
贈范君瑞生窗友……二〇〇
宿都昌城……二〇一
鄱湖夜泛……二〇一
贛州八鏡臺……二〇一
以贛州《清代八景》戲作……二〇一
附録　吴君荃芝兄贛州懷古……二〇一
贈南京藝術學院孔六慶教授……二〇二
庚寅七四生日偶成……二〇二
附録　吴君荃芝賀李菁七四誕辰……二〇二
庚寅歲暮自遣……二〇二
贈張育賢師兄……二〇三
贈輝義同窗……二〇三
觀徐慶庚道兄彩墨人物國畫喜題……二〇三
插秧歌三首……二〇三
偶書……二〇四
感事呈清華大學教授梁任生先生……二〇四
壬辰季春陪同秦關客人看油菜花
途中偶成……二〇四
壬辰季春齊雲山上看油菜花……二〇四
春日遣興（集句）……二〇五
看曾子三清山水墨寫生稿喜題二首……二〇五
曉寒教授《陶人新詠》付梓

喜成七律三章……二〇五
和會友登南山韻……二〇五
附録　會友原作……二〇六
寫蘭竹有懷……二〇六
附録　會友和韻……二〇六
丁千教授瓷繪珍品展敬題……二〇六
故鄉風月好　湖山入畫圖……二〇六
無　題
無題四首（與利君秉將兄聯句）……二一八
無題五首（集句）……二一八
無題七絕七首……二一九
無題七律二首……二二〇
無題七絕一首……二二〇
無題（集李義山句）……二二〇
無題六首……二二一
疊前韻集句……二二二
無題三首（集句）……二二三
無題六首（集句）……二二四
無題七首（集句）……二二五
無題（疊前韻再集七首）……二二六
無題六首（效《疑雲集》體）……二二七
無題五首（效《疑雲集》體）……二二八
無題集句二首……二二八
無題（次謝君嘉德道兄《詠梅》韻）……二二九
附録　嘉德兄原作……二二九
無題九首……二二九
附録　吳荃芝絕句十五首……二三〇
無題六首（效《疑雲集》體）……二三二
又集句七首（以陳裴之詩句為首句）……二三三
無題集句三首（以李白詩句為首句）……二三四
無題集句六首……二三四
無題六首（效《疑雲集》體）……二三五
無題七律二首（效《疑雲集》體）……二三六
無題七絕二十首（集句）……二三六
無題八首……二四〇
無題九首（次鄒吉玲女史《無題》九首原玉集句）……二四〇
附録　鄒吉玲《無題》九首原作……二四二

無題（集句）……………………二四三
無題集句十首……………………二四四
無題七律一章……………………二四五
無題二首……………………二四六
無題四首（集句）……………………二四六
再疊前韻（集句）……………………二四七
無題（調寄《浣溪沙》）……………………二四七
無題（調寄《玉樓春》）……………………二四七
無題（七絕一首）……………………二四八
無題集句四首（次荃芝兄・新韻）……………………二四八
附錄　荃芝兄原作（新韻）……………………二四八
無題（五律一首）……………………二四九
無題四首（集韓冬郎句）……………………二四九
再集韓冬郎句四首……………………二四九
無題五首（集李義山句）……………………二五〇
無題四首（集句）……………………二五〇
無題五首（調寄《憶江南》）……………………二五一
無題十首（檢『尤』字韻集王次回句）……………………二五二
無題三首（集王次回句）……………………二五三
無題（效友人《傷別離》・集唐）……………………二五三

唱　酬

奉和余正新先生
《愛河滾滾苦無邊》原玉……………………二五九
附錄一　余正新先生原作……………………二五九
附錄二　李錦芬先生和答……………………二六〇
甲子深秋奉和荃芝道兄
《臨別留題》七律原韻……………………二六一
附錄　荃芝兄原作（新韻）……………………二六一
奉和錦芬師《席間贈荃芝》原玉……………………二六二
附錄一　錦芬先生原作……………………二六二
附錄二　吴君荃芝兄奉和錦芬先生
《席間見贈》原玉三首……………………二六二
奉和謝君嘉德兄
《重上廬山》七律一首……………………二六二
附錄　嘉德兄原作……………………二六三
奉和光庭先生己巳重九
遊南山原玉……………………二六三
附錄　光庭先生原作……………………二六三

奉和光庭先生《漫興》原玉……二六四
附錄　光庭先生原作……二六四
奉和李璐女史原玉四首……二六四
附錄　李璐女史原作……二六四
奉和某女史七絶原玉四首（集句）……二六五
次原韻再集一首……二六五
附錄　某女史原作……二六五
奉和會友《送春》
七絶四首原玉（集句）……二六六
疊前韻（集句）……二六六
附錄　會友《送春》原作……二六七
奉和會友《湖上》五律一首……二六七
附錄一　會友原作……二六八
附錄二　國樑兄和韻……二六八
附錄三　謝君嘉德兄和韻……二六八
集句五首（謹依曹雲峰老先生
《六六感懷》原玉）……二六八
附錄一　先生《六六感懷》原作……二六九
附錄二　利秉將依韻《感懷》五首……二七〇
附錄三　吴荃芝和韻……二七〇
奉和光庭先生《移居縣城東湖
書懷》原玉……二七一
附錄　光庭先生原作……二七二
奉和予婧女史《偶成》原玉四首……二七二
附錄一　予婧女史原作……二七三
附錄二　吴君荃芝兄和韻二首……二七三
次前韻酬答荃芝道兄二首……二七三
敬酬曹雲峰老先生賜贈七律……二七四
又次先生七絶原玉集句四首……二七四
附錄　先生原作……二七五
奉和謝君嘉德兄《三峽》五律集唐……二七五
附錄　嘉德兄原作……二七五
贈小帥……二七五
疊前韻集唐二首……二七六
附錄　小帥和韻三首……二七六
恭和劉老師雲鶴先生
七律原玉（集句）……二七六
附錄　先生原作……二七七
恭和家先生韻僧伯父
惠贈七律原玉（集唐）……二七七

附錄　先生原作……二七七
恭和常老開愚先生惠贈
大作四首原玉（集句）……二七八
附錄　先生原作……二七八
奉和謝君嘉德兄《五絕》原韻……二七九
疊前韻集唐七絕五首……二七九
奉和利君秉將兄
《歸田歌》十首原韻集句……二八〇
附錄　秉將兄《歸田歌》十首原作……二八二
恭和光庭師《八十自壽》
七律原玉……二八三
附錄　光庭先生原作（新韻）……二八三
奉和邵天柱先生《玉樓》七律原韻……二八三
附錄　邵先生原作……二八四
恭讀吳君荃芝兄近作《鄱陽湖
二首》次韻酬一……二八四
附錄　荃芝兄原作……二八四
奉和謝君嘉德兄《廬山
五律》依韻集唐二首……二八四
附錄　嘉德兄原作……二八五
奉和謝君嘉德兄《詠曇花》二首……二八五
附錄　嘉德兄原作……二八六
奉和謝君嘉德兄登黃鶴樓
《浣溪沙》詞原韻……二八六
疊前韻（集唐）……二八六
附錄　嘉德兄原作……二八六
奉和鄒吉玲女史
《無題》原玉（集唐）……二八七
附錄　鄒吉玲女史原作……二八七
長途電話……二八七
附錄　秉將兄原作……二八七
偶感示兒女……二八八
附錄一　曹雲峰先生和章……二八九
附錄二　利君秉將兄和章……二八九
附錄三　吳君荃芝兄《示兒》四章……二九〇
依謝君嘉德兄《五律》原韻集唐……二九〇
附錄一　嘉德兄原作……二九一
附錄二　吳荃芝先生和章……二九一

彭澤渡口過長江望小姑山次秉將兄《夢遊小姑山》原韻……二九二
附録　利君秉將兄原作……二九二
次遼寧錦西畢彩雲《無題》原韻集句……二九二
附録一　畢彩雲原作……二九三
附録二　李錦芬和韻……二九三
附録三　吴荃芝和韻……二九三
奉和吴君荃芝兄《謝劉長庚先生贈書》二首依韻酬一……二九四
附録　吴君荃芝兄《謝劉長庚先生贈書》原作二首……二九四
庚寅初伏過訪鄱陽莳山陳士林同窗……二九四
附録　吴君荃芝兄和章……二九五
寄懷張羽道兄……二九六
又呈五律一首……二九七
再呈七言絶句一首……二九七
附録一　吴君荃芝兄和章……二九七
附録二　吴荃芝贈李菁三首（新韻）……二九七
酬荃芝兄原玉三首（新韻）……二九八
讀《鄱湖遺韻》次董晉先生原玉……二九八
附録一　董晉先生原作……二九九
附録二　吴君荃芝兄和章……二九九
贈羽兄……二九九
附録　吴荃芝寄張羽先生次李菁《贈羽兄》其一原韻……三〇〇
恭和張煒先生《七十閒吟》原玉（新韻）……三〇〇
附録一　張煒先生原作（新韻）……三〇〇
附録二　吴荃芝先生和章（新韻）……三〇〇
奉和曉寒教授七夕招飲詩友相聚於名士閣中敘談甚歡口占原韻……三〇一
附録一　曉寒教授原作……三〇一
附録二　吴荃芝先生和韻二首……三〇一
附録三　沈沉先生和韻三首……三〇二
附録四　徐明柳先生和韻六首……三〇二
奉和嘉德兄冬遊美國大洋城五律……三〇三
附録　嘉德兄原作……三〇三
《尋蘭訪竹》拙集編成感賦恭酬眾師友……三〇三
跋……三〇四

前　言

我生長農村，幼承庭訓。漸長入私塾啟蒙，讀《三字經》、《百家姓》、《千字文》、《千家詩》、《幼學故事》等幼少讀物。先生衹要求學生熟讀和背誦課文，不作講解。五二年我入新式學校高小五年級讀書，五七年初中畢業。對昔年所讀《千家詩》時而默誦，稍能理解，亦欲學步。畢業前夕，一次春遊回來，在作文本上我試寫了五首七絕，因當時揚今批古，提倡新詩，且政治斧鉞森森，故語文老師在我的詩稿上連打了五個大『×』，給我善意警告。為此，我對格律詩遂不敢問津。以後雖偶然興發，衹在好友間傳閱，亦隨之拋棄，自愧淺陋，毋須惜之。

改革開放給人民生活改善帶來希望，我亦為衣食而艱苦奮鬬十餘年，直至新世紀的光臨，我漸漸清閒下來。窗友利君秉將兄見我清閒，要我整理舊作。遂從他家大木箱底將積存的幾百張詩稿全部傾倒出來，說：『我為君留存了幾十年，現在「完璧歸趙」，你自己去整理吧！』，我驚訝地說：『我的天哪！吾兄真有心人也！深情人也！』。

七二年我從河北秦皇島調回景德鎮工作，有幸結識了吳荃芝先生。吳先生的大德與高才令我仰慕和傾倒。我常常向他請教，獲益非淺。在整理拙作過程中還得到吉安當代詩人鄒吉玲女史的指導和修改。特別是我友丁克義先生北京大學的同窗禮慶貴先生對拙作的斧正、指導以及對我的教誨和鼓勵，均令我衷心感謝。沒有以上朋友的關懷和幫助，我則不可能有所收穫。另外，當代中國著名書畫家孫其峰教授為本集畫蘭竹大作並題寫集名，王運天先生為本集設計封面，曹雲峰老先生特為本集作序，還有鄒吉玲、禮慶貴、吳荃芝、李光庭、利秉將、常開愚、謝嘉德、高厚生、詹志英、韓曉光、邵天柱、黄孝發等先生的題辭，在此一併致謝。本人拙作基本遵循『平水韻』，間或用『詞韻』。至於與師友間唱和之作用韻亦隨時代，則另標『新韻』。拙集共録一千八百九十九首，其中有前賢與師友之作二百六十九首。拙集付梓感謝我同窗張君天元兄的大力資助。拙集有幸問世，敬請各位專家、學者以及愛好古體詩詞的朋友們多多給予批評指正。

李　菁

二〇一三年壬辰季冬於瓷都景德鎮

題辭　序

《尋蘭訪竹》詩集是李菁先生在從事陶瓷藝術創作的業餘時間，整理而成的一部詩集新著。它無論從詩的風格、意境和表現手法，都是十分成功的。讀後使人受益匪淺，誠有讀君詩詞三、五首，『勝我十年螢雪功』之感。

李菁（原名李會中）出身貧寒的瓷業工人家庭，早年畢業於景德鎮陶瓷學院美術系中專。畢業後懷著『窮且益堅，不墜青雲之志』的偉大抱負，致力於陶瓷仿古創作。由於他的刻苦鑽研，填補了仿元、明（永樂、宣德）青花瓷的空白，並多次獲得輕工業部和國家級優質產品獎，成為一代高級工藝美術師。他發表的論文，在上海古陶瓷科學技術國際討論會上得到了權威人士的讚賞。他仿的洪武釉裹紅瓷作品多次進入中外拍賣行，為古陶瓷愛好者所珍藏。

李菁先生多才多藝，用『宿世謬詞客，前身應畫師』一句話來開竅他是十分恰切的。他在鑽研陶瓷藝術的同時，又潛心詩詞研究。《尋蘭訪竹》詩集問世，是他繼陶瓷藝術成就後又一文學成就。詩集全書共分詠物、抒懷、無題、唱酬四部分。每一部分，各具特色，既學古人，又融古鑄今，推陳出新。全集意氣豪邁，才思橫溢，對修辭、煉句、對仗、聲律和典故，無不精心推敲。在集句部分，把不同時代背景的詩句和現實生活有機組合成一整體，賦予新的內容和新的意境。這種縱肆的筆調，多變的章法，可說是獨樹一幟。

李菁先生為人坦誠，不求聞達，文雅高潔，博學多才。《尋蘭訪竹》詩集中的『竹』與『蘭』，正反映了他的獨特個性。如同『竹』，不亢不卑勁堅韌，傲雪淩霜耐歲寒；又似『蘭』，不與群芳爭春豔，甘居幽谷有國香。他就這樣從早年到晚年，把畢生心血，傾注在藝術和文學上，默默地、辛勤地耕耘著，研製了大量青花、釉裏紅陶瓷仿古珍品和編著了《尋蘭訪竹》詩集，為世人所敬仰。

八秩翁曹雲峰於都昌周溪老街　二〇〇八年六月二十八日

風月資吟嘯　竹蘭得性情

李菁先生，原名李會中，生於一九三七年，祖籍江西都昌縣楓田村。其父以陶瓷業為生，家境貧寒。正所謂『寒門生貴子』，先生從小好讀書，耽吟詠，歸讀邀明月，出耕伴曉雲，即使在那艱苦環境中，也未肯荒蕪學業。及長，欲承父業，考取景德鎮陶瓷美術技藝學校（後改為陶瓷學院美術系中專）。學成後，先生懷著振興中國瓷業之抱負，致力於陶瓷仿古創作及理論研究，卓有成效，填補了仿元、明（永樂、宣德）青花瓷之空白。名望籍甚，如日麗中天。

筆者幸與李先生有一面之晤，見他溫文儒雅，翩翩有名士之風，光臨寒舍，遂令蓬蓽生輝！李先生專程送來其心血之作《尋蘭訪竹》詩集稿，邀余題辭作序，且徵求余之修改意見。余何德何能乎？竟勞先生遠道而至。則其虛懷若谷，禮賢下士之美德可知矣。余思之，閱歷不及先生之廣；學問不及先生之深，安敢勝任也哉！然先生態度之誠，言辭之切，令余又感卻之不恭。

今余芸窗拜讀，封面『尋蘭訪竹』四個大字躍入眼簾，蘭有國香竹有節，怎不令人滌塵消俗，高山仰止！本詩集分四部分：詠物、抒懷、無題、唱酬。均按時間順序編排。詩人之人生軌跡，心路歷程，井然可見，次第分明。首篇即『詠物』詩，主以梅、蘭、竹、菊四君子為題材，水仙、牡丹、芙蓉、翠柳、蒼松，點綴其間，似入金谷之園，花團錦簇，紅嬌紫嫩，搖曳生姿！

『鉛華洗盡潔無痕，千載羅浮冰雪魂，冷艷幽香難媲美，最銷魂處月黃昏。』（詠梅）

『洗盡鉛華色更妍，清凝水影淡凝煙，姍姍環珮今重見，相對應多未了緣。』（詠蘭）

『霜風吹過竹籬西，衹見花高葉葉低，非是花中偏愛菊，抱香終不委污泥。』（詠菊）

『竹有虛心是我師，淩雲勁節玉英姿，吟風嘯月傲寒暑，箇葉娟娟綠四時。』（詠竹）

讀著這類詩篇，你會想起一句耳熟能詳之語：詩如其人，人如其詩。詩人陶醉在一種境界中，他以花中四君子作為楷模，學習彼之骨氣、晚節，薰染彼之風華、情操，秉天地正氣而活，不畏權，不媚俗，修身如執玉。足以引起讀者心靈共鳴，所惠讀者也，何嘗不是一種精神維他命乎！

其餘三部分亦多佳篇，可圈可點。或借景抒情，或感事懷人，或弔古悲秋。詩人一唱三歎，曲盡人情，音韻鏗鏘，毫無艱澀之嫌，而具唐詩之遺風。例：『用情深處尺難量，病裏新愁瘦沈郎，悔把當初腸斷盡，而今欲斷更無腸！』讀來纏綿悱惻，耐人尋味。怨而不怒，哀而不傷，淡淡一縷清愁，直讓人迴腸盪氣！雖化用古意，然而詩人效古不凝古，古為今用，融古鑄今，乃成佳釀。

另外，每部分均安排有集句詩詞。其集句涉及唐、宋、元、明、清、近多個時代。然每首讀來，渾然一體，不著痕跡，堪稱佳構。若非飽讀詩書，博聞強識者，焉能如此輕車駕熟，遊刃有餘。其集句詩篇成為本書中另一道絢麗風采。讀者不禁陶醉在古色古香之氛圍中，那許多歷代傳世佳句，在李先生筆下，再現光彩。先生則裁雲剪霞，重構新境，天衣無縫，妙不可言！

李先生勤於治學，一技多能，在詩、書、畫三方面均有一定造詣。三藝互參，相得益彰。觀先生詩詞，識先生人品，其風神情韻，道山學海，讀者概可想見也。余謹賦詩一首以賀先生之《尋蘭訪竹》問世：

處世不隨時仰俯　為人自得古風流　文才雋永稱三昧　陶藝精深譽九州
訪竹尋蘭心裏樂　思鄉懷國客中愁　滄桑幾度詩潮湧　每有唐音繞指柔

又讀《尋蘭訪竹》集贈詩二首

其一

詩詞吾仰先生筆　戛玉鳴金秀可餐　仿古有方非造冶　創新不厭肯登攀
長持晚節松風繞　曲盡柔腸淚雨彈　書畫增輝稱大雅　陶瓷都裏出幽蘭

其二

丰神情韻真名士　惠我佳篇玉錦囊　一頁展開詩溢彩　幾行吟罷齒生香
芝蘭氣味幽而雅　松竹襟懷慨且慷　君乃淩雲高手筆　弘揚國粹美文彰

又聯語三則

其一　竹影横窗開畫本　蘭風生席入詩情
其二　品共春山多蘊藉　詩如秋月盡風華

其三　吟詩洗硯得其樂　雪案寒窗別有春

鄒　吉　玲　丁亥年孟冬於吉安市青原閣書齋

讀李菁先生《尋蘭訪竹》集

從同窗好友處有幸得以看到李菁先生的詩集《尋蘭訪竹》，看後實感驚歎。全集約一千八百餘首詩，幾乎全是律詩和絕句，看起來古色古香。

律詩和絕句屬於近體詩，其格律要求很嚴，對句中的平仄和韻腳都有一定的規範要求。現在，已經很少看到人們作近體詩了。即使有，大多是湊湊字數而已。李菁先生的詩，遵從近體詩的格律，黏對、平仄、韻腳都很講究，且韻腳壓的大都是平水韻。如果沒有深厚的古文底蘊是很難做到的。尤其是在新詩、新韻風行的今天，能看到這樣的『仿古』作品，實屬難得。

李先生的《詩集》中有相當部分是集句詩。將不同年代的名人名句集成一首詩，表達的是另外一個主題，創造了另外一種意境，真可謂是『古為今用』，看後覺得別開生面。

作近體詩很難，難就難在格律的要求上。古人為了作一首好詩不知道下了多少工夫，收集素材、覃思苦慮、孜孜以求地煉字煉句，『衣帶漸寬終不悔，為伊消得人憔悴』。李先生酷仿古人，光是詠竹詩就達百首之多。如果沒有對周圍事物的細微體察，沒有豐富細膩的情感，沒有苦思苦想的探求，是作不出這些詩的。李先生洋洋一千多首詩，不知道經歷過多少個『夜不眠』啊。正像他所說的『吟哦鎮日枯腸斷』『詩詞都是斷腸吟』。可以說，李先生的詩集堪稱為心血之作。

近體詩是我國唐宋以來形成的歷史文化產物，是寶貴的歷史文化遺產，是精神文物。對於物質文物的價值世人已經形成共識，對於精神文物的價值人們的認識尚有待提高。現在，許多地方成立了詩詞楹聯協會等民間文化團體，模仿古人賦詩填詞。但是，有的人想作古詩，又礙於近體詩嚴格的格律，不想下工夫，就想在變革近體詩的格律上打主意。豈不知，如果沒有了格律，還叫什麼近體詩呢？衹能叫新詩了，頂多稱之為古風罷了。新詩主要要求是意境，對於韻律上沒有嚴格要求。新詩也是詩，比舊體詩更活潑、更自由、更開放，自成一體，更適合年輕人，比較符合時代的潮流，作得好，也非常感人。因此，做新詩也不必『附庸』近體詩的風雅，更不必去觸動近體詩格律內涵的古老淨土。近體詩是中華傳統文化的重要組成部分，應該繼承和發揚光大。如何在古老的格律要求下寫出反映時代精神、時代特色的作品來，是歷史賦予新時代詩人的使命。李先生的詩在傳承中華古典文化上給我們樹立了榜樣。他的這本詩集很值得一讀。

讀李先生《尋蘭訪竹》集贈詩兩首

其一

蘭竹為知己　詩書伴一生　揮毫神鬼泣　處處蘊真情

其二

六難猶生實大奇　天才巧仿古青瓷※　縱情揮就萬竿竹　癡意凝成千首詩
明月清風歌古調　幽蘭寒菊賞芳姿　漁樵酬唱聲尤雅　李杜蒞臨應歎之

※ 巧仿古青瓷：意指仿元末明初時期的青花瓷（編者注）

北京·禮慶貴　敬題　二〇〇八年三月

題李菁《尋蘭訪竹》十首

吳荃芝

其一

地僻家貧歷苦辛　漁樵稼牧少年春　南山蘭竹成知己　北嶺松梅見性靈

擊浪鄱湖風雨雪　關懷世事去來今　祖傳半畝貧瘠地　帶雨和雲拌淚耘

其二

雄心壯志氣昂昂　仰慕瓷都入藝堂　面壁十年聲寂寂　揮毫卅載業煌煌

陶瓷仿古稱三昧　藝術創新譽四洋　元代青花今再造　絕無僅有示琳瑯

其三

百花齊放豔陽天　李子瓷園獨領先　窯火還原入化境　灰泥配釉術空前

精華蘊蓄造精品　大筆沉雄寫大千　歷盡瓷人勞與苦　宵衣旰食自年年

其四

陶瓷技藝巧紛紜　妙筆丹青飾錦紋　山水雲煙施彩墨　梅蘭竹菊吐清芬

詩詞委婉纏綿句　翰墨淋漓慷慨文　一首詩成思千慮　晨昏不輟苦耕耘

其五

讀罷詩詞感萬千　詩人艱苦有誰憐　嘔心瀝血囊詩句　立異標新作鄭箋

鄴架書山當重軛　詩鄉詞國自加鞭　時人欲問情何用　笑指雲霞別有天

其六

秋月春花總入詩　每憑筆墨意遲遲　愁來眉上無人識　苦溢心頭有夢知
北國情懷傷繾綣　南天淚血寫相思　分明一段霓雲幻　化作千秋萬古癡

其七

詩友深情亦夙緣　相邀把盞醉花天　吟哦擊節豪狂句　酬唱聯珠爛熳篇
志契神交情款密　字斟句酌意陶然　書中未得黃金屋　血已丹丹骨已仙

其八

五十年前一少年　書生風度自翩翩　心頭豪壯眉頭展　眼底煙雲筆底穿
畫愛菊花崇靖節　詩吟梅月仰逋仙　於牆思念於羹慕　千里迢迢拜大賢

其九

是是非非宇宙昏　書生報國苦無門　艱難遠上秦皇島　奮力耕耘塞北春
斗膽有時能罵鬼　騁懷無處不銷魂　文章事業留千古　萬里江天月一輪

其一〇

尋蘭訪竹意拳拳　不計辛勞不計年　赤日炎炎奔閩粵　寒風颯颯走幽燕
扶桑訪友酬知己　馬亞延君釋古玄　千里敦煌追往昔　茫茫史海證因緣

賀菁君《尋蘭訪竹》編著初稿

其一

尋蘭訪竹倍精神　擲地玲瓏作玉聲　君本藝壇高筆手　承前啟後邇遐稱

其二

丰神情韻紀詩魂　字字鏗鏘繞夢吟　集句本非容易事　書林墨海擷精英

其三

合是天生詠絮才　梅蘭竹菊永為懷　曾經筆墨成詩卷　也為丹青集畫材
菊可傲霜開更豔　人能濟世活而來　天涯十載歸來客　贏得詩書滿小齋

參天　李光庭　謹題　二〇〇八年五月

讀李菁窗友《尋蘭訪竹》集

利秉將

其一

尋蘭訪竹集　寓意幾人知　性傲三冬雪　腹藏萬卷詩
金蘭新玉蕊　翠竹老龍枝　明月珠山夜　揮毫潑墨時

其二

字字珠璣迴出群　筆耕墨耨矢辛勤　終生不步溫喬路　一世追求子建文
翰墨馨香流韻致　言詞燦爛溢清芬　年來老我天涯客　捧讀華章猶見君

其三

闊別秦關卅六年　尋蘭訪竹興悠然　一枝藴秀淩雲筆　滿紙含芳珠玉篇
九十春光若幻夢　萬千心事付吟箋　風流瀟灑紅塵路　猶似當年李謫仙

讀李菁《尋蘭訪竹》集

景德古鎮現螢屏　顧地懷人念李君　山川靈秀鍾詩筆　蘭竹風骨寄心音
牧歌晨暉昔日事　細吟燈下晚年春　華章捧讀情不禁　也拼俚語效一顰

二〇〇八年八月　常開愚於秦皇島

讀菁君《尋蘭訪竹》集

讀罷新詩集　又吟南島章　精神見竹節　音韻沁蘭香
狀物物如在　傳情情更長　忽聞封巨管※　嘖嘖費思量

※：李君近日對我說：『就此掇筆，不再打油了，以後就練習國畫』故云。

謝嘉德　二〇〇九年三月十九日

奉和謝嘉德教授（讀菁君《尋蘭訪竹》集）原韻

檢點平生多少事　唯存詩卷錄千章　遍尋竹節松貞意　細寫蘭資蕙質香
友誼從來山嶽重　情緣未了水流長　毫端不問風雲幻　萬象人間放眼量

吳荃芝　二〇〇九年三月廿一日

讀李菁先生《尋蘭訪竹》感賦

藝苑一精英　詩詞甲第榮　尋蘭達遠意　訪竹寄深情
素性幽懷發　高風逸韻生　華章欣品賞　蟄物聽雷聲

鄱陽·高厚生　二〇一〇年三月

讀李菁《尋蘭訪竹》有感

青出於藍果勝藍　佳章讀後悅師顏
願君詩品即人品　憐愛糟糠更恤殘

都昌·詹志英　二〇一〇年六月二日

曉寒教授題辭

訪竹尋蘭裁妙辭　青花仿古運靈思
詩人更有陶人樂　冰雪清操梅鶴姿

韓曉光《陶人新詠》之一　二〇一二年元月

重讀李菁先生《尋蘭訪竹》集

李先生：您好！

大作讀畢，如此之多的深具唐宋遺風的詩作，著實令人感嘆。受先生之託，不敢怠慢，逐字逐句，一一推敲，實難找出什麼紕漏。抱著否定的出發點，得出的是肯定的結果。先生引經據典，旁徵博引，知識淵博，實難一般人可比。讀先生大作之後，頗有『一覽眾山小』之感。

有些字句，斗膽塗鴉，圈點之處，僅供參閱。贈言一首，請雅正：

鍥而不捨襲傳統　難得先生情意真
修竹幽蘭長滴翠　不愁唐宋少傳人

北京·禮慶貴　二〇一二年一月十日

讀李菁吟兄詩集

嘔心吐膽寫真詩　盡顯性靈人讚之　集古痕無皆傑構　道今味永出群思

雪泥躑躅情猶在　書劍飄零老未衰　直握一支摩詰筆　梅蘭竹菊拜宗師

都昌·邵天柱　二〇一二年九月五日

李菁先生《尋蘭訪竹》詩集讀後感賦

尋蘭訪竹歷艱辛　沐雨經風未染塵　玉潤珠圓《風雅》格※　墨濃筆飽《楚辭》痕

畫龍著色調深淺　集句成篇貫古今　不是蘭章驚問世　誰知竹簡記師魂

※：《風雅》是詩經《國風》、《大雅》、《小雅》之統稱。

都昌·黃孝發　壬辰歲杪於燕窩里

再讀《尋蘭訪竹》有感

訪竹尋蘭幾度春　廣徵博採倍艱辛　詩詞歌賦心中事　李杜蘇黃眼裏人

集句精編勞筆力　搜今索古苦吟身　十年燈火闌珊處　滿卷珠璣字字新

都昌·詹志英　二〇一三年元月

詠物

詠菊

一九六四年

其一

蓓蕾瘦骨出天然　移植瓶中色倍妍
信是陶家風味好　案頭獨對我相憐

其二

粲粲金英淩劍霜　愈經秋老愈花黃
小窗風雨蕭疏夜　伴我孤燈有暗香

其三

花盡無花君獨豔　菊還從鞠古無差
自甘淡泊三秋裏　絕代繁華莫漫誇

其四

為問花魂意若何　婷婷無語覺情多
更深我亦倦眠甚　知否花魂入夢魔

竹林河

一九七四年

竹林河畔綠橫空　一片詩情在此中
萬玉蕭蕭飛鳳尾　依然青翠立秋風

詠竹

一九七九年

小序：一九七九年己未季秋下浣，赴鄱陽梘田，偕好友吳君荃芝、方君世達，前往豐田李家山作小遊。是日，金風送爽，秋色宜人。林木蕭森，浩如瀚海；溪水潺湲，似張鳴琴。我們緣曲徑，步莓苔，披荊榛，攀巉巖，行行復行行。不覺峰迴路轉，風景清幽。忽見竹林如海，青翠可愛。亦猶『渭川千畝』、『瀟湘萬竿』。雲根玉立，有君子之風；披煙吟月，具倩女之魂。流連於清溪之畔，徘徊於綠蔭之中。時而山花拂面，香沁肺腑；時而密篠牽衣，翠撲眉鬢。此刻塵慮滌清，雅懷頓舒。不禁感從中來，心懷故國。低徊往事，漫成絕句十一首。詩云：

其一

偷閒約赴李家山　青翠婆娑玉滿彎　愛此清幽修竹裏　柴門深入路縈環

其二

竹裏幽居一兩家　枕雲玩月賞朝霞　客來盡有山蔬美　把盞相留日影斜

其三

山前山後綠雲鬟　風動猶疑響珮環　好似瀟湘明月夜　皇英仙子下人寰

其四

竹林深處亦吾鄉　一枕清風六月涼　睡起忽驚雲潑墨　萬竿煙雨似瀟湘

其五

伐竹兒時膽氣粗　一天兩擔下山嵎　尤能赤足踏荊棘※　險徑崎嶇當坦途

※：吾鄉山裏多小竹。春夏之交，伐此編籬護園。予兒時常赤足登山伐竹，如履平地。此三十年前事也，至今記憶猶新。

其六

西風墜葉蔽高岑　歲暮天寒酒自斟　正值萬竿風雪裏　臨窗臥聽老龍吟

其七

竹有虛心是我師　淩雲勁節玉英姿　吟風嘯月傲寒暑　箇葉娟娟綠四時

其八

君家居處有幽篁※　青翠依依綠滿堂　削簡為書供世讀　千秋留得姓名香

※：吾友荃芝兄移居梘田，執教三十餘年，著述盈箱，桃李滿天下矣。其庭院有修竹依依，四時滴翠。

其九

濡毫終日墨池乾　滿紙清風湧筆端　畫竹須知通八法※　個中三昧寫來難

※：書法中有『永』字八法，寫竹如寫字。且竹之幹類篆書，節似隸書，枝如草書，葉若楷書。故元代書畫家趙孟頫有詩曰：『石如飛白木如籀，寫竹還應八法通。若也有人能會此，須知書畫本來同』。

其一〇

廿載江湖硯作田　居然無事小神仙　寫來個字千千幅　筆底生涯別有天

其一一

閒來愛對竹千竿　時遣清風上筆端　寫取一枝郵故國　憑君傳語報平安

附錄　吳君荃芝兄《金縷曲》一首

己未深秋季。約良儔，李菁、世達，大山尋趣。赴洛朝京雲路斷，卅載寒噤無計。幸雁字南來無忌。說是談非放膽嘯，詠霜楓一灑淋漓意。心坎事，告知己。　雲深霧繞清芬地。有幽居、忘年老友，意投情契。一入蓬門驚老少，個個訝迎欣喜。詢外界、新聞消息。婆媳當爐姑燙酒，奉山珍：柿、棗、梨、桃、蜜。情與味，今長憶。

詠蘭九首

一九八四年

小序：甲子春杪，山農以蕙（夏蘭）入市，予選購一枝，栽紫砂盆中。悉心澆培，花蕾漸長。至四月中浣，一枝九花，爭相開放。嬌姿媲美，笑靨迎人。幽香陣陣，沁人肺腑。感謝饒君克勤兄為花拍照，衹今花魂已去，倩影長留。枕邊漫成七絕九首詩云：

其一

一箭芳蘭市價廉　移來斗室更堪覘　乍開嫩綠芬芳蕊　時有幽香透畫簾

其二

翠瓊為葉玉為花　環珮姍姍萼綠華　伴我書窗餐秀色　何須美酒對流霞

其三

嫩蕊英英妙入神　馨香何必苦爭春　淡妝淺笑薰風裏　素性幽懷恥效顰

其四

蕊珠仙子下瑤臺　碧玉生香朵朵開　清影橫窗呈畫本　忙移水墨寫將來

其五

一枝淡雅本天然　風韻娟娟翡翠鈿　慰我素心香滿袖　終朝伴我枕書眠

其六

湘潭煙冷月如眉　挹露含香碧玉姿　斜倚鳳簪幽谷裏　冰弦一曲譜新辭

其七

何如一笑在山泉　淡淡丰神妙若仙　明月清風長與伴　花開花落自年年

其八

選種幽蘭玉半盆　國香清韻美人魂　而今一覺紅塵夢　閱盡榮枯見淚痕

其九

天寒遲暮惜芳華　翠袖姍姍鬢影斜　瀟灑一枝清韻在　眾香國裏傲奇葩

一九八四年

詠菊

小序：八四年甲子深秋，吾館花工培植菊花二百餘種，計二千多缽。至十一月初，綻蕊吐豔。滿院花光，爭妍鬬麗，十分壯觀。館方分賜每人四缽。吾又選購六缽共十種。列於室內，置身左右，芬芳滿室。不須移步三徑，徘徊東籬。漫成絕句十首詩云：

其一

颯颯西風動地來　淩寒嫩蕊細栽培　居然秋色勝春色　萬紫千紅次第開

其二

玉貌天然亦自奇　臨風瀟灑兩三枝　移來陋室盆中植　伴我芸窗夜讀詩

其三

清姿挺立三秋日　朵朵香生綻玉容　如此黄花渾似我　人前能淡不能濃

其四

窗前傲放數枝紅　冷豔高標立晚風　月照秋華人獨賞　含情都在不言中

其五

西風瑟瑟九秋天　傲對霜天獨自妍　愛此黄花珍晚節　一樽相對我尤憐

其六

幽姿豔冶為誰開　和月凝煙映露臺　且效當年彭澤令　寒英滿把酒盈杯

其七

醉豔愁紅祇自珍　枝頭猶帶露珠勻　凝霜類雪誠高潔　縱死污泥不染身

其八

吳娃初試素羅裳　瑟瑟風搖淡淡妝　絕代風神存傲骨　婷婷玉立九秋霜

其九

朵朵嬌黄弄晚晴　同心我欲訂新盟　三秋培養非容易　功似金丹九轉成

其一〇

瘦影婷婷正復斜　天然色相勝春華　參差萬朵霜天晚　傲骨嶙峋是此花

一九八四年

《非是花中偏愛菊》五首

其一

滿樓霜月夜迢迢　時有幽香慰寂寥　非是花中偏愛菊　淩霜吐豔挺清標

其二

宵來攜酒對芳叢　把盞吟哦興未窮　非是花中偏愛菊　誰能千載似陶公

其三

霜風吹過竹籬西　衹見花高葉葉低　非是花中偏愛菊　抱香終不委污泥

其四

霜花何礙寄籬邊　紫白朱黃共鬬妍　非是花中偏愛菊　含香獨佔九秋天

其五

秋深處處湧繁華　傲骨淩霜瘦影斜　非是花中偏愛菊　延年益壽有斯花

一九八五年

詠竹（集古人句）

萬枝朝露學瀟湘（唐·陳　陶）　翠葉臨池待鳳翔（唐·李世民）

風觸有聲含六律（唐·徐　夤）　月和疏影上東牆（宋·蘇　軾）

一九八五年

詠梅三章

其一

孤山玉樹吐瓊瑤　開破天荒淩碧霄　明月影隨疏影動　蕊珠香蘊暗香遙
寫來畫卷添新韻　詠入詩懷別樣嬌　欲折一枝聊贈與　江南江北路迢迢

其二

老幹虬枝碧玉條　清吟時逐夢魂銷　一枝冰蕊花容俏　萬里霜天月色嬈
曉舞霓裳步緩緩　夜歸環珮隱迢迢　美人別後無消息　悵望羅浮雲路遙

其三

尋梅幾度趁晴朝　一路吟哦過板橋　雪壓瓊枝吐綠萼　寒凝玉蕊綻紅綃
水邊瀟灑琴三疊　竹外酩酊酒一瓢　十載羅浮香夢杳　心香一瓣海天遙

一九八六年

詠梅二首

其一

堤上柳初黃　竹邊梅吐芳　婷婷嬌欲語　為我送幽香

其二

瑤華仙子浴春風　點額新妝句未工　嫩蕊娟娟花綽約　冰枝皎皎玉玲瓏
淡將遜雪三分白　醉染斜陽一抹紅　疏影婷婷香脈脈　舉杯吟賞畫樓東

一九八六年

詠蘭六首

其一

托根空谷不爭春　淡雅清芬最可人　愧我丹青無妙筆　年來臢卻等閒身

其二

美人誰與踏青尋　別有離騷怨恨深　欲寄一枝嗟路遠　露寒香冷到如今

其三

洗盡鉛華色更妍　清凝水影淡凝煙　姍姍環珮今重見　相對應多未了緣

其四

香風陣陣美人來　金尾屏風孔雀開　綽約仙姿舒舞袖　對君一詠一徘徊

其五

紫芝朱草盡天成　不及幽蘭照水清　玉骨姍姍留本色　轉嫌華膴太多情

其六

幾人林下著高風　盡寫清芬入畫中　試擷國香懷彼美　天涯極目盼飛鴻

一九八六年

題自畫水墨蘭竹

墨葉臨風嘯　疏花送妙香　此中清味永　素雅勝紅芳

一九八六年

詠蘭五首

其一

東風催放一枝枝　欲把同心寄與誰　碧玉裁英瓊作蕊　國香清韻入新詩

其二

臨風挹露吐新苗　嫩蕊疏花朵朵嬌　為有幽香縈客夢　離騷讀罷夜迢迢

其三

嫣然空谷領風標　九畹檀心孰易描　嫋嫋東風拂鳳尾　瀟湘江上湧春潮

其四

九畹妙香稠　春寒幾許愁　離騷頌萬代　翰墨著千秋

楚國靈均在　鄭姬燕夢留※　王香君子佩　情繫玉人樓

※：東周列國時鄭穆公母親燕姞夢仙人賜蘭，遂懷孕生鄭穆公。穆公名蘭，其子孫多姓蘭。

其五

湘江月上楚煙微　綠葉柔梢傍竹扉　鳳尾鸞翎披繡閣　國香清韻沁書幃
風搖婀娜紫金蕊　珮結芬芳碧玉衣　楚畹瓊葩香馥郁　素心脈脈報春暉

一九八六年

詠梅二首

其一

短籬曲巷透春風　竹外牆頭點綴工　嫩蕊英英逾月白　新花灼灼映霞紅
橫斜疏影琴三疊　冷淡寒香玉一叢　昨夜西湖湖畔路　幾回幽夢謁林翁

其二

冉冉幽芳透碧紗　亭臺梅樹老橫斜　瑤池對月三分瘦　閬苑臨風五色霞
綠萼仙人歌窈窕　孤山處士賦繁華　暗香疏影千秋句　絕世風神足可誇

一九八六年

寫竹

揮毫水墨寫琅玕　剪取寒梢百尺長　自是瀟湘秋萬里　風吹裊裊綠筠香

一九八六年

詠蘭竹

珍重幽香白玉簪　花開九畹美人心　湘江嶰谷千竿翠　高節清風冠古今

一九八六年

詠風竹

瀟灑參差聳翠英　淇園嶰谷見高情　篩金弄月蒼龍舞　滿耳琳瑯戛玉聲

題山谷蘭花

九畹靈根秀　春風滿谷香　怕驚塵世夢　深在此中藏

一九九四年

詠竹（五言排律）

三春櫻筍壯　冉冉出幽林　甲解紫衣籜　芽抽碧玉簪
婆娑邀月舞　瀟灑入詩吟　嶰谷生龍角　淇園展鳳琴
臨風搖玉珮　譜曲奏笙音　雨洗千竿翠　霞絢萬葉金
披霜礪勁節　浴雪挺虛心　風雨存高潔　蒼蒼鑒古今

一九九四年

詠菊

曲檻疏籬畔　西風凜冽時　春心遲透露　惜取傲霜姿

一九九四年

題畫蘭

滿紙芝蘭秀　書來翰墨香　憑君多領略　心地永芬芳

一九九四年

詠竹

二〇〇〇年

小序：予平生喜竹、愛竹、畫竹、詠竹。東坡云：『寧可食無肉，不可居無竹』妙哉斯言！一九七九年深秋，偕友赴李家山小遊，曾有詠竹小詩十一首。時光荏苒，又遠去二十一年矣。庚辰深秋，病魔纏身，閉門養憩，百無聊賴。再作七絕十一首，詩云：

其一

李家山上萬竿青　翠葉婆娑映月明　瀟灑琅玕寒照裏　晚風吹夢作秋聲

其二

會晤湘江雲路遙　洞庭彭蠡水迢迢　日斜衡嶽蒼梧遠　煙靄迷濛濕翠條

其三

中庭修竹亦憐才　含露凝煙立翠苔　吹徹玉簫誰是伴　枝頭雙鳳忽飛來

其四

何幸閒遊遠俗塵　修篁如海溢青春　為舒青眼臨風久　宛在湘沅澧水濱

其五

可意湘江碧玉姿　推篷曾看月明時　而今回首成追憶　望斷春雲隔九疑

其六

一枝新筍出林高　眼見龍孫換錦袍　奮翮東風直上去　淩霄飛舞鳳凰毛

其七

日日鷓鴣啼不休　依依斑竹淚如流　誰知千里湘江水　不洗皇英萬古愁

其八

無多紅紫歲寒時　青翠摩空愛竹枝　月朗風清天宇淨　金聲玉振在咸池

其九

此君獨抱歲寒姿　相對偏於靜處宜　環珮聲中春夢醒　卻疑身在鳳凰池

其一〇

君住珠山峰上頭　新詩如畫滿高樓　窗前亦有千竿竹　幻作瀟湘萬里秋

其一一

何可一朝無此君　淩雲勁節迥超群　參差瀟灑湘江上　環珮珊珊譜綠雲

附錄　吳君荃芝兄和韻

小序：兩個老翁　心性相同　愛詩愛竹　唱酬成風
唱之以志　和之以衷　老吳老李　異曲同工

其一

吳子深情感竹青　籬圍菊繞倍鮮明　夜來風雨知多少　臥聽蕭蕭竹葉聲

其二

荃草蒙塵歎夜遙　前程渺漠路迢迢　重重萬劫誰憐我　唯有庭前竹影條

其三

芝蘭綠竹兩奇才　一具高標一傍苔　勁節高風人共仰　香蹤長領鶴歸來

其四

何敢昏昏入俗塵　吟風覽月憶青春　前程縱有風和雨　守候朝陽到海濱

其五

可憐倩影泛英姿　搖曳婆娑貫四時　莫道無花亦無果　由來風骨總無疑

其六

一貫虛心品自高　迎人何用著紅袍　憑君大度寧無肉　未肯離君度二毛

其七

日晦霜高草木休　孟宗冰雪淚如流　靈根有悟冬生筍　解卻拳拳孝子愁

其八

無端獨自憶兒時　猶見夭桃對竹枝　綠竹有情應念我　紅桃無恙映春池

其九

此日婷婷別樣姿　曉風朝露悉相宜　萌芽破土情何急　為趁韶華映碧池

其一〇

君為憐才暗點頭　詩成每每月當樓　庭前伴我蕭蕭竹　唱徹人間萬古秋

其一一

何可一朝無此君　高山仰止慕同群　青蔭秀色來詩閣　高潔虛懷若薄雲

詠竹有寄

二〇〇〇年

其一

李種琅玕戛玉枝　瑣窗涼影碧參差　淩霜傲雪青青色　留得春光過四時

其二

會師訪友到蒼梧　倩影婆娑入畫圖　疏雨淡煙依舊在　淇園風物影模糊

其三

中古瀟湘鎖翠娥　蒼梧遙望奈愁何　皇英淚染斑斑竹　又灑湘江淺淺波

其四

何當獨對翠琅玕　瀟灑清姿入畫看　微雨綠雲雙璧合　春風冷峭鳳池寒

其五

可憐誰似玉人清　持贈琅玕未報瓊　別後苦吟三百首　殺青自寫寄深情

其六

一枝瀟灑出青霄　鳳子輕盈膩粉腰　湘水沉沉明月夜　珮環聲遠玉人遙

其七

日日臨風展玉顏　千竿翡翠碧雲間　淇園箇箇渾相似　不是君家響珮環

其八

無邊愁思寄蒼梧　雨暗雲深鳴鳳雛　湘竹斑斑空有淚　女娥消息已模糊

其九

此是淇園碧玉妝　披煙帶露月生涼　拂雲雨洗娟娟淨　弄影風吹細細香

其一〇

君家遠在九疑山　清淚淋漓濕翠鬟　誰挽江流三萬斛　殷勤為洗竹痕斑

其一一

何可一朝無此君　胸藏萬箇氣淩雲　臨風勁節堅如鐵　俯仰婆娑迥出群

敬題恩師孫其峰教授惠賜墨竹手卷

二〇〇一年

小序：一九七五年乙卯仲秋孫老師寄贈墨竹手卷，至今已二十六年。每於良辰，則靜中展卷，看高風勁節，翠葉珊珊；水墨淋漓，清芬醉我。今值氣爽天高，丹桂飄香之時，開卷研讀，猶渭川千畝，瀟湘萬竿。其中陰晴雨露，風雪冰霜，剛柯勁節，柔枝新葉，老嫩筍鞭，無不俱備，無不畢肖。且疏密有致，濃淡流韻，盡妙手天成，狀四時之景，傳墨竹之神，乃先生佳構也。今敬題八首。時在辛巳仲秋李菁於瓷都景德鎮並記。

其一

何地清風似水流　先生筆力駕湖州　蕭疏滿卷青青玉　棲鳳藏龍滿畫樓

其二

可愛琅玕孰與儔　淋漓筆墨盡風流　枝枝葉葉灑春韻　挺立寒霜傲九秋

其三

一枝枝葉拂雲高　瀟灑風流出石濤　藝冠文蘇吳李夏※　龍飛鳳舞氣雄豪

※：文（同）、蘇（軾）、吳（鎮）、李（衎）、夏（昶）為宋、元、明畫竹名家。

其四

日日平安報我知　枝枝葉葉慰相思　碧雲千里登州遠　莫教青鸞來去遲

其五

無肉教人瘦不妨　此君豈可暫相忘　歲寒共葆堅貞節　睥睨乾坤傲雪霜

其六

此中碧玉萬千竿　不待清風墨韻寒　素影向人猶旖旎　明窗一日幾回看

其七

君子堂前好寄居　半窗涼月影扶扶　珮聲風外珊珊起　雨露陰晴入畫圖

其八

何可一朝無此君　縱橫健筆意淩雲　清芬滿紙淋漓墨　葉葉枝枝迴出群

二〇〇一年

又敬題集句八首

其一

何須淺碧深紅色（宋·李清照）　滿紙淋漓翰墨香（清·彭玉麟）

秀色亂侵書帙晚（宋·蘇　軾）　清陰微過酒樽涼（宋·蘇　軾）

其二

可堪孤館閉春寒（宋·秦　觀）　偏愛新篁十數竿（唐·韋應物）

嫩似春荑明似玉（宋·錢惟演）　晚風交戛碧琅玕（唐·賈　島）

其三

一川松竹任橫斜（宋·辛棄疾）　十里徐熙落墨花（清·王士禛）
問道綠陰今幾許（明·周思兼）　尋芳不覺醉流霞（唐·李商隱）

其四

日日紅橋鬬酒卮（清·鄭板橋）　膩香春粉墨離離（唐·李　賀）
人憐直節生來瘦（宋·王安石）　別出參差玉一枝（元·虞　集）

其五

無嫌青翠開青眼（宋·張繼先）　環珮珊珊入畫圖（明·許　珍）
滿地玲瓏吹綠玉（清·徐　惺）　清光留此照攤書（清·鄭　燮）

其六

此君瀟灑誰能狀（清·葉申薌）　月落空庭弄影長（清·徐　惺）
記得小軒岑寂夜（宋·蘇　軾）　先生落筆勝蕭郎（宋·蘇　軾）

其七

君子林邊處士廬（明·夏完淳）　小園花韻午晴初（唐·司空圖）
夕陽斜照重重影（清·潘曾瑩）　自向琅玕節下書（唐·王貞白）

其八

何可一日無此君（晉·王徽之）　龍孫脫穎破苔紋（宋·馬莊父）
虛心永永無凋謝（金·王丹桂）　青節森森寄絳雲（唐·陳　陶）

依前格再集八首

二〇〇一年

其一

何處紫簫吹月明（明·江友生）　湘江午夜旅魂清（明·汪六榮）
歲寒試看青青節（明·項仁和）　獨抱冰霜有性情（清·張問陶）

其二

可無俗氣息塵埃（明·王涵秋）　信是先生著意栽（明·王經遷）
畫到天機流露處（清·鄭　燮）　竹梢微動覺風來（宋·真山民）

其三

一簾疏雨娟娟淨（明·俞鳴玉）　惟愛長竿妙入神（唐·劉　晏）
喚醒莊周蝴蝶夢（清·張　錦）　幾枝照水綠梢新（清·董元愷）

其四

日日相看興味真（明·王　翰）　披圖常對墨花新（明·項仁和）
柔枝嫩葉娟娟綠（金·王丹桂）　移得江南十畝春（清·趙懷玉）

其五

無聲詩裏聽秋聲（清·吳錫麟）　獨立庭前眼界清（明·張　瓚）
葉葉枝枝濃淡各（清·洪吉亮）　淩雲健筆意縱橫（唐·杜　甫）

其六

此屬淇園新鳳尾（清·張宗松）　天風瀟灑拂檐楹（唐·劉　滄）
年年生長青青玉（明·項　麟）　雛鳳清於老鳳聲（唐·李商隱）

其七

君心節直更心虛（宋·王之道）　管領春風總不如（唐·王　建）
檻外窗前橫翠影（金·王丹桂）　杜陵花竹隱幽居（唐·司空圖）

其八

何可一日無此君（晉·王徽之）　胸蟠萬古氣淩雲（宋·尤　袤）

分明水墨縱横勢（清·朱方藹）　抒寫堯天舜日文（今·吴荃芝）

附錄　吴君荃芝兄敬題五言排律一首

小序：李菁友珍藏孫其峰教授所贈墨竹手卷有年，囑予題句。讀先生之畫，喜其著筆之神，匀墨之妙，寄情之深，敬題十二韻。詩云：

先生竹為朋　成竹早在胸　賜畫承恩重　無物似情濃

筆底錚錚骨　毫端侃侃風　風骨長照我　貞操礪深衷

抒情奔脱兔　恣意走蛇龍　纖影憐枝瘦　長根喜筍穠

婆娑生嫵媚　俯仰適從容　横斜當狂傲　勁節示沉雄

舒葉拂塵濁　淩寒偶柏松　藝術托有象　精神寄無窮

德高聲望重　才大藝愈工　風骨神仙侶　舉世仰其峰

二〇〇一年

敬題孫其峰教授花卉手卷感賦三首

其一

先生信手寫花枝　妙筆縱横老益奇　水墨淋漓新畫卷　登州潮上月明時

其二

風流高雅繼清湘　偶擬徐朱與白陽※　熔古鑄今花爛熳　淋漓筆墨冠群芳

※：清湘（石濤）、徐（渭）、朱（耷）、白陽（陳淳）均為明清著名畫家。

其三

寫花寫葉亦雙鉤　姹紫嫣紅腕底收　模楷後生存國粹　傳神書畫燭千秋

奉和常老開愚先生《題李菁墨竹圖》原玉　二〇〇三年

窗前橫箇影　相對慰平生　曾作秦關客　常懷故國情
臨池雙鳳舞　面世一心貞　直幹生來瘦　歲寒尤翠菁

附錄　先生原作

壁間一叢竹　蕭蕭冷氣生　勞我讀書眼　鼓吾奮鬪情
虛心常向上　勁節挺堅貞　何處無芳草　難及此君菁

題黃山迎客松　二〇〇四年四月十一日

題詩覽景黃山上　迎我殷勤展畫屏　客至如歸欣快慰　松風謖謖響天庭

黃山蓬萊三山※1　二〇〇四年四月十一日

蓬山千載景幽幽　萊子於今邀客遊　三遠丹青開畫境※2　山峰瑰麗壯神州

※1：蓬萊三山：古代傳説東海中有三神山，為神仙所居住。《史記·秦始皇本紀》：齊人徐市等上書言：海中有三神山，名曰蓬萊、方丈、瀛洲。
※2：三遠：中國山水畫中有高遠、平遠、深遠之取景方法，故云。

詠竹　二〇〇六年十一月十五日

小序：昨宵夢裏詠竹，醒來祇記著『勁節衝霄漢，虛心涵太空』和『風前君子竹，月下似仙姝』四句兩韻，今續成二律。詩云：

其一

蕭蕭淇澳裏　翡翠拂蒼穹　勁節衝霄漢　虛心涵太空

吟風姿綽約　弄月影玲瓏　煙濕三春曉　參差紫筍豐

其二

風前君子竹　月下似仙姝　舜殞雙妃淚[※1]　書藏二酉樞[※2]

冬枝裁鳳律[※3]　春雨浴龍雛　葉滴四時翠　娟娟入畫圖

※1：雙妃：指堯帝的女兒娥皇、女英，為舜帝之二妃。舜南巡崩於蒼梧，二妃追尋至湘水，望蒼梧而泣，淚沾湘竹，形成斑痕，成為『斑竹』。亦名『湘妃竹』或曰『湘竹』。

※2：二酉：指大酉、小酉二山，在今湖南沅陵縣西北。《太平御覽·荊州記》：『小酉山上石穴中有書千卷，相傳秦人於此而學，因留之』。後世稱藏書處曰『二酉』。東漢蔡倫發明造紙前，書卷多為『竹簡』所編成。

※3：鳳律：即風簫，又叫排簫。用長短不同的十二根竹管製成，形似鳳翼，故名。

吟興未已再成三律

其一

破土靈犀角　春融解籜之　風梳新鳳尾　雪灑老龍枝

高節聯三友　垂青貫四時　徘徊明月下　清影箇中詩

其二

平生無所好　愛此玉琅玕　瀟灑凌冰雪　翩躚舞鳳鸞

朝朝搖倩影　日日報平安　明月一樽酒　娟娟滿畫欄

其三

紫戟破泥封　衝天欲化龍　梢頭搖皓月　幹節傲寒冬

嫋嫋迎風笑　娟娟滴露濃　瀟湘煙雨夜　伴我五更鐘

題畫

二〇〇六年十一月十九日

小序：予今年屆古稀，范君瑞生窗友於北國秦皇島數千里之外，寄來國畫雪梅和蟠桃二圖為予祝壽。感窗友之深情，今以小詩數首致謝。詩云：

雪梅圖

其一

雪裹梅花紅更妍　淋漓水墨自天然　舊時月色羅浮夢　伴我餘年類謫仙

其二

老幹槎牙筆有神　墨烘丹蕊吐華新　冰肌玉骨情無限　長作南山不老春

蟠桃圖

其一

昔傳天上千年熟　今喜寒門滿室香　寫此仙桃來壽我　感君盛德有芬芳

其二

風格英英亦大家　縱橫妙筆走龍蛇　淋漓彩墨抒胸臆　老缶園中又一花

春柳七律一章（集唐）

二〇〇七年三月十八日

一籠金線拂彎橋（韓　偓）　漠漠輕黃惹嫩條（李商隱）
綺陌暖風嘶去馬（鄭　谷）　華亭霽色滿今朝（劉方平）
月明南浦夢初斷（徐　夤）　鶯喜春熙弄欲嬌（李　嶠）
何似東都正二月（白居易）　舞風歌月勝纖腰（羅　虬）

丁亥春過山村喜新筍參差高與檐齊感而賦此　二〇〇七年四月十六日

其一

紫玉一叢叢　參差入太空　虛心生翡翠　解籜剔玲瓏
峻節拒周粟※1　驚魂引漢弓※2　猗猗柔曼舞　四季有清風

※1：伯夷、叔齊為商末孤竹國君子朝之長子和次子。子朝臨終以叔齊為繼承人。孤竹君死後，叔齊讓位給兄長，伯夷以父命不可違而不受。兄弟倆互讓皇位均離國奔周。周武王伐商，伯夷、叔齊勸諫。武王滅商，他倆則隱居首陽山中，拒食周粟而死。

※2：西漢名將李廣射石的故事。唐代盧綸有詩曰：『林暗草驚風，將軍夜引弓。平明尋白羽，沒在石棱中。』

其二

出土節猶剛　虛心解籜長　凌雲酬壯志　鬪雪傲冰霜
裁管調鸜鵒　吹簫引鳳凰　珠山明月上　清影滿東牆

其三

勁節虛心出土先　瓊枝玉葉拂雲天　龍雛冉冉經春發　鳳尾翩翩著雨偏
汗簡根根書歷史　冊編頁頁著新篇　推窗午夜生虛籟　幾就扶疏月影前

題《芙蓉仙鶴圖》　二〇〇七年五月十日

小序：好友余君濱兄新近創作長六米、寬二米巨幅工筆國畫《芙蓉仙鶴圖》。囑予題句，因成五言十二韻：

蓮花比君子　茂叔有妙辭※1　朝花涵宿露　嫩蕊溢珠璣
出淤泥不染　香遠益清奇　紅暈西子面　綠濟水仙衣

英英仙禽魄　皎皎美人儀　丹頂能承日　雪翎不染泥
翔雲繪圖畫　臨水展仙姿　佳會赴蓬島　祝嘏飲瑤池
寫真三昧手　心曲有靈犀　拂楮佈丘壑　揮筆發天機
勾勒宗宋法　敷彩繼于師[※2]　神形俱兼備　生花筆一支

※1：周敦頤（一〇一七—一〇七三）北宋哲學家，字茂叔，道州營道（今湖南道縣）人。曾官大理寺丞、國子博士，因築室廬山蓮花峰下的小溪上，以濂溪名之，後人遂稱濂溪先生，著有名篇《愛蓮說》。

※2：宗宋人的白描骨法，承繼當代工筆花鳥畫家于非闇先生敷彩的技巧。

竹影

瀟瀟灑灑倍多情　贏得化龍萬古名　箇字滿簾瀉月影　墨花焗爍賦秋聲

二〇〇七年五月十八日

畫竹

胸藏萬箇寫來真　水墨淋漓筆有神　畫到天然隨意處　枝枝葉葉出清新

二〇〇七年五月十八日

詠竹二首

其一

箇葉青青情意深　終生不作白頭吟　高懷直幹參天地　勁節虛心閱古今

二〇〇七年五月十八日

其二

龍孫娟娟初辭籜　鳳尾娟娟上碧空　掃霧淩雲銘素志　高竿勁節立蒼穹
映簾瀟灑垂青玉　弄影參差披彩虹　月照葉書千萬箇　雄心豪氣壯秋風

二〇〇八年二月十日

奉和謝君嘉德兄《詠竹》五律

萬古湘江竹　時時繫夢思　開屏新鳳尾　擎雪老龍枝
月照無聲畫　風吟有韻詩　與君同擊賞　瀟灑醉金巵

附錄　嘉德兄原作

菁友愛吟詩　尤長詠竹枝　山中高士影　月下美人姿
曾沐瀟湘雨　還書汗簡辭　淇園千萬箇　婀婀復猗猗

奉和吴君荃芝兄《詠竹》　二〇〇八年八月

小序：三十年前，曾與吴荃芝、方世達二兄同赴李家山訪友。優遊於竹林之内，萬竿如海，森森滴翠，曲徑清幽，徘徊忘返。今拜讀荃芝兄詠竹新作十首，情有所感。遥憶當年於竹海之中，看風搖鳳尾，霧繞龍吟。喜疏影碎地，密翠浮天。正綠圍庭院，青護重檐。想其陰晴雨露，風雪冰霜，傲然屹立，瀟灑萬千。漫成小詩二十七首，詩云：

其一

青青猶鳳髻　雨洗風梳際　昨夜紗窗前　賞音依玉砌

其二

多情憐勁節　環珮影幽絕　知己無如君　歷經風雨雪

其三

此君真清絕　虛心存玉潔　雨風洗翠毛　勁節堅如鐵

其四

嫩梢新鳳尾　瀟灑勝嘉卉　長日舞春風　淩雲何懼飆

其五

湘妃竹似浴　風入翠煙綠　紅曲小欄杆　聲聲敲碧玉

其六

龍孫初解籜　三友歲寒堅　歷雪垂青葉　拂雲淨紫煙
雨中猶淅瀝　月下任翩躚　出土凌霄漢　雄心指日邊

其七

清吟箇字詩　莫莫展華枝　戛玉淩霜節　篩金舞鳳姿
虛心君子德　青史古人辭　指日排雲上　淩空翾翠猗

其八

臨風溢素馨　碧玉總娉婷　斜欹如丫髻　輕搖似畫屏
月移千箇翠　雨洗萬竿青　更有新生者　姍姍展鳳翎

其九

平生尤愛竹　寧可食無肉　四季淇園青　三春櫻筍郁
七賢嵇阮劉※1　四子梅蘭菊※2　日日芸窗前　傍君便是福

※1：魏晉間的嵇康、阮籍、山濤、向秀、阮咸、王戎、劉伶七人相與友善，優遊於竹林之內，號『竹林七賢』。

※2：『梅蘭竹菊』稱為四君子。

其一〇※

汗簡垂青史　冊書由竹編　蔡倫東漢紙　薛氏大唐箋
書畫萬千卷　儒門七二賢　流傳文化史　功德竹為先

※：據出土文物與存世之善本圖書，我國有史書典籍，以竹木簡爲先，東漢蔡倫造紙，大唐『薛濤箋』，代表了紙的發明與發展。孔仲尼有弟子三千和七十二賢人，歷代的詩文詞曲賦無不由嫩竹爲主要原料的竹紙，又名連史紙，經過印製，裝訂成書，得以傳世。是紙特點在於紙質輕薄，有韌性，不宜脆裂，所謂『紙壽千年』即指此，所成之書又謂『竹書』。

其一一

山中移得竹根者　種在南窗茅屋下　鳳尾新生慣怯風　疏枝嫩葉任瀟灑

其一二

竹裏清風應更多　一年四季綠婆娑　歲寒不改青青色　萬古貞心永不磨

其一三

鳳舞龍吟嶰谷中　陰晴雨露玉玲瓏　虛心勁節誰堪媲　謇謇淩雲萬古風

其一四

碧玉娉婷千萬枝　悠悠斜日照江湄　思君淚灑斑斑竹　望帝湘娥萬古悲

其一五

留得瀟湘一片秋　琅玕萬頃喜盈眸　渭川雲水蒼龍隱　千古知音王子猷※

※：晉代王徽之，字子猷，性愛竹，寄居空宅中，便令種竹。有人問他，暫住為何要種竹，他指著竹子說：『何可一日無此君』。

其一六

紫芽似戟破泥封　解籜衝天便化龍　棲鳳藏鸞擎碧玉　拂雲掃霧立高峰

櫛風沐雨淩冰雪　浴月披星伴柏松　戴女于歸遵父訓※　老夫還曳一枝笻

※：漢代名士戴良嫁女時說：『我為你準備了簡樸的嫁妝：一身練裳、一張練牀（大竹為牀架，細繩編竹片為牀墊）、一個竹笥、一副好心情』。戴女成為千古傳頌的賢媳。

其一七

長竿屹立曉窗前　碧玉婷婷祇自憐　勁節錚錚還歷歷　虛心耿耿復拳拳

清姿瀟灑三冬雪　翠袖橫斜九月天　幾度詩成看鳳尾　興來拈筆寫吟箋

其一八（以下集古人句）

滿川風雨長篔簹（元·貢師泰）　蓊鬱新栽四五行（唐·薛　濤）
欲見此君生意滿（元·高克恭）　相隨松柏傲冰霜（宋·王安石）

其一九（集元人句）

一片湘雲濕未乾（黃公望）　清風徐灑碧琅玕（吳　鎮）
滿林春雨垂垂綠（陳　旅）　聽取清聲入夢寒（楊　載）

其二〇

出海琅玕翠色新（明·徐　賁）　露梢風葉喜晴春（元·王　惲）
開將十二參差玉（元·迺　賢）　織就湘簾護美人（清·鄭板橋）

其二一

分得婷婷綠玉枝（明·文徵明）　瑣窗涼影碧參差（元·貢性之）
驚雷忽報春消息（明·謝承舉）　十丈龍孫繞鳳池（清·鄭板橋）

其二二

琅玕節下起秋風（元·倪　瓚）　一片清光入座中（唐·劉禹錫）
竹影滿窗涼似水（明·徐　渭）　美人環珮玉玲瓏（元·貢性之）

其二三

一林寒竹護山家（明·唐　寅）　萬古貞魂起暮霞（唐·李商隱）
不送軒轅裁鳳管（元·陳　旅）　讀書窗外幾枝斜（明·李日華）

其二四

鱗甲遮藏翡翠竿（清·惲壽平）　清標瀟灑拂雲端（明·徐　賁）
夜深夢繞湘江曲（元·吳　鎮）　影落瀟湘暮雨寒（清·王時敏）

其二五

鳳凰臺畔竹猗猗（元·虞　集）　歲晚蒼蒼勁節奇（唐·薛　濤）

閱盡雪霜心似鐵（元·虞　集）　湘魂祇有月明知（元·高　啟）

其二六

畫竹千行又萬行（清·鄭板橋）　無邊春色滿瀟湘（明·金幼孜）

淩霜傲雪無人問（明·劉　基）　自喜高材老更剛（宋·王安石）

其二七

寒窗畫竹兩三枝（清·惲壽平）　大葉長竿信筆為（清·華　嵒）

今夜此君應憶我（清·戴　熙）　十年風雨漫相思（元·劉永之）

附錄　吳君荃芝兄新作《李家山翠竹十首》　二〇〇八年八月

小序：一九七九年深秋，與李菁、方世達同上李家山訪友，深得友人李銀生一家老少熱烈歡迎。當中印象最深者，從上山到下山，及至老朋友的屋前屋後，都被滿山的竹子所吸引，所感化。三十年來，耿耿於心。今又臨秋，詩情難制，吟成十首。詩云：

其一

卅年長憶李家山　峻嶺盤旋奮力攀　每到竹林情獨具　仰懷七子慕高賢

其二

樹環竹繞李家山　臥聽蕭蕭不忍眠　聽到流鶯千萬語　來時容易別時難

其三

蒼蒼林海李家山　竹影婆娑正好看　畫意詩情千萬縷　臨行對影更留連

其四

煙霞燦爛李家山　竹蔭雲苫別有天　水袖風衫憐月冷　邀松賦雪夢梅仙

其五

深秋喜上李家山　疑是睢園似渭川　一架相機留畫幅　書齋每見影嫣嫣

其六

自從初到李家山　綠竹迷人夢未諼　筆底詩情紙上畫　年年月月有佳篇

其七

思君長憶李家山　意篤情真已有年　春樹暮雲常悵望　平安仰仗竹千竿

其八

平生尤愛李家山　曲徑茅堂溪水邊　自是子猷偏愛此　蒼蒼翠竹拂雲天

其九

不辭長住李家山　佔盡風情我是仙　走獸飛禽常作伴　竹蔭松下享天年

其一〇

深情祝願李家山　人更精神花更繁　福地洞天欣有竹　年年歲歲報平安

二〇〇九年三月

竹之歌二首

其一

數椽茅舍篔簹谷　萬頃琅玕繞我屋　春寒碧玉正臨軒　宅邊無竹令人俗

紫筍參差十萬竿　解籜時聞聲簌簌　嫩葉娟娟浴雨風　鳳尾翩翩看未足

無邊青翠滿瀟湘　錦瑟輕寒傾醽醁　森森萬玉露華滋　倩影婷婷湘水淥

魏晉七賢常為友　同心君子梅蘭菊　唐時六逸隱徂徠[※1]　縱酒酣歌情意篤

蕭史吹簫作鳳鳴　引鳳仙去偕弄玉[※2]　霜柯勁節捲秋山　瀟灑縱橫景幽獨
臨風時吟鳳臺詩　對月常歌湘水曲　不隨夭桃鬬芳春　四時蒼翠不改綠
風梳雨沐老龍吟　林密徑深雛鳳宿　雷停雨止出斜陽　清影宜人留畫幅
揮毫淋漓墨痕新　遷想妙得構全局　興來時寫紙千張　滿紙煙雲香馥郁
東塗西抹鬢成絲　傾盡珠璣墨萬斛　我仰東坡與子猷　酷愛修竹不愛肉
此君不可一朝無　翠影婆娑長娛目　清光日日照攤書　滌我塵心餉我福

※1：竹林六逸：詩人李白客居任城（今山東濟寧）時與孔巢父、韓准、裴政、張叔明、陶沔六人同隱徂徠山，酣歌縱酒，情深意洽，號『竹林六逸』。

※2：蕭史，傳說為春秋時人，善吹簫，引鳳鳴。秦穆公以女弄玉妻之，為築鳳臺以居。一夕吹簫引鳳與弄玉昇天仙去。

其二

重訪篔簹探鳳窠　臨風倩影舞婆娑　曳杖攀枝路險仄　斟辭酌句漫切磋
看取淇園萬竿綠　賞心再賦竹之歌　未出土時先有節　龍孫犢角似干戈
新紫粉嬌苞初解　玉質珊瑚翡翠瑳　時有清香入肌骨　窗前碧玉薩婆訶
一生高雅懷正氣　堅貞虛心好節柯　鳳尾龍頭藏丘壑　瓊枝玉葉拂煙蘿
雨餘風定光璀璨　月照雲開露嵯峨　櫛風沐雨淩霄漢　帶露披煙立楚娥
別有清森映眉目　竹簟高枕警夢魔　昨宵風雨侵嶰谷　枝葉交加鳴玉珂
晨起漫步幽篁裏　一片清光照巖阿　美人學得青鸞曲　日日吹簫引鳳過
環珮珊珊明月夜　清姿嫋嫋入雲窩　細枝密葉掃冰雪　拂雲擎日向天河
欹枕閒看知自適　曉煙漠漠水生波　參差瀟灑四時翠　膏沐天公雨露多
不著繁華甘澹泊　宜山宜水惠風和　愧不如人今老矣　皤然兩鬢苦吟哦

讀恩師《墨竹手卷》感賦

二〇一〇年三月七日

平生愛此君　常寫个字式　重分又重人　佈局任疏密
遠學文湖州　還臨夏昶跡　又師清石濤　今入恩師室
水墨各天然　古今承一脈　名家豎旗幟　千秋立標格
憶昔走秦關　常作津門客　先生親教誨　長沐師恩澤
臨別贈竹譜※　為我留畫幅　又寄墨竹卷　手卷勝玉帛
展閱萬千竿　淋漓生花筆　瀟灑逾清湘　俊逸猶蘇軾
淇園千重翠　嶰谷萬竿碧　緗枝翡翠翎　葛陂珊瑚櫛
勁節傲冰霜　高風震霹靂　一箭定天山　兩漢安北域
斑痕凝湘煙　皇英懷帝魄　優遊集七賢　酣歌隱六逸
睢園酒千樽　石室書萬冊　欹枕玉韻寒　捲簾綠蔭襲
翠羽拂雲霓　紫筍挺劍戟　新梢影離離　老幹情奕奕
謇謇復森森　娟娟還律律　秀色出登州　精神貫舜日
鳳舞並龍吟　瑰麗千秋璧　滿卷煥光輝　藝林無可匹
迢迢千里思　江南連江北　虛心永不移　萬古如磐石

※：我在秦皇島工作十年期間，有幸多次過天津，拜會孫其峰老師。一九七二年我從秦調回景德鎮的南歸途中，特向老師道別。老師專門節臨高松竹譜三十餘幅，惠贈於我作為學習畫竹之範本。因當時正處於文革中的新華書店衹賣紅寶書，至於書畫藝術門類的書籍全被掃除，由此可知先生對我之關愛也。我之喜竹、愛竹、畫竹、詠竹均始感謝老師對我的諄諄教誨也。

詠竹五律一首

二〇一〇年三月十二日

籜迎春雨解　玉版禪心生　召我煙横徑　尋君月滿庭
湘雲侵嶰谷　斑淚記皇英　風雨四時翠　蕭蕭作鳳鳴

奉和會友弟題畫蘭竹詩（效板橋道人詩意）

二〇一〇年八月十五日

相思無計托花魂　衰草丹霞繞墓門　今日老兄重展筆　滿堂蘭子又蘭孫

附錄一　會友《題菁兄畫蘭竹》原作（新韻）　一九七三年五月

秀色姍姍含素馨　畫中隱隱美人魂　渭川千畝淩雲碧　高節清風自寫真

附錄二　朱鳳翔和韻（新韻）

檀色素心作素馨　飄來竹影掃瑶魂　竹蘭老樹非凡品　蘭竹幽風寫自真

奉和會友弟題畫風竹詩

二〇一〇年八月十五日

瓷都卅八年前會　把盞揮毫興未闌　君展瑶箋詩百首　我持禿筆畫千竿
餘生七四吾何幸　訣别卅三君可安　重寫萬竿青翠竹　枝枝葉葉夢珊珊

附錄一　會友《題菁兄畫風竹》原作　一九七三年五月

壁上新圖尺幅陳　幾竿搖曳長精神　虚心高節唯君識　畫出瀟湘幾段春

附錄二　朱鳳翔和韻

事如可例總陳陳　風竹雲蘭筆有神　更想畫工風雪裏　折梅扶竹去迎春

蘭蕙辭七絕四十首（集句）

二〇一〇年八月十八日

其一

蘭溪春盡碧泱泱（唐·杜　牧）　淡淡斑紅淺淺芳（宋·楊萬里）
清品自然無俗韻（清·李方膺）　滿天浮動古馨香（宋·鄭思肖）

其二

珍重幽蘭開一枝（宋·蘇　轍）　春工著意在芳姿（清·徐石麒）
玉堂獨對瀟湘影（清·宋翔鳳）　楚畹幽香祇暗持（唐·崔　涂）

其三

臨窗欲賦不能工（明·文徵明）　千載猗蘭曲未終（明·程敏政）
蕙草滿山多於箭（清·陳維崧）　淩風如到蕊珠宮（明·文徵明）

其四

蘭生空谷無人識（清·劉　灝）　含露臨風影自斜（明·張　羽）
環珮影搖湘浦月（元·張天英）　不求聞達祇煙霞（清·鄭板橋）

其五

手培蘭蕊兩三栽（明·余同麓）　日煗風微次第開（明·文　彭）
記剪寒香湘水曲（清·龍啟瑞）　月明林下美人來（明·高　啟）

其六

記在家鄉穀雨時（清·陳維崧）　閒拈湘管對題詩（明·陸　深）
猗猗九畹易消歇（元·吳　鎮）　惆悵王孫又不歸（元·張　翥）

其七

風莖露朵寫相思（清·嚴元照）　却見芳魂在翠微（清·鄭　燮）
和露紉為湘水珮（明·文徵明）　影宜圖畫韻宜詩（清·徐石麒）

其八

九畹齊栽品獨優（清·秋　瑾）　恍如綠綬縈青虬（元·吳　鎮）
王孫去後無消息（元·貢師泰）　月落滄江一笛秋（明·張　濬）

其九

三尺冰綃寫楚辭（清·陳維崧）　申江潮上月明時（近·吳昌碩）
詩人眼底花如海（清·孫原湘）　畫裏相看一兩枝（明·陸　深）

其一〇

著意尋香又不香（明·李日華）　更憐細葉巧淩霜（清·劉　灝）
玉叢遥映松篁底（宋·姚述堯）　幽徑無人獨自芳（宋·曹　組）

其一一

又喜幽亭蕙草新（唐·杜　牧）　心期千載一靈均（元·吳　澄）
人間自有清香種（元·柯九思）　蕭艾從來不共春（宋·陳與義）

其一二

為惜名花鎮日看（清·汪懋麟）　一眸春水照人寒（唐·崔　珏）
淡妝淺笑櫻桃破（宋·毛　滂）　人在花香鬢影間（清·陳維崧）

其一三

湘江洛浦三千里（唐·楊　憑）　綠玉叢中白玉嬌（宋·向子諲）
珍重天公裁剪意（清·錢謙益）　斷腸一集是離騷（清·郭　麟）

其一四

蘭葉茸茸花滿莖（明·袁　袞）　數枝濯濯映階庭（宋·劉克莊）

柔荑駢穗多纖態（清·金　農）　恰為蓬窗補畫屏（清·佘　笛）

其一五

燕泥欲墮濕凝香（明·李日華）　碧葉紅蕤露未乾（清·汪懋麟）

空谷佳人宜結伴（宋·向子諲）　夢成燕國正芬芳（宋·仲　殊）

其一六

國香哪惜彩毫工（明·程敏政）　紺碧吹香玉兩叢（明·文徵明）

祇有美人堪結佩（清·汪懋麟）　娟娟數穗玉玲瓏（清·馮登府）

其一七

湘江珮冷水雲空（清·蔣廷錫）　新茁庭階玉一叢（清·龍啟瑞）

玉淺香清涼露足（明·莫秉清）　花花葉葉帶春風（清·韓　騏）

其一八

豈有清香得似伊（明·陳恭尹）　淡妝存好美人癡（清·徐石麒）

紫莖玉蕊婷婷立（清·宋徵輿）　手折瑤花半醉時（元·張天英）

其一九

好裁紅錦護氛氳（清·趙執信）　露染生綃六幅裙（明·陸　治）

剪得淩波成小影（清·劉嗣綰）　畫屏指點認春痕（清·沈澤棠）

其二〇

湘娥窈窕搖雲帔（清·陳　澧）　蘭弄幽芳竹弄姿（明·李日華）

誰是晴窗三昧手（清·蔣廷錫） 墨林筆飽興淋漓（清·石　濤）

其二一

墨花夜發楚江春（元·張　渥） 錦瑟驚弦破夢頻（唐·李商隱）
碧玉琢成清如許（清·丁禾生） 移來幽室伴詩人（清·趙韻卿）

其二二

幽花疏淡更香饒（宋·向子諲） 猶自風流勝舞腰（唐·趙　嘏）
無奈薰風吹綠綺（宋·趙以夫） 湘江清淚滴春潮（清·郭　麟）

其二三

綠葉青蔥傍石栽（明·董其昌） 紫莖玉蕊向春開（明·文　嘉）
珠簾疑到揚州路（清·薛時雨） 豔拂衣襟蕊拂杯（唐·郭元振）

其二四

玉檻春香九陌晴（唐·劉得仁） 數枝濯濯映階庭（宋·劉克莊）
洞庭雲夢三千里（清·鄭　燮） 窈嫋東風搖翠莖（清·厲　鶚）

其二五

肌膚如雪顔如玉（宋·趙以夫） 蟬鬢紅心粉黛輕（唐·劉言史）
昨夜國香新入夢（清·趙懷玉） 夢回依約淚痕凝（清·李慈銘）

其二六

疏花嫩蕊淡含嬌（清·郭　麟） 閒嫋東風伴舞腰（唐·溫庭筠）
珍重靈根移楚畹（清·張鳴珂） 千秋蘭譜壓風騷（清·鄭　燮）

其二七

冷豔婷婷瘦倚欄（清·汪懋麟）
紅塵夢了不相關（宋·張　炎）
孤高可挹供詩卷（宋·劉克莊）
一種清芬勝麝檀（清·陳維崧）

其二八

突巖深縫妙香稠（清·鄭　燮）
曲榭迴廊繞澗幽（唐·李　乂）
惆悵幽人在空谷（元·柯九思）
楚雲湘水各悠悠（唐·戴叔倫）

其二九

細環清珮響丁當（唐·曹　唐）
任是無人也自芳（明·薛　綱）
看到東風飛絮影（清·佘嵩慶）
教人輾轉難思量（清·沈　芳）

其三〇

自鬟春羅等舞腰（唐·段成式）
一枝瓊豔不勝嬌（唐·何光遠）
檀心玉葉香風遠（清·王　昶）
便引詩情到碧霄（唐·劉禹錫）

其三一

一從香祖根培遠（清·端木采）
花發千巖似畫屏（唐·李　嶠）
夢斷楚江煙雨外（元·黄　溍）
看花多上水心亭（唐·張　籍）

其三二

無邊蕙草嫋春煙（明·董其昌）
振袖傾鬟風露前（唐·劉禹錫）
日暮是誰調錦瑟（元·陳　基）
幽懷如許總纏綿（清·錢學懋）

其三三

一徑栽培九畹成（宋·楊澤民）
此君瀟灑未忘情（元·袁　桷）
更無穠豔催開處（清·陳維崧）
素淡堪移入畫屏（宋·劉克莊）

其三四

玉骨纔勝翠莞涼（清·彭孫遹） 且看青鳳羽毛長（宋·仲　殊）
乍開猶帶瀟湘雨（清·張純修） 風泛崇蘭滿几香（明·文徵明）

其三五

秋風九畹正離離（明·陸　深） 谷內香縈谷外思（明·易震吉）
記得瀟湘秋雨後（明·陳憲章） 鳳凰翅冷玉參差（元·張天英）

其三六

枳籬茅舍掩蒼苔（清·吳偉業） 綠葉紫莖傍砌開（清·文　嘉）
千古江南芳草怨（明·張　渥） 寸衷脈脈幾低徊（明·王彥泓）

其三七

鏤瓊為佩翠為裳（元·韓　性） 幾葉幽蘭帶露香（元·劉　躍）
綺閣依然幽谷裏（清·宋徵輿） 不將顏色媚春陽（明·薛　綱）

其三八

玉作瓊英金作蕊（明·楊　慎） 千般嬌娜不勝春（唐·劉言史）
幽香獨抱無人賞（清·李　鱓） 冷月千山寄此身（近·陳三立）

其三九

蘭性堪同隱者心（清·汪士慎） 湘中九畹托根深（清·錢大昕）
紫莖綠葉生空谷（近·吳昌碩） 好伴青山看古今（清·李方膺）

其四〇

自愛深居隱姓名（唐·武元衡） 蘭香竹影伴書聲（今·鄧　拓）

檀心玉葉娟娟美（明·葉小鸞）　護得幽香到晚晴（宋·朱　熹）

二〇一〇年八月二十五日

山中蘭

山中明媚春光好　綠圍翠擁蓬窗悄　湘芽紫菂爛熳芳　嫩蕊新葩歌窈窕
杏靨含嬌露華濃　柔枝玉葉花蕊小　微風冉冉拂翠叢　空谷馨香綠雲繞
玉骨姍姍淡淡妝　露滋瓊蕊盈盈笑　冰弦哀怨翠華涼　萬里中天月皎皎
香透畫簾蕙草新　月地雲階秋思渺　無言相對影娟娟　碧染羅裙香浮窈
湘江楚畹長靈苗　綠玉參差輕煙嫋　瀟灑天然播清芬　挹露含香花枝俏
江南倦客最銷魂　且向花前留晚照　九畹靈根翠袖長　離騷華章千秋妙
汨羅江上湧蒼波　屈子精神日月耀　林密雲深遠紅塵　三椽茅舍勝蓬島
一瓣心香翠微中　空谷蒼崖任嘯傲　花歌葉舞自年年　長沐東風永不老

附錄　吴君荃芝兄詠蘭六首

其一（憐蘭·新韻）

楚老悲歌感後人　蕭生蘭瘁痛斯文　王香漫付雲霞賞　秀色難為世俗陳
氣味相投君子佩　蛾眉謠諑古今嗔　天公了斷無私意　千載賢愚萬古心

其二（讚蘭）

深山婀娜自悠然　夫子臨軒顧影憐　杏妒桃欺安若素　筆描墨染淡如煙
婷婷笑傲東風裏　嫋嫋逍遙石徑邊　羞伍凡葩爭豔媚　松朋竹友大羅天

其三（佩蘭·新韻）

再讀離騷感蕙蘭　回眸往事淚淋瀾　香幽豈奈風無力　體弱偏遭命已慳

洗淨胸中榮與辱　淡忘世上苦和酸　摘枝瑤草身前佩　好與荃芝結段緣

其四（賦蘭）

玉蕊瓊葩正及笄　翩然姑射鳳來儀　香飄九畹仙風格　氣貫三山道骨姿
幽谷年年舒爛熳　蕭齋夜夜寫相思　移來種在窗臺上　早畫瓊英晚賦詩

其五（種蘭）

蘭摧蕙折意何傷　翠葉紅芽兩渺茫　化蝶循風巡霧谷　望雲垂淚弔紅妝
勤耕仙畹播春雨　為喚花魂返故鄉　慧性靈根長伴我　餘香脈脈慰淒涼

其六（思蘭）

思君情切讀離騷　再鼓宣尼猗蘭操　楚畹娟魂貽令德　湘濱秀骨範高標
氣同金石堪為伍　節比松筠示後凋　一渥王香彌遠近　不隨桃李競妖嬈

二〇一〇年九月三日

牡丹

其一

國色天香帶露開　姚黃魏紫滿瑤臺　沉香亭上春風裏　曾記霓裳羽曲來

其二

春風徐拂翠明璫　金縷雲裳曉豔妝　紅膩黃嬌漂鴨綠　枝枝嫵媚冠群芳

其三

名花傾國傲乾坤　曾向瑤臺醉綠樽　千載馬嵬霜雪冷　年年誰弔美人魂

二〇一〇年九月八日

白鷺

其一

春雨霏霏春草齊　鷺鷥佇立水亭西　霜翎雪項横清影　高潔婷婷不染泥

其二

秋風颯颯理毛衣　遥逐青雲入翠微　信是一生能自潔　晚來還傍夕陽飛

二〇一〇年十二月二十日

秦和會友弟題畫梅原韻

其一

冰肌玉骨冠群芳　管領春風萬里香　彩墨淋漓花更豔　風華焕發五文章

其二

沉思鎮日對瓊芳　姑射仙人散異香　揮筆不知天已晚　一輪明月彩雲章

其三（倒疊前韻）

玉梅花下覓詩章　三友圖中發妙香　傲骨癯仙留夙約　松蒼竹翠永芬芳

附録一　會友原作

移來花萼數枝芳　墨蹟斑斑斗室香　水擁孤山春意好　閒從畫裏漫平章

一九七三年五月

附録二　朱鳳翔和章

煙姿玉骨吐芬芳　逗引春風萬里香　含笑帶羞臙脂意　隴頭倚雪映佳章

一九七三年五月

奉和會友弟題畫雪梅原韻

二〇一〇年十二月二十日

其一

漫天風雪亂交加　冰蕊含香未有涯　水暈墨章圖畫裏　晶瑩點點是梅花

其二（倒疊前韻）

冰魂照影忽横花　冷淡知心在水涯　夢入羅浮香雪裏　枝枝瓊蕊玉交加

其三

揮毫彩墨一枝花　欲寄芳心到海涯　漫道無言甘寂寞　朝來雙鬢雪霜加

一九七三年五月

附錄一　會友原作

寒天半壁雪倍加　枝老寒葩色有涯　望裏猶疑臘欲盡　分明一紙筆生花

一九七三年五月

附錄二　朱鳳翔和章

梅雪争春各自加　情人哪怕隔天涯　江南有意春來早　傲骨嶙峋是此花

二〇一一年六月二十日

題竹梅

嶰谷風搖千疊翠　孤山香散萬重霞　虚心竹有低頭葉　傲骨梅無仰面花

二〇一一年六月二十日

題自畫四君子圖

梅淩冰雪菊淩霜　翠竹清芬蘭吐香　彩墨圖成四君子　相期千載冠群芳

二〇一一年六月二十五日

題自畫彩墨松柏圖六首

其一

煙籠翠蓋隱雲霓　郁郁蒼蒼百丈巍　鐵幹虬枝擎日月　鱗條爪葉撼風雷

淋漓彩墨抒貞節　瀟灑英姿聳翠微　五品大夫千載譽※　臨風披露悟天機

※秦始皇登泰山，風雨暴至，休於松下，因封松為五大夫。唐武則天封柏為五品大夫。

其二

蒼官偉岸屹巖旁　熚熚精神萬古昂　蓋鳳藏蛟赤龍舞　蟠螭攫獸綠雲張
盤根錯節臨荒徑　蔽日淩雲挺昊蒼　不與春花爭豔冶　獨淩風雪傲冰霜

其三

脂凝琥珀出凡塵　拔地撐天日月新　深蓋屈盤青麈尾　老皮皺結黑龍鱗
籠煙含霧三千載　嘯雨吟風九百春　鐵幹淩霄無曲處　冰封雪壓顯精神

其四

鼓瑟吹笙調玉琴　天風颯颯動高岑　青松浴日交青蓋　翠柏迎風展翠衾
萬里龍筋盤地遠　滿林鳳翅入雲深　崢嶸歲歲寒猶健　勁葉森森起翠陰

其五

鐵幹擎天問畢參　殷勤細說古來今　防風避雨秦皇帝　流水高山周武琴
鋪路行車勝鐵枕　燒瓷成玉逾黃金　煌煌萬物昭千古　五品大夫情誼深

其六

蒼翠深青冷抱峰　曾經殷漢雪霜濃　雨侵香葉常栖鳳　風捲濤枝欲化龍
日照勢臨山萬仞　月來影壓樹千重　古賢陶令差堪撫　武后秦皇已御封

學畫四君子

小序：八月四日晚由曉寒教授邀請詩友的集會中，他說退休後想學點畫，問我學什麼好？我說：『韓教授，您文學功底深，詩又寫得好，為此，學點中國文人所喜愛的四君子—梅、蘭、竹、菊最合適』。又說：『既作畫，又題詩，詩中有畫，畫中有詩，那是多麼高雅、開心之事』。教授欣然答應說：『好！到時拜師！』我說：『拜師不可，我們互幫互學』。回來後，我則收集、整理前人所畫四君子的部分資料，亦根據主要作者之畫風，初步吟成題畫梅、蘭、竹、菊的拙作十七首，不辭老醜，先拋引玉之磚，以請教於大家。拙作如下：

二〇一一年八月八日

題畫梅六首

其一·揚補之※

清彝長者揚無咎　譜寫梅華真妙手
墨線圈成朵朵花　四梅圖卷傳承久

※揚無咎：（一零九七—一一六九）南宋畫家，字補之，號逃禪老人、清彝長者，江西清江人，寓南昌，拒絕出仕。善書，學歐陽詢，小楷清勁。能畫水墨人物，師李公麟。尤擅畫梅、竹、松、石、水仙，畫梅最著，為華光長老入室弟子（金冬心語）。家有老梅，花開時對之寫生，創用墨線圈出花瓣，一變以彩色或墨暈作花之法，對後世畫梅影響很大。

※四梅卷：即未開、半開、盛開、將殘四種為揚補之之傳世珍品。

※華光長老即仲仁，北宋畫家，僧，浙江紹興人。住湖南衡州華光山，號華光長老。擅畫梅，每當花開月上，就窗間疏影，用水墨暈寫，創為墨梅。

其二·王元章※

梅花自古寫來難　老幹參天少曲蟠
最愛元章風格好　新枝躍躍上雲端

※王冕：（一二八七—一三五九）元畫家，字元章，號煮石山農、飯牛翁、梅花屋主等，浙江諸暨人。出身農家，白天放牛，晚至佛寺長明燈下讀書，試進士不第。工寫墨梅，勁健有力，花密枝繁，生意盎然。

其三·汪士慎※

溪東外史寫梅花　琢玉團冰又一家
江畔灞橋風雪裏　疏枝清影自橫斜

※汪士慎：（一六八六—一七六二）字近人，號巢林，安徽休寧人，流寓揚州，以賣畫為生，為《揚州八怪》之一。善畫梅、工詩，有《巢林集》。他的別號很多：勤齋、志印、天都寄客、溪東外史、晚香老人等

其四・金冬心※

冬心梅作幾琳瑯　枝瘦花繁滿幅香　風格參差多妙手　此公面目費平章

※金農：（一六八七—一七六四）字壽門，號冬心先生、曲江外史、昔耶居士、稽留山民……杭州人。客揚州，鬻詩文，賣書畫。寫隸書古樸，為『揚州八怪』之一。他之梅花多為他人代筆，如他的弟子羅聘、項均等是。見《揚州畫派書畫全集・金農》之前言以及一九八八年《文物》第十二期之六十九頁吳爾鹿先生的《金農和他的代筆畫》一文。

其五・李晴江※

揚州畫派李晴江　禿筆生花無匹雙　鐵幹銅皮新畫本　淋漓水墨滴吟窗

※李方膺：（一六九五—一七五四）字虬仲，號晴江、秋池，江蘇南通人。曾任東安、蘭山、潛山、合肥知縣，去官後寓南京借園，『自號借園主人』，常來往揚州賣畫。善畫松竹蘭菊，尤長寫梅，亦能詩，為《揚州八怪》之一。

※吾宗先世晴江師畫梅：嘗以墨計白，以白守黑，以拙出奇，以孤見傲，以簡代繁，而每畫必題，故其畫梅為天下冠。對梅日則凝就，夜則構思，身忘於衣，日忘於餐，以達梅之性格，挹梅之神韻，傳梅之真情，吐梅之幽香。然於下筆之時，精神煥發，興致淋漓，揮灑自如，每出新致。古幹虬枝，縱橫交錯，夾雜飛舞，令人難尋其起落，亦莫知其然而然者。愚今濡墨揮毫難效仿其萬一也。

其六・吳昌碩※

寫梅老缶勢槎牙　豎抹橫塗一大家　滿紙珠璣新妙墨　東風吹綻萬重霞

※吳昌碩：（一八四四—一九二七）名俊卿，字昌碩，別號缶廬、苦缺、老缶等，浙江安吉人。近代篆刻、書畫家。清末曾任安東知縣一月，後寓上海。篆刻融合皖浙諸家，獨創一派，《缶廬印存》。工書法，擅寫《石鼓文》，樸茂雄健，能破陳規。三十以後作畫，兼以篆書、狂草筆法入畫，筆酣墨飽，深厚蒼勁，自開新貌。曾推為《西泠印社》社長。能詩，有《缶廬集》。

題畫蘭三首

其一·鄭所南※

寫蘭長憶所南翁　花葉蕭疏嘯晚風　國破已經無寸土　忠肝義膽有誰同

二〇一一年八月十二日

※鄭思肖：（一二四六—一三一八）宋末詩人、畫家，字憶翁，福建人。曾以太學生應博學弘辭試，並獻策抵抗蒙軍南侵，未被採納。宋亡，隱居蘇州，坐臥必南向，以示不忘宋室，自號所南、又號三外野人。擅作墨蘭，花葉蕭疏而不畫根土；兼工墨竹，常寫蒼煙半抹，斜月數竿之景。有《一百二十圖詩集》、《所南先生文集》等。

其二·石　濤※

幼年避禍遯空門　苦學丹青淚暗吞　妙筆傳神留逸品　國香清韻美人魂

※原濟：（一六四二—約一七一八）清初畫家，姓朱，名若極，廣西桂林人。為明藩靖江王朱讚儀的十一世孫，父朱亨嘉為人俘殺時，濟年尚幼，後隱蔽為僧。法名原濟，亦作元濟，號石濤，又號苦瓜和尚、大滌子、清湘陳人等。早年屢遊安徽敬亭山、黄山；中年住南京，兩次見康熙帝；晚年定居揚州賣畫。工詩，擅山水、蘭竹、花卉、人物等。有《苦瓜和尚畫語錄》以及後人所輯《大滌子題畫詩跋》等。

其三·鄭板橋※

鄭蘭情韻世人誇　勁峭蕭疏又一家　花葉參差風格秀　山中留與伴煙霞

二〇一一年八月十五日

※鄭燮：（一六九三—一七六五）清書畫家、詩人，字克柔，號板橋，江蘇興化人。早年家貧，應科舉為康熙秀才，雍正舉人，乾隆元年進士。曾任山東范縣、濰縣知縣，以歲飢為民請賑，忤上官意而罷官。歸里不再出仕，久居揚州賣畫。擅寫蘭竹，體貌疏朗，風格勁峭。工書法，用隸體參入行、楷，自稱『六分半書』。能詩文，為《揚州八怪》之一，有《鄭板橋全集》。

題畫竹五首

其一·文湖州※

湖州寫竹下篔簹　成竹在胸滿紙香　濃淡分明看向背　重人晴竹有陰陽

※文同：（一〇一八—一〇七九）北宋畫家，字與可，自號笑笑先生，人稱石室先生，四川鹽亭人。歷官邛州、洋州等知州，元豐初出知湖州，未到任而故，人稱文湖州。工詩文書畫，擅墨竹，畫竹葉創深墨為面，淡墨為背之法。主張畫竹必先『胸有成竹』、『不能節節葉葉為之』。評者謂其『畫竹富瀟灑之姿，逼檀欒之秀，疑風可動，不笋而成』。其後學者甚多，稱為『湖州竹派』。

其二·蘇　軾※

東坡寫竹筆如矛　灑脱凝重孰與儔　墨戲當年留妙品　傳神樸茂著千秋

※蘇軾：（一〇三七—一一〇一）北宋文學家、書畫家，字子瞻，號東坡居士，四川眉山人。與父洵弟轍，合為『三蘇』。其文汪洋恣肆，明白暢達，為唐宋八大家之一。其詩清新豪健，獨具風格。詞開豪放一派，對後世很有影響。擅長行書、楷書，為宋四大家之一，能畫竹，學文同，喜作枯木怪石。論畫，主張『神似』，高度評價『詩中有畫，畫中有詩』的藝術造詣。存世畫跡有《枯木怪石圖》、《竹石圖》等。

其三·夏　昶※

玉峰寫竹墨花開　熔古創新經世才　組葉交加分介个　胸中情韻筆端來

※夏昶：（一三八八—一四七〇）明畫家，初姓朱，後姓夏，字仲昭，號自在居士、玉峰，江蘇昆山人。永樂十三年進士，正統中官至太常寺卿。擅墨竹，師承王紱而稍有變化，時推第一，名馳域外，有『夏卿一個竹，西涼十錠金』之譽。所畫竹枝偃直濃疏，合乎矩度，筆勢灑落，墨色蒼潤。亦工楷書。

其四·石　濤※

臨風長嘯與誰論　譜寫淇園萬古魂　枝葉清芬搖倩影　豪情筆墨壯崑崙

※南京博物院藏石濤墨竹上自題云：『臨風長嘯』。石濤寫墨竹可云：『目空今古，藝卓千秋』。

其五·鄭板橋※

以少勝多圖畫新　疏疏淡淡顯精神　搖窗清影常模寫　妙墨天然筆底春

※板橋題畫竹有句云：『敢云少少許，勝人多多許』、『自然淡淡疏疏，何必重重疊疊』、『余作畫無所師承，多得於紙窗、粉牆、日光、月影中耳』。

二〇一一年八月十八日

題畫菊三首

其一·惲南田※

没骨花枝著意描　新圖煥彩暗香飄　黄鵝紫鳳姍姍舞　清潤明妍分外嬌

※惲壽平：（一六三三—一六九〇）清初畫家，初名格，號南田、雲溪外史、白雲外史等，江蘇武進人。家貧，不應科舉，賣畫為生。初工山水、筆墨秀峭；後作花卉，學没骨法。重寫生，往往用水墨淡彩，清潤明麗，自成一格，有『惲派』之稱，為清六家之一。兼精楷書，詩文亦清麗，有《甌香館集》。

其二·吳昌碩※

遒勁雄豪一大家　常將鐵筆寫黄華　丰姿豔逸超千古　彩墨芬芳壯晚霞

※題吳昌碩畫菊

其三·陳半丁※

秀潤蒼靈古樸妍　晚香冷韻墨花鮮　黄華久耐霜風勁　傲骨如梅瘦可憐

※陳年：（一八七七—一九七〇）字半丁，一作半痴，又字靜山，浙江紹興人。居北京，曾任北京中國畫院副院長。工書畫，以花卉見長，能吸收明清諸家畫法，具秀潤蒼古之趣，而獨樹一幟。山水則似石濤，風格尤高。兼善摹印，師吳昌碩。

二〇一一年八月十九日

詠蟬

小序：辛卯七月二十日清晨漫步於柳林之中，發現數個秋蟬相繼墜地，振翅而不能飛鳴，見它跁跒、踦跂、躞跜、蹭蹬之狀，有感於昔人所云：金風未動蟬先覺，暗送無常總不知。因賦古風一首：

昔攀鳳池柳　更上鳳凰臺　盛世出英傑　丹陛納俊才
風光無限好　錦繡為君開　高鳴傳絕響　餘音繞瑤階
憑高欣展志　自詡棟樑材　御街賞風月　瓊樓醉金杯
豔聽蓮花曲　歌舞興悠哉　昨夜秋風起　肅殺青女來
抱葉飄然下　落地委塵埃　雲間消息斷　春恨幾徘徊
帝臺空悵望　東流萬古哀　何如江渚上　披蓑臥綠苔
秋月春風裏　悠悠棹歌回　不問浮沉事　朗然自開懷

二〇一一年八月二十八日

題自畫梅月圖

其一

寫取春風第一枝　淡妝清韻最相宜　賞心茅店人重到　點額深宮夢未知
白石詞仙翻舊譜　孤山處士賦新詩　黃昏月上橫斜影　陣陣香來入硯池

其二

邇來偶得故人書　屬寫春風梅月圖　自是詩中兼畫意　不知畫裏入詩無
舊時月色憑誰問　今日花光有客摹　玉蕊天然標格好　暗香疏影借林逋

二〇一一年八月二十八日

題友人工筆荷花圖

淩波仙子播香風　淡淡鉛華著意工　翠袖半遮西子白　碧波斜映太真紅
天生麗質無塵染　地育靈根有夢通　試問花中安可媲　唯君清水出玲瓏

二〇一一年八月二十九日

詠梅八章

二〇一一年八月三十一日

其一

溪邊乍放報春先　伴我蕭齋別有天　縷縷寒香縈几案　枝枝瘦影透寒煙
美人日暮依修竹　遊子天涯託錦箋　南浦綠波人去遠　羅浮仙夢自年年

其二

一枝爛熳出前村　點額新妝認舊痕　未有風雷驚世界　漫將春色濟乾坤
暗香疏影千秋韻　玉骨冰肌萬古魂　江北江南情脈脈　已傳消息到蓬門

其三

綠萼仙姝淡淡妝　玉為肌骨雪為裳　冰綃剪袂霞裁珮　清影婷婷有暗香

其四

斷橋流水夕陽村　疏影寒香酒一樽　每向冰霜看傲骨　常於水月見冰魂

其五

鉛華洗盡潔無痕　千載羅浮冰雪魂　冷豔幽香難媲美　最銷魂處月黃昏

其六

冰心半吐玉叢叢　慣有西湖處士風　我欲閉門修豔福　看那秋水剪雙瞳

其七（以下集句）

漏泄春光三四枝（宋·無名氏）　恨無流水照冰姿（宋·葉夢得）
有花無葉真瀟灑（宋·鄭少微）　吩咐東君好護持（清·嚴光照）

其八

宜春深院賞花枝（唐·張　祜）　曾為梅花醉不歸（宋·朱敦儒）
簾外東風吹斷夢（宋·王庭珪）　回頭一顧一相思（唐·閻德隱）

二〇一一年十一月十九日

詠菊集句五十章

其一（集唐）

金節三秋晚（宋之問）　憑高薦羽觴（沈佺期）
分黃俱笑日（駱賓王）　含露滴瓊漿（劉禹錫）

其二（集唐）

千峰待逋客（皇甫曾）　萬里正含情（杜　甫）
年年重九慶（沈佺期）　露下發金英（陳叔達）

其三

紅葉正蕭蕭（唐·許　渾）　何人慰寂寥（唐·貫　休）
霜間開紫蒂（唐·陳叔達）　擢穎淩寒飈（晉·袁山松）

其四

秋菊有佳色（晉·陶淵明）　天寒花自香（宋·王十朋）
深叢隱孤秀（宋·梅堯臣）　英英傲晨霜（宋·陸　游）

其五

豔雪想瓊臺（清·惲壽平）　仙輿九日來（唐·宋之問）
西風搖羽扇（唐·劉禹錫）　寂寞為誰開（宋·王禹偁）

其六

尋芳到菊叢（唐·耿　湋）　含翠共搖風（唐·駱賓王）
嫋娜裙千褶（宋·陳師道）　西風夕照中（清·潘遵祁）

其七

冷落黄金蕊（宋·梅堯臣）　香寒祇自珍（宋·楊萬里）
香中別有韻（唐·崔道融）　清切露華新（唐·杜　甫）

其八

秋去菊方好（宋·王十朋）　悠然發妙香（清·石　濤）
金英分細蕊（唐·盧　綸）　正色御袍黄（元·陶宗儀）

其九（集宋）

曉來玉露浥芳叢（朱敦儒）　羞與春花豔冶同（劉克莊）
寧可抱香枝上老（朱淑貞）　不隨黄葉舞秋風（朱淑貞）

其一〇（集清）

一般秋色在陶家（鄭　燮）　編竹為籬種菊花（李方膺）
三徑冷香迷淡月（石　濤）　一秋詩興在黄華（惲南田）

其一一（集清）

愛花成癖老猶狂（葉申薌）　籬下霜枝筆底香（唐　英）
老去看花圖自在（汪士慎）　不知天地有清霜（鄭　燮）

其一二

孟嘉落帽興偏長（金·馬　鈺）　近托柴桑處士莊（清·宋　琬）
扶杖老人心不老（宋·黄叔達）　亂山深處過重陽（宋·呂本中）

其一三

聞道柴桑景最幽（明·楊　榮）　黃花照眼又經秋（宋·劉克莊）
自憐短鬢蕭蕭白（宋·陸　游）　長掃黃花付酒樓（明·徐　渭）

其一四

秋叢繞舍似陶家（唐·元　稹）　憔悴西風鬢影斜（清·葉申薌）
金地遍成金蕊泛（金·王　喆）　無錢持蟹對黃花（宋·方　岳）

其一五

看取黃花白露新（唐·郎士元）　不同桃李混芳塵（元·王　冕）
西風冷淡東籬下（明·王　佐）　惟有黃花是故人（明·許　繼）

其一六

淡到黃花淡更奇（清·李方膺）　秋風融日滿東籬（宋·姚月華）
天生一種蕭疏致（清·孫原湘）　更有霜痕入小詩（清·潘遵祁）

其一七

滿園花菊鬱金黃（唐·白居易）　搖曳風前帶晚霜（清·汪士慎）
卻倚蓬窗閒點筆（清·徐廷鏴）　淋漓彩墨畫秋芳（元·陶宗儀）

其一八

偷得徐娘半面妝（清·宋　琬）　玉除金蕊映秋霜（宋·楊冠卿）
西風又拂盈盈菊（宋·張　掄）　特地攙先九日香（宋·史　鑄）

其一九

西風吹菊滿東籬（宋·黃庭堅）　三徑人來泛酒卮（宋·無名氏）

本為紅塵辭俗眼（明·李東陽） 獨留鐵面傲霜遲（明·高　啟）

其二〇

三徑歸來亦未荒（明·貝　瓊） 西風采采弄秋黄（明·文徵明）
耐寒自有東籬菊（唐·白居易） 不想淩雲也傲霜（清·李　鱓）

其二一

紫翠叢中獨隱奇（明·王　佐） 菊花初破兩三枝（宋·陸　游）
寒香似寫歸來夢（元·袁　桷） 更把冰霜吐作辭（明·祝允明）

其二二

故園三徑吐幽叢（明·唐　寅） 曲几圍屏窈窕通（明·李東陽）
醉眼不知秋色改（元·貢性之） 且開笑口對西風（近·吳昌碩）

其二三

黄菊芬芳絕世奇（宋·陸　游） 憐伊高格不宜時（清·黄燮清）
木樨開遍芙蓉老（宋·袁去華） 猶有霜枝護短籬（清·葉中薌）

其二四

雪彩冰姿號女華（唐·張　賁） 此花開盡更無花（唐·元　稹）
東籬獨佔秋光好（宋·袁去華） 自寫霜天五色霞（清·惲南田）

其二五

半籬清豔帶繁霜（清·石　濤） 染卻人間九日黄（宋·陳德武）
今夜花前須盡醉（宋·葛　仲） 祇疑春色到重陽（宋·張孝祥）

其二六

肌香骨秀月中仙（元·陳師道） 委忍芳心與暮蟬（唐·李商隱）
露濕秋香滿池岸（唐·鄭　谷） 西風重九菊花天（明·徐　渭）

其二七

霜後黄花尚自開（宋·韓　滮） 猶能婀娜傍池臺（唐·司空圖）
故山歸去重陽近（明·謝承皋） 准擬登高泛酒杯（宋·王禹偁）

其二八

年年風雨醉重陽（明·文徵明） 三徑西風逗晚香（元·陶宗儀）
惟看東籬黄菊綻（金·劉志淵） 霜前雨後正芬芳（金·長筌子）

其二九

學買臙脂未擅長（清·潘遵祁） 把杯看畫即重陽（清·唐　英）
可憐習染東籬菊（清·李　鱓） 晚節還能傲雪霜（明·郭汝美）

其三〇

憶從九日伴陶家（清·葉申薌） 繞遍籬邊日漸斜（唐·元　稹）
朵朵爭開花爛熳（金·長筌子） 金英翠葉耀年華（明·高　松）

其三一

細香團玉沁霜華（明·文徵明） 不是春光外菊花（宋·楊萬里）
紫蟹紅菱三白酒（清·鄭　燮） 東園添我老生涯（宋·黄庭堅）

其三二

陶令籬邊常宿留（宋·曾　慥） 數枝金蕊傲王侯（宋·無名氏）
菊花自擇風霜國（宋·楊萬里） 染出東籬片片秋（明·楊　榮）

其三三

重陽不使老陶誇（明·高　松）曾典鷫裘向酒家（清·惲壽平）

便有佳名配黃菊（宋·蘇　軾）琴樽瀟灑寄瑯琊（清·李方膺）

其三四

輕肌弱骨散幽葩（宋·蘇　軾）共坐欄邊日欲斜（宋·歐陽修）

老圃尚餘清節在（明·文徵明）祇將青眼看黃花（宋·黃庭堅）

其三五

解印歸來祇自憐（元·貢性之）柴桑人去已千年（金·元好問）

菊花無藉秋光老（宋·劉克莊）孤負家園九月天（清·鄭　燮）

其三六

黃花初放酒新香（清·汪士慎）雪幹霜姿照草堂（明·文徵明）

多少天涯未歸客（明·唐　寅）冷煙疏雨幾重陽（明·劉　泰）

其三七

先生愛菊似柴桑（明·貝　瓊）寒入東籬忽踐霜（明·文徵明）

淨洗西風塵土面（宋·范成大）新花一朵御袍黃（明·貝　瓊）

其三八

不取霜栽近御筵（唐·李商隱）黃花斜臥竹籬邊（近·吳昌碩）

百年幾度花前醉（清·張　琦）孤負秋光又一年（清·潘遵祁）

其三九

珍叢朵朵鬱金黃（宋·毛　滂）一笑盈盈百種芳（宋·陳師道）

爭道黃花人比瘦（清·葉申薌）　金英依舊逗天香（元·姬　翼）

其四〇

瘦蝶寒蛩晚景前（金·元好問）　西風簾捲菊花天（清·潘遵祁）
不辭老圃秋容淡（元·王　惲）　此日風光最可憐（唐·崔　液）

其四一

晉代殘花開未了（清·曹　溶）　幽叢一笑東籬曉（宋·高觀國）
嫣然嬌靨鬬盈盈（宋·呂勝己）　開遍洞天歌窈窕（宋·馮登府）

其四二

金英寂寞為誰開（宋·王禹偁）　落拓山園載酒來（宋·劉克莊）
寄語柴桑老居士（明·王　佐）　陶然共醉菊花杯（唐·崔　曙）

其四三

獨恨愛花人易老（宋·馮取洽）　我心自合秋容好（清·張　琦）
憑誰折取泛芳卮（宋·王　炎）　猶有餘情被花惱（宋·陸　游）

其四四

紫英黃萼照丹墀（唐·蕭穎士）　已過重陽十日期（宋·陸　游）
應笑陶潛孤負了（宋·姚述堯）　膩香秀野拂霜枝（宋·張　炎）

其四五

金風過處舞金鈿（金·王　喆）　一縷黃金是一年（宋·楊皇后）
移就淺斟鴛帳底（元·袁　易）　殷勤與插小嬋娟（宋·陳師道）

其四六

道人小茸柳邊莊（元·陶宗儀） 中有孤叢色似霜（唐·白居易）
黄葉白蘋風露冷（宋·王　炎） 一枝金拆小苞香（唐·羅　隱）

其四七

九秋風露與清寒（明·劉　基） 燦燦金英白玉團（明·林　志）
誰信珠璣顔色好（明·祝允明） 晚香灑滿曲欄杆（清·張鳴珂）

其四八

先生深臥菊花叢（明·李東陽） 獨立疏籬趣未窮（宋·鄭思肖）
按譜秋葩班異品（元·陶宗儀） 小園開遍度香風（宋·葛勝仲）

其四九

东籬笑欲傲柴桑（清·葉申薌） 籬下西風鬬晚妝（明·程敏政）
已是有花兼有酒（宋·黄庭堅） 先生爛醉過重陽（清·汪士慎）

其五〇

幾處東籬伴月斜（唐·張　貢） 更將金蕊泛流霞（宋·歐陽修）
開遲愈見淩霜操（宋·陸　游） 萬古延年一種花（清·鄭　燮）

二〇一一年十一月二十一日

詠梅集句五十章

其一（集宋）

纔有梅花便不同（張道洽） 梅家瀟灑有清風（毛　滂）
探梅選勝湖山裏（曹　勳） 一樹梅花一放翁（陸　游）

其二（集宋）

夢想西湖處士家（劉　因）　冰姿玉骨淨無瑕（趙希璐）
黄昏時候朦朧月（趙孟堅）　照眼英英十數花（樓　鑰）

其三（集宋）

一枝冰蕊出疏籬（趙長卿）　姑射仙人雪作肌（無名氏）
初破曉寒無限思（李之儀）　淡妝淺笑總相宜（袁去華）

其四（集宋）

翦翦寒花小更垂（姜　夔）　年年臨水看冰姿（陳與義）
絕憐竹外横斜處（向子諲）　開遍南枝與北枝（黄庭堅）

其五（集宋）

臨風照水比精神（吳　儆）　不御鉛華自出塵（李　洪）
疏影臥波波不動（趙長卿）　一枝先破玉溪春（辛棄疾）

其六（集宋）

浮玉溪頭煙樹村（辛棄疾）　娟娟新月又黄昏（吳　儆）
一枝香徹江邊路（無名氏）　自有羅浮冰雪魂（葛　郯）

其七（集宋）

玉纖特地破朝寒（陳聘三）　萬蕊拈鬚粉作團（范成大）
疑是化工偏著意（無名氏）　淡妝仍向月中看（洪　適）

其八（集元）

猶自梨雲入夢頻（張　庸）　孤芳歲晏轉精神（張　昱）
嫩寒清曉孤山路（王　冕）　中有江南萬斛春（黄　縉）

其九（集明）

月洗煙籠領歲華（王世貞）　一枝清影寫橫斜（唐　寅）

歲寒始見春風面（陳　烓）　淡淡幽香透碧紗（李日華）

其一〇（集明）

萬里羅浮一夢賒（鄭　真）　至今猶自負梅華（王世貞）

肌膚綽約如冰雪（焦　竑）　天與孤高第一花（陳　烓）

其一一（集清）

蒼蒼老幹自生新（陳　撰）　一樹梅花天地春（虛　谷）

向晚十分看更好（林令旭）　耐寒風月最精神（項　奎）

其一二（集清）

衝寒先已笑東風（曹雪芹）　衹當羅浮寫夢中（項　奎）

有客橫琴彈古調（汪士慎）　清溪西畔小橋東（林令旭）

其一三

冰心半吐曉煙籠（清·錢　和）　剩有西湖處士風（宋·辛棄疾）

隴首雲收天色暮（宋·無名氏）　橫斜疏影月明中（宋·無名氏）

其一四

物外幽情世外姿（清·顧真觀）　欲教白石寫新辭（清·吳錫麟）

隔簾風動娉婷影（元·張之翰）　個是花中第一枝（宋·無名氏）

其一五

千樹西湖浸碧漪（元·陳師道）　臙脂為萼玉為肌（宋·徐　熲）

黃昏庭院誰相問（清·黃景仁） 留得春風雪一枝（元·陳師道）

其一六

牆頭梅蕊一枝新（宋·史遠道） 玉骨冰姿別是春（宋·莫　將）
明月觀深春夢遠（元·錢惟善） 飄然風韻奪天真（元·沈　禧）

其一七

誰將冰玉比精神（宋·向子諲） 喚起花光為寫真（清·嚴光照）
隨意橫斜都入畫（清·況周頤） 好將清瘦出風塵（清·陳　撰）

其一八

歲華欲晏挺冰霜（明·倪　岳） 傾國風流解斷腸（清·鄭文焯）
記取灞橋風雪裏（清·江　珠） 幾枝疏影照斜陽（清·張　傳）

其一九

小園又試晚妝新（宋·陸　游） 淡淡疏疏不惹塵（宋·王　炎）
我欲將詩對明月（清·石　濤） 特翻別調寫陽春（清·高鳳翰）

其二〇

一枝梅蕊出牆頭（宋·惠　洪） 冠世精神分外幽（清·李方膺）
月下何人橫玉笛（宋·無名氏） 瀟瀟灑灑自風流（宋·權無染）

其二一

丰神宜雪亦宜霜（今·齊白石） 倩影婷婷有暗香（宋·無名氏）
閱盡六朝無粉飾（清·石　濤） 水晶簾外鬬新妝（清·高鳳翰）

其二二

冰魂飛下廣寒宮（清·林令旭）　霞隔羅浮夢未通（清·曹雪芹）
素豔乍開金蓓蕾（元·劉秉忠）　一枝清瘦雪霜中（宋·無名氏）

其二三

筆端喚醒玉梅魂（宋·張子文）　朵朵疏花帶雪痕（清·吳　襄）
江上梅花千萬樹（元·揭傒斯）　共攜芳酒倒金樽（清·林令旭）

其二四

籬角煙籠絕世姿（清·李　藻）　自憐冰臉不時宜（宋·蘇　軾）
羅浮山下西河上（明·項聖謨）　誰寫孤山伴鶴枝（明·徐　渭）

其二五

冰容玉豔綴瓊枝（宋·無名氏）　裁剪春風瘦入詩（清·吳　襄）
一自羅浮香夢斷（清·吳　襄）　江南江北漫相思（清·葉以信）

其二六

絳唇初點粉紅新（宋·莫　將）　隔世驚逢絕世人（清·鄭文焯）
擬把千鍾酬國色（宋·無名氏）　江南誰寄一枝春（宋·毛　滂）

其二七

斷橋流水領春回（宋·王從叔）　多謝天工巧剪裁（元·歐陽玄）
江上梅花千萬樹（元·揭傒斯）　枝枝仙豔月中開（宋·無名氏）

其二八

一枝清豔照漣漪（宋·袁去華）　玉骨冰肌世外姿（清·張　振）
綽約寒花香未透（宋·吳　儆）　凍雲深護最高枝（清·顧真觀）

其二九

春風吹酒褪腮紅（宋·毛　滂）　萬樹浮光細細風（元·劉秉忠）

留得歲寒風骨在（宋·李曾伯）　天教雪月伴玲瓏（宋·鄭少微）

其三〇

水邊初放影離離（明·項聖謨）　冰雪江城十萬枝（清·汪士慎）

似雪似花花似雪（清·虛　谷）　漆紗窗外影參差（明·鄭　真）

其三一

鐵石冰霜百世身（元·袁　桷）　玉為肌骨雪為神（明·于　謙）

蜿蜒斜立瑤階裏（明·丘　浚）　散作乾坤萬里春（元·王　冕）

其三二

廣平一賦韻鏗鏘（清·蒲　華）　玉雪精神鐵石腸（明·項聖謨）

翠袖輕盈弄明月（明·焦　竑）　蕊寒枝瘦凜冰霜（宋·朱　熹）

其三三

黃昏疏影臥蒼苔（清·汪士慎）　忽帶羅浮月影來（清·華　喦）

曾憶孤山橋上看（明·項聖謨）　冷香幽豔向誰開（宋·曾　鞏）

其三四

老梅愈老愈精神（清·金　農）　玉屑生香不染塵（清·林令旭）

洛浦神仙臨水立（元·王　結）　自來香好不須尋（清·況周頤）

其三五

淩寒玉蕊發南枝（元·管道昇）　留待山翁夜賦詩（清·吳　襄）

冰雪肌膚瀟灑態（宋·無名氏）　小窗橫幅有誰知（清·葉以倌）

其三六

照影西湖自寫真（元·趙孟頫）　輕朱薄粉試妝新（清·鄭文焯）
羅浮夢醒嫣然笑（清·蒲　華）　點綴江南萬斛春（清·李方膺）

其三七

冰為肌骨玉為神（清·李方膺）　雪色簾櫳月色新（清·黄　慎）
擬把一枝傳信去（宋·無名氏）　與他同賞雪中春（清·陳　撰）

其三八

一點芳心入鬢雲（宋·張元幹）　月中羞舞鬱金裙（明·秦　約）
華光一逝孤標絕（明·焦　竑）　瘦煞揚州月二分（清·錢　枚）

其三九

水晶簾幙珊瑚鉤（明·貢師泰）　楚客招魂憶舊遊（清·汪士慎）
可愛冰心甘冷淡（清·張　傳）　昨宵有夢到羅浮（近·吳昌碩）

其四〇

第六橋頭雪乍晴（元·貢性之）　翠禽無語鶴無聲（清·項　奎）
冰花化水雪添白（清·汪士慎）　人與梅花一樣清（元·貢性之）

其四一

瓊姿祇合在瑶臺（明·高　啟）　蘸水冰花朵朵開（宋·無名氏）
一覺浮生塵世外（清·虛　谷）　斷橋流水故人來（清·汪士慎）

其四二

冰雪林中著此身（元·王　冕）　花開不佔洛陽春（元·馬祖常）

何妨歸路參差見（宋·馮　山）　寫影無如月最真（元·張　昱）

其四三

誰折南枝傍小叢（宋·鄭少微）　冷香飛上一枝筇（清·顧光旭）

畫圖省識驚春早（宋·陸　游）　四面相看一笑同（宋·何　澹）

其四四

傲骨天生耐得寒（清·孫原湘）　瘦於修竹淡於蘭（清·周　農）

前身定是瑤臺種（清·曹雪芹）　豔泛金波照玉盤（唐·權德輿）

其四五

霓裳新換舞衣長（宋·韓元吉）　獨立春風第一香（明·項聖謨）

不御鉛華偏綽約（清·吳　襄）　當時曾伴壽陽妝（宋·無名氏）

其四六

暗香微度玉玲瓏（元·劉秉忠）　霞隔羅浮夢未通（清·曹雪芹）

十二欄杆明月夜（元·楊維楨）　冰魂飛下廣寒宮（清·林令旭）

其四七

不知屈曲向東風（清·李方膺）　蟬鬢輕綃敷粉紅（唐·杜　牧）

開到寒梢猶可愛（宋·楊皇后）　一枝清冷月明中（明·劉　基）

其四八

瓊芳臺下玉成林（宋·曹　勳）　中有佳人畫閣深（唐·羅　虬）

個個冰珠清俏影（清·金　農）　個中珍賞重千金（宋·無名氏）

其四九

留向紛紛雪裏看（唐·白居易）　傍檐低壓玉欄杆（唐·王　涯）

晴窗畫出横斜影（宋·陳與義）　百遍相看意未闌（唐·杜　甫）

其五〇

天機浩蕩是吾師（清·李方膺）　南國佳人絕代姿（清·汪士慎）

玉貌香腮天賦與（宋·無名氏）　詩中有畫畫中詩（宋·蘇　軾）

辛卯古稀又五生辰寫疏影暗香圖效姜白石詞意補題

二〇一一年十二月二十四日

其一

舊時月色憑誰問　白石仙翁有妙詞　重覓幽香深雪裏　小窗横幅月明時

其二

水墨淋漓寫一枝　西湖寒碧賞芳姿　冷香垂愛入詩胃　拙筆塗鴉畫與詩

詠梅五律二首

二〇一二年一月五日

其一

東閣溪頭樹　梅華已吐芳　癯仙脂似洗　楚客賦猶狂

塞北無知已　江南是故鄉　嫣然嬌欲語　為我送幽香

其二

疏影横溪上　羅浮清夢狂　仙姝姿綽約　玉笛韻悠揚

枝瘦擎明月　花寒發妙香　三冬存傲骨　歲晏凜冰霜

詠竹集句四十首

二〇一二年一月六日

其一（集唐·鄭谷句）

人皆笑幽獨　我愛此君雅　避世遠俗塵　飄然自瀟灑

其二（集唐）

獨愛此幽篁（韋應物）　新梢纔過牆（杜　甫）
娟娟林際出（戴叔倫）　會見拂雲長（杜　甫）

其三（集宋·王琪句）

風月影徘徊　竹堂晝夜開　欲留雙鳳宿　龍笛莫輕裁

其四（集元·程鉅夫句）

叢篁石上多　風靜倚碧柯　明日拄笻去　尋雲入薜蘿

其五（集清·葉申薌句）

新種數竿斜　翠枝搖月華　柔篁嫩葉動　清影映窗紗

其六

翠影參差出（明·李日華）　春風到竹西（清·鄭　燮）
幽篁相倚綠（宋·黃庭堅）　應有鳳來栖（元·宋　褧）

其七

興來拈筆寫修篁（明·徐　賁）　解籜抽梢百尺長（清·鄭　燮）
共道箬開新樣好（清·周亮工）　風吹細細綠筠香（宋·蘇　軾）

其八

眼前知己無如君（明·王　紱）　窗外新栽竹數根（清·鄭　燮）

疏影向人翩欲舞（宋·陳　造）　淡煙輕掃一窗雲（元·袁　桷）

其九

帶雨和煙似有情（清·吳　雯）　四山風雨籜龍驚（明·王世貞）
平生是個知音客（元·趙孟頫）　推枕先聞金石聲（元·袁　桷）

其一〇

天上青鸞月下逢（明·周思兼）　亂雲遮斷九疑峰（明·孫　蕡）
湘妃力挽春江水（清·董士錫）　一夜靈根長籜龍（明·謝承舉）

其一一

日暮清陰入酒涼（元·貢師泰）　琅玕寫就拂雲長（明·危　素）
青娥舞罷婆娑曲（明·李東陽）　欲乞伶倫學鳳凰（宋·王安石）

其一二

婀娜新梢欲拂雲（元·吳　澄）　滿川風雨半龍孫（元·王　惲）
篔簹萬箇風前舞（清·董士錫）　千畝空懷渭上村（宋·蘇　軾）

其一三

翠珮瑤環昨夜逢（明·李東陽）　隔江煙雨翠重重（明·謝承舉）
晴窗影落石泓處（宋·黃庭堅）　錦瑟輕寒起臥龍（明·孫　蕡）

其一四

當年神化走風騷（清·鄭　燮）　挺挺參天結鳳巢（明·周　濬）
月下風前堪玩賞（金·丘處機）　青鸞飛舞下亭皋（元·楊維楨）

其一五

修竹猗猗翠色新（宋·無名氏）　年年含笑舞青春（唐·張　說）
玉簫吹徹丹山路（清·周　濟）　為有清風是故人（明·商　輅）

其一六

宜煙宜雨亦宜風（唐·鄭　谷）　騎得青鸞下碧空（元·貢性之）
猶憶鳳凰池閣上（明·何景明）　吹簫人在畫樓中（明·周思兼）

其一七

何時歸去看新篁（近·吳昌碩）　雨洗娟娟嫩葉光（宋·蘇　軾）
大似美人無俗韻（元·吳　鎮）　琅玕百尺拂雲長（宋·無名氏）

其一八

新篁依約珮初搖（宋·張　炎）　谷裏鶯和弄玉簫（唐·韋嗣立）
坐到夜深清不寐（元·貢性之）　不須風雨也蕭蕭（明·李日華）

其一九

疏枝瘦葉未能遒（清·鄭　燮）　石徑空濛翠欲流（清·洪亮吉）
昨夜窗前風雨過（明·徐　渭）　琅玕掀舞一天秋（元·張舜咨）

其二〇

山澗池邊爛漫栽（元·泰不華）　竹枝翻迴向天開（清·鄭　燮）
夢回影落虛窗月（明·徐　賁）　知是湘君淚濕來（明·劉　基）

其二一

醉墨淋漓濕未乾（明·林　鴻）　晴窗試寫翠琅玕（元·趙孟頫）
何人吹斷參差玉（元·楊維楨）　雨過風生翡翠寒（明·丁鶴年）

其二二

涼葉森森生晚風（唐·陳　雨）　夢殘依約月庭空（宋·陳　造）

秋風無限江南意（清·王時敏）　寒葉蕭蕭煙雨中（元·倪　瓚）

其二三

天乞幽人寫素紈（元·馬祖常）　誰將醉筆作琅玕（清·王時敏）

坡仙去後風流盡（明·僧一初）　簾帳蕭蕭翠雨寒（元·黄公望）

其二四

鳳尾娟娟擬受風（宋·陳　造）　臨風修竹見玲瓏（唐·韓　愈）

月明午夜生虛籟（唐·唐彥謙）　一片天機在此中（清·惲壽平）

其二五

祇將妙筆奪天成（宋·郭祥玉）　枝葉俱從毫末生（唐·方　干）

最是秋宵風露裏（清·汪士慎）　蟄龍長嘯鳳凰鳴（元·袁　桷）

其二六

數竿疏雨響書帷（明·徐　渭）　長是清陰伴夕暉（元·泰不華）

吹斷玉簫寒月白（明·林　環）　怕教青翠濕人衣（明·王　燧）

其二七

一徑森然四座涼（宋·王安石）　常將勁節負秋霜（唐·薛　濤）

凌霄已展疏疏葉（明·文徵明）　何處吹簫引鳳凰（明·金幼孜）

其二八

高臥翠陰呼月明（明·王　紱）　嫩梢猶帶早雷驚（明·徐　渭）

何人笙鶴歸來晚（元·張舜咨） 吹向雲間作鳳鳴（元·迺　賢）

其二九

竹枝清瘦倍宜人（清·王文治） 滿屋清風未覺貧（元·倪　瓚）
昨夜墨池新雨過（元·袁　桷） 枝掀葉舉顯精神（宋·黄庭堅）

其三〇

一枝蒼玉發新梢（明·商　輅） 瑟瑟清風響翠濤（元·楊維楨）
勁直不隨霜雪變（明·徐　賁） 蒼筠翠羽倚天高（明·徐　渭）

其三一

萬竿如束翠沉沉（唐·李　涉） 凝重多含雨露深（唐·齊　己）
為有清芬宜晚歲（明·楊士奇） 四時風雨得清音（清·汪士慎）

其三二

檐下疏篁十二莖（唐·柳宗元） 此君瀟灑未忘情（元·袁　桷）
小窗夜月留清影（元·倪　瓚） 時作蕭蕭金石聲（唐·施肩吾）

其三三

醉臥涼陰沁骨清（唐·唐彦謙） 萬竿如甕鎖龍泓（唐·陳　陶）
渭川雲水三千頃（金·元好問） 竹影臨窗亂月明（唐·戎　昱）

其三四

萬葉千梢下筆難（金·元好問） 誰將消息問平安（明·李　本）
別來嶰谷空林月（明·林　鴻） 獨守孤貞傲歲寒（宋·王禹偁）

其三五

碧玉千竿破曉煙（清·董元愷）夢中熟記篔簹篇（明·李日華）
圖成自覺精靈聚（明·王　紱）老子胸中有渭川（元·華幼武）

其三六

一竿寒玉影婆娑（近·吳昌碩）紅小欄杆九曲多（宋·陳東甫）
日暮是誰調錦瑟（元·陳　基）滿江風雨泣湘娥（明·卓　敬）

其三七

好將賓客醉蘭亭（唐·鮑　溶）小院幽篁一片青（清·鄭　燮）
春雨春風動崖谷（清·汪士慎）籜龍新長滿前汀（清·姜實節）

其三八

一節呼龍萬里秋（唐·陳　陶）琅玕影裏雨初收（清·洪亮吉）
雲開一縷斜陽透（清·王書田）葉葉枝枝映畫樓（金·丘機處）

其三九

竹林斜處是仙居（唐·李　涉）鳳尾娟娟護我廬（元·泰不華）
翠影滿窗涼似水（明·徐　渭）平安時報故人書（宋·蘇　軾）

其四〇

新竹修修韻晚風（唐·劉禹錫）鳳笙聲斷月明中（元·貢性之）
雲梢露葉秋聲古（元·王　惲）報國丹心老更同（宋·劉　摯）

詠花小詩二〇〇首

其一（梅花）

二〇一二年十月

屈鐵龍蛇舞　淩寒古豔姿　笛聲弄清影　最是月明時

其二（梅花）

東閣梅千樹　花開漢水濱　乾坤香馥郁　大地萬家春

其三（梅花）

鐵幹紅妝倚　疏香翠羽尋　九天寒沁骨　浴雪見冰心

其四（梅花）

神仙新眷屬　歌舞舊亭臺　夢向江村裏　春從庾嶺來

其五（梅花）

清淺琴三疊　横斜玉一枝　幾生修得到　昨夜夢先知

其六（梅花）

顔色冰霜妒　因緣雪裏生　清標塵外賞　笑索酒邊盟

其七（梅花）

幽夢著江鄉　冰魂傲雪霜　色連千嶂月　風送滿簾香

其八（梅花）

冷蕊輕裁玉　寒梢細點花　暗香疏影裏　瀟灑一枝斜

其九（梅花）

淡圍和靖宅　巧點壽陽妝　清客譜圖畫　仙妻漫品量

其一〇（白梅）

横斜疏影瘦　簾外一枝新　玉蕊綻冰雪　江南萬斛春

其一一（白梅）

朵朵淩霜瘦　枝枝傍雪妍　姍姍綻玉蕊　嫋娜佔春先

其一二（紅梅）

嫩蕊融冰雪　疏花裁錦紅　水邊籬落處　人在彩霞中

其一三（紅梅）

綽約含春意　妖嬈豔歲華　照溪如濯錦　隔嶺似流霞

其一四（紅梅）

酒熱詩歌壯　梅紅天地新　衝寒花倍好　奮發共迎春

其一五（畫梅）

雪壓珊瑚枝　冷香暈墨池　堅冰寒沁骨　萬斛染臙脂

其一六（水仙）

剪雪冰綃薄　玉盤金盞開　淩波仙子至　疑是月中來

其一七（水仙）

仙子玉玲瓏　漳州鄉夢中　水晶宮裏客　翠袖展春風

其一八（水仙）

玉骨冰心蕊　仙娥飾素羅　漢皇春解珮　洛浦影淩波

其一九（水仙）

翠袖淩波舞　靈犀有夢通　金樽浮綠蟻　醉賞玉玲瓏

其二〇（水仙）

素心偏綽約　玉質媲珊瑚　波面留清影　嬌姿入畫圖

其二一（水仙）

玉盞移根靜　金鈴結蕊圓　此花無俗韻　清品卻宜仙

其二二（水仙）

香合分蘭澤　清應薦菊泉　軟紅無夢到　靜綠有馨傳

其二三（水仙）

捲簾搖玉珮　把盞認瑤臺　波上留清影　素心寄綠梅

其二四（蘭花）

楚夢三湘遠　香飄九畹春　東風拂翠羽　瀟灑玉精神

其二五（蘭花）

廣殿輕香發　幽花綻玉叢　被皋凝湛露　滋畹汎光風

其二六（蘭花）

孕秀在空谷　臨風舞翠環　美人堪結佩　香夢有無間

其二七（蘭花）

珍重此山中　吹香玉一叢　援琴溪澗碧　紉佩箭砂紅

其二八（蘭花）

涼露滴蒼玉　清風搖翠環　幽人堪作佩　乘月載歌還

其二九（蘭花）

九畹靈根秀　三湘入夢香　芬傳騷客珮　清滿謝公塘

其三〇（蘭花）

其臭誰同味　余情信共芳　素心留屈宋　清夢寄瀟湘

其三一（蘭花）

漢皋新珮璲　湘水舊乾坤　結佩殊蕭艾　揚芬共芷蓀

其三二（珍珠蘭）

紉佩宜湘女　垂釵待洛姝　供宜青玉案　護以碧紗廚

其三三（並蒂蘭）

臨風流淡韻　和雪證前生　駢體文章豔　同心臭味清

其三四（迎春花）

淺色侔鶯羽　黃金腰帶長　穠纖嬌小態　綠萼綻花黃

其三五（杏花）

穠麗映煙柳　凝脂吐粉紅　絳苞顰淺笑　豔放孔壇中

其三六（杏花）

館認爭春豔　名題及第工　馬歸金榜後　人醉畫樓中

其三七（杏花）

匡盧山上樹　董奉林中葩　萬朵輕裁錦　千枝燦彩霞

其三八（桃花）

花發武陵樹　凝霞奪錦紅　妖嬈含曉露　爛熳笑春風

其三九（桃花）

波面翻紅雨　花枝映畫樓　桃源仙境界　漁父隱風流

其四〇（桃花）

映日舒奇麗　嬌紅映畫橋　剪風裁豔錦　珠露浥輕綃

其四一（桃花）

醉顏酣曉露　笑臉向春風　臨水枝三兩　芳英帶露紅

其四二（碧桃）

照水無雙豔　映霞第一花　芳心紅沁蕊　朵朵綻奇葩

其四三（李花）

入畫齊紈薄　清姿淑態新　雪容孰與比　瀟灑玉為神

其四四（李花）

似共春風笑　冰肌帶雪鮮　豔明無夜月　嬌綻晚春天

其四五（木棉花）

南國英雄樹　瓊英瑪瑙紅　攀枝花樣好　豔綴彩雲中

其四六（杜鵑花）

翠羽綴明璫　花開紅間黄　露凝嬌臉濕　風嫋舞腰香

其四七（剪春羅）

風刀剪薄羅　造化天功多　趁此春光好　韶華一曲歌

其四八（麗春花）

芳姿饒霽色　穠麗笑春風　香送微微韻　花開淡淡紅

其四九（紫藤花）

修條張翠蓋　滿架彩雲堆　蕊似紅霞染　花疑紫鳳來

其五〇（紫藤花）

屈曲龍蛇動　攀援上畫欄　花垂紅紫影　葉展翠雲幡

其五一（油菜花）

綠葉連株秀　菜花滿壟黃　三春風景好　南國有芳香

其五二（柳花）

飛絮漫天颺　仙娥舞素裳　和風三徑雪　灞水滿堤霜

其五三（柳花）

飄颻花似雪　嫋娜送斜暉　南浦傷離緒　長亭點客衣

其五四（芍藥）

傍砌魏金帶　揚州見赤英　春風千重錦　豔自擅傾城

其五五（芍藥）

瓊葩爛熳開　婀娜滿瑤臺　嫵媚迎人笑　芳心入夢來

其五六（芍藥）

含露嬌如語　風流時世妝　豔穠花綽約　西子舞霓裳

其五七（芍藥）

瑤圃廣陵種　瓊葩婪尾春　彩霞驚酒客　軟語說風神

其五八（芍藥）

漢苑紫雲芳　仙娥翠袖長　無言媲君子　窈窕有淵香

其五九（芍藥）

倚欄媲太真　香泛玉堂春　料是瑤臺種　瓊葩豔紫宸

其六〇（白芍藥）

仙子浴冰雪　花開四月春　不爭紅紫豔　嬌媚玉為神

其六一（金帶圍）

紅瓣黃腰種　芳名金帶圍　揚州開爛熳　珍品逾珠璣

其六二（玉蘭）

雪魄瑤臺月　瓊葩玉殿春　蕊珠凝素豔　婀娜任天真

其六三（瑞香）

旖旎天香發　銀花玉雪妝　芳心融月色　輕解白霓裳

其六四（瑞香）

應持鸞尾扇　剪破麝臍囊　瓊蕊濃芬發　臨風旖旎香

其六五（辛夷）

朱檻宣臺畔　天生造化工　紫苞含曉露　穠豔綻春風

其六六（薔薇）

籠煙香滿徑　買笑入羅帷　攢紫蜀裁錦　飛霞染春衣

其六七（薔薇）

似著臙脂染　鵝黃豔玉堂　半開金斗帳　輕綻麝香囊

其六八（薔薇）

繡織湘雲染　羅帷蜀錦裁　煙籠迷舞袖　風展畫屏開

其六九（薔薇）

枝柔愁燕坐　刺密礙鶯飛　錦帳霏清韻　醉紅香滿衣

其七〇（白薔薇）

縞袂經春發　清和裁素裳　盥香憐玉手　浥露洗濃妝

其七一（梨花）

夢醒雲生座　參差滿樹芳　花容憐月影　裁雪作羅裳

其七二（梨花）

畫裏紅鸞譜　冰魂玉蕊花　梨雲舒爛熳　帶雨一枝斜

其七三（棣棠花）

深紅間淺白　花發一枝妍　潘賦幽芳在　周詩華萼傳

其七四（牡丹）

天下無雙品　人間第一香　傾城傾國貌　今古譽花王

其七五（牡丹）

國色千般媚　天香舉世稀　枝頭嬌欲語　金縷綠羅衣

其七六（牡丹）

嬌媿楊妃態　魂凝西子妝　鵝黃吳苑豔　膩紫漢宮香

其七七（白牡丹）

瑤蕊瓊葩發　盈盈豔素裳　無華真國色　綽約賦天香

其七八（海棠）

穠麗神仙品　嬌紅富貴姿　日高春睡足　露冷曉妝遲

其七九（海棠）

微雨膩嬌紅　猶疑蠟蒂融　臙脂勻欲滴　嫵媚笑春風

其八〇（海棠）

覓句燒紅燭　分箋上綠章　含煙凝媚色　照水豔宮妝

其八一（海棠）

嬌麗藏金屋　芳情對綺筵
丹葩宜肖影　豔冶入詩篇

其八二（酴醾）

丰神憐韻友　玉蕊染鵝黃
把酒簾前賞　花嬌香夢長

其八三（酴醾）

叢葉扶金蕊　微風動玉枝
妖嬈暈月色　神韻展新詩

其八四（酴醾）

嫩蕊散奇香　綠雲白玉妝
瓊林亭畔見　照水舞霓裳

其八五（酴醾）

鵝兒一抹黃　囊薄麝臍香
洛浦嬋娟態　嬌姿殿眾芳

其八六（含笑花）

葉裏藏羞靨　枝頭發豔香
向人傾國貌　欲語有情長

其八七（含笑花）

色淺清香發　芳心一點柔
不言空自笑　欲語又含羞

其八八（虞美人）

倚欄一曲新　向日翠眉顰
舒袖楚宮舞　妖嬈豔紫宸

其八九（虞美人）

嬌豔迎風舞　淺紅帶笑顰
博得英雄寵　千秋一美人

其九〇（罌粟花）

千苞藏舞袖　萬葉翠眉顰
彩色裁雲錦　妖嬈似洛神

其九一（珍珠花）

燦爛千枝秀　光明一穗長　穠妝春富貴　噴雪吐芬芳

其九二（萱花）

鸚翎金鳳爪　花綻似霞紅　色湛仙人露　香傳玉女風

其九三（萱花）

金冠映日麗　玉柄舞風長　蝶戲偏宜白　蜂來更綴黄

其九四（萱花）

忘憂草自芳　嫩蕊綴明瑲　長葉舞新翠　丹葩豔旭陽

其九五（萱花）

鳳爪金風裏　鶯翎綻夏秋　漫矜花絕豔　底事祇忘憂

其九六（瓊花）

琪樹入仙鄉　輕冰八月霜　雪英嬌麗日　豔綻廣陵妝

其九七（玫瑰花）

錦繡嬌無比　鮫紗覆綠叢　妍春含鬒髻　花放紫雲紅

其九八（玫瑰花）

宮妝臨曉日　嫩蕊綻薰風　露滴千枝秀　霞凝爛熳紅

其九九（石竹花）

芊芊凝粉綠　燁燁燦朱英　一綻嬌檀紫　姍姍慰我情

其一〇〇（榴花）

妖豔烘朝日　嬌紅襯晚霞　赤衷迎曉日　綠蕚吐丹葩

其一〇一（榴花）

葉翠如新剪　花紅似故裁　芬芳迎麗日　豔映彩雲開

其一〇三（凌霄花）

仙裙裁絳錦　密葉沐薰風　五月花爭發　丹葩勝火紅

其一〇四（凌霄花）

孤標柔蔓引　捧日五雲中　細葉猗猗綠　丹葩奪錦紅

其一〇五（茉莉花）

似有淩雲志　寧無捧日心　花依他樹發　平地起千尋

其一〇六（令箭荷花）

翠葉盈珠樹　冰蕤綴玉英　寸心原不大　爛熳溢芳馨

其一〇七（曇花）

婀娜太真態　嬌嫣西子容　芳名饒令箭　仙掌出芙蓉

其一〇八（玉蘂花）

瑞草多奇妙　花開一刹那　良宵珠蕊發　仙掌綻瓊葩

其一〇九（玉蘂花）

瑤枝綴白雪　素彩溢清芬　翠蕊參差玉　瓊葩燦白雲

其一一〇（美人蕉）

瓊樹凝深碧　豔吞穠李芳　姍姍綻玉蕊　異品有奇香

其一一一（美人蕉）

帶雨紅妝濕　丹葩映曉霞　叢深殷似火　應不妒榴花

綠潤含珠光　迎風翠袖長　欲知心不捲　窈窕淩清霜

其一一二（美人蕉）

麗日照窗紗　紅蕉映彩霞　臨風呈美豔　四季展芳華

其一一三（梔子花）

色疑瓊樹倚　香似玉京來　嫩蕊冰霜潔　臨風爛熳開

其一一四（梔子花）

紅塵清不染　月下靜嬋娟　六出翻新樣　三生問夙緣

其一一五（芭蕉花）

葉垂鸚鵡翅　花綻鳳凰冠　微雨雙旌捲　丹葩映畫欄

其一一六（芭蕉花）

一枕綠陰涼　蕉花夏日長　家貧葉作紙　懷素草書狂

其一一七（夾竹桃）

絳萼含輕粟　芳姿豔曙葩　武陵籠夜月　淇澳爛雲霞

其一一八（夾竹桃）

舊傳生碧海　今見映朱欄　綠葉疏疑竹　丹葩舞鳳鸞

其一一九（黃葵）

雲鬟雅淡妝　含露綻幽芳　金盞鵝黃染　傾心向太陽

其一二〇（紅葵）

心展黃金碎　丹葩向日紅　抱香含暑雨　側臉笑薰風

其一二一（槐花）

書彩籠青禁　金風花似玉　把酒趁良辰

其一二二（槐花）

秋香散紫宸

忙催舉子衣　靜映公庭幄　翩翩入帝畿

其一二三（金銀花）

麗日照秋闈

山家真富貴　三伏可消暑　飲之能永年

其一二四（牽牛花）

藥圃小神仙

尋香臨月榭　玉宇三霄露　銀河七夕秋

其一二五（蓮花）

巧送入星樓

獨立水中央　驚鴻波上影　仙子舞霓裳

其一二六（蓮花）

嫣然發妙香

冉冉出淤泥　風來搖倩影　夕照隱虹霓

其一二七（蓮花）

婷婷碧水西

西子臨溪水　娉婷花解語　燦爛綻芳姿

其一二八（蓮花）

楊妃出浴時

品節誇周愛　不曾爭富貴　瀟灑任天真

其一二九（白蓮）

詩箋託謝新

仙子冰魂潔　輕盈移玉步　綽約鬬新妝

其一三〇（紅蓮）

平生著素裳

嫵媚豔金風　姿容幾俏麗　婀娜水晶宮

其一三一（紅蓮）

凌波奪錦紅

西子淩波步　仙姝絕代容　穠華塵不染　清水出芙蓉

其一三二（紅蓮）

仙子靜中芳　酣紅學醉妝　皇宮曾受寵　佛國稱花王

其一三三（並頭蓮）

一枝兩俏麗　同體合歡妍　楚楚連雙璧　盈盈笑並肩

其一三四（紫薇）

芳蕤宮裏錦　紫綬洞中霞　閬苑慶雲集　三秋爛熳花

其一三五（紫薇）

芳菲當夏景　顏色托春風　閣下情何密　雕欄百日紅

其一三六（紫薇）

數枝臨省戶　幾朵入宮闈　趙后鳴金瑟　秦娥捲繡幃

其一三七（紫薇）

錦繡星垣樹　芳蕤映玉堂　月中明雅豔　金縷散清香

其一三八（夜來香）

蛾眉宜淡掃　仙子儲濃薰　宵來香馥郁　酣醉綠黃裙

其一三九（晚香玉）

仙子散香風　清秋明月中　翠雲銀錯落　晴雪玉玲瓏

其一四〇（秋海棠）

漢宮環珮冷　金屋貯嬌新　洛浦神仙侶　芳名八月春

其一四一（秋海棠）

斯花偏綽約　穠麗豔金風　乍放酣曉日　妖嬈孰與同

其一四二（木芙蓉）

日照殊清麗　秋風舞淡妝　不隨春卉豔　獨佔九秋芳

其一四三（木芙蓉）

浩露津緗蕊　花開唐苑紅　芳心凝宿露　嬌影媚金風

其一四四（木芙蓉）

燦燦明秋日　拒霜玉一叢　盈盈江水畔　照影淺深紅

其一四五（木芙蓉）

嫵媚爭秋豔　靚妝自超群　夕陽明絳雪　蜀錦燦紅雲

其一四六（木芙蓉）

勁節盟秋菊　佳名託水蓮　花紅輝日麗　枝瘦拒霜堅

其一四七（鳳仙）

佳卉名金鳳　染指搦痕深　印來仙子舄　透出女兒心

其一四八（桂花）

玉犀仙窟種　金粟月中苗　原本非凡品　天香雲外飄

其一四九（桂花）

葉密千層綠　花開萬點黃　一枝纔放蕊　十里聞天香

其一五〇（桂花）

嫩蕊排金粟　瑤珠湛露流　花開香世界　丹樹滿瀛洲

其一五一（桂花）

太液池邊樹　珠英碧玉裳　天香生淨想　雲影擁仙妝

其一五二（桂花）

不是人間種　移從月裏來　丹心承雨露　香夢入瑤臺

其一五三（桂花）

影散銀蟾窟　根盤玉女宮　香清金殿外　穠豔五雲中

其一五四（桂花）

花佔群芳譜　人吟百尺樓　天香行處滿　月窟望中遙

其一五五（桂花）

露釀三分白　秋成一樹黃　香聞天竺遠　夜靜月華涼

其一五六（月中桂）

煉質冰壺朗　蟾宮玉宇樓　葉凝千古秀　花綻四時秋

其一五七（繡毬花）

繡娘心宛轉　琢玉影團欒　舒袖臨風舞　清香滿畫欄

其一五八（繡毬花）

金風吹碧樹　仙子玉玲瓏　花綻溶溶月　香飄上苑風

其一五九（繡毬花）

嫩蕊綻瓊芳　仙娥繡素裳　冰魂酥夜月　舞袖自生香

其一六〇（玉簪）

冰雪凝香蕊　花開六出奇　娉婷小碧玉　明月照仙姿

其一六一（玉簪）

瓊枝璧月蕊　翠葉擁金釵　花發簪如玉　冰心入雅懷

其一六二（玉簪）

色若冰霜冷　香清似蕙蘭　祇宜君子佩　不上美人鬟

其一六三（玉簪）

素心秋在水　皓質玉生香　鏡檻晴留雪　晶簾夜貯霜

其一六四（蓼花）

夜搖沙浦月　曉帶柳堤風　翠葉浮波綠　穗花映水紅

其一六五（蘆花）

瑟瑟弄秋聲　輕颸豈效顰　雁銜鷗鷺宿　飛雪滿湖濱

其一六六（蘆花）

絮影盡三秋　雪花九月稠　淡迷紅葉渡　風送玉人樓

其一六七（雞冠花）

丹冠金鳳頂　橙赤紫絲頭　秋老不凋落　妖嬈繞畫樓

其一六八（菊花）

勁節陶潛趣　芳菲籬畔心　霜風吹不落　伴我白頭吟

其一六九（菊花）

九日登臨處　淩霜花自開　有言揮玉麈　無夢到蓬萊

其一七〇（菊花）

冷蕊傲霜寒　英英滿畫欄　雕冰兼琢玉　舞鳳又翔鸞

其一七一（菊花）

東籬黃菊綻　春色滿重陽　天上千年豔　人間九日黃

其一七二（菊花）

江城如畫裏　菊蕊燦金黃　未覺秋容寂　猶存晚節香

其一七三（菊花）

慣染九秋霜　黃花帶露香　金英迷曉月　籬下醉壺觴

其一七四（菊花）

秋菊有佳色　東籬無俗姿　何妨開放晚　珍重傲霜枝

其一七五（菊花）

東籬色傲霜　疊疊燦金黃　子美詩情重　淵明酒興狂

其一七六（菊花）

歲歲重陽節　年年五柳家　香盈三徑裏　把盞對黃花

其一七七（菊花）

東籬佳色好　黃菊綻秋心　傲骨迎風立　清香漫古今

其一七八（菊花）

月中含玉露　階下散黃金　杯滿重陽酒　詩裁萬里心

其一七九（菊花）

籬邊三徑裏　瘦骨玉為神　高雅比君子　黃花似故人

其一八〇（菊花）

舊雨懷陶令　高情憶屈原　闌珊憐瘦影　馥郁滿庭軒

其一八一（菊花）

月朗留清影　露團昨夜白　霜壓數枝黃

其一八二（菊花）

天教殿眾芳　夕照盈三徑　臨風醉一觴

搖紅疑笑日　帶紫夜凝霜

其一八三（菊花）

影伴西風瘦　喻香對月吟　相期同晚節　爛熳展秋心

其一八四（菊花）

瘦骨經秋健　孤芳傲世奇　能如人意淡　佳色滿東籬

其一八五（菊花）

露滴疏籬曉　煙横老圃秋　淡容隨地見　傲骨本天留

其一八六（菊花）

橘綠橙黃候　蟹寒蝶瘦時　殘香存老圃　坐賞夕陽遲

其一八七（西施菊）

秋來評豔好　霜後吐芳華　顧影憐傾國　流香憶浣紗

其一八八（月季）

解語花如笑　瓊葩敷粉紅　嬌容殊豔冶　月月綻春風

其一八九（月季）

一月一番新　東風半屬塵　斯花開不厭　長佔四時春

其一九〇（月季）

仙子舞芳叢　妖嬈綻笑容　四時榮艷足　長放淺深紅

其一九一（蠟梅）

玉蕊嫌紅豔　金英披淡妝　枝凝姑射雪　花綻漢宮黄

其一九二（蠟梅）

仙姬原耐冷　慣帶一身霜　夢到昭陽殿　輕紅間淡黄

其一九三（蠟梅）

冰枝綴綠萼　樹樹玉玲瓏　色冠黄昏月　香隨淡蕩風

其一九四（蠟梅）

花綻黄金蕊　妖嬈碧玉枝　湘裙嫋荳蔻　瓊玖點冰池

其一九五（山茶花）

如盤誇蜀客　傅粉話唐宫　未綻檀心碧　先凝鶴頂紅

其一九六（山茶花）

瑪瑙琢紅蕊　丹砂裁絳綃　冰天雪地裏　挺立自妖嬈

其一九七（山茶花）

瑪瑙芳心孕　擎盤冰雪中　紅芳開爛熳　赤玉鬭玲瓏

其一九八（山茶花）

翠葉凝霜綠　花腴映雪紅　丹砂點鶴頂　朵朵笑春風

其一九九（山茶花）

麗質本傾城　丹砂九轉成　一枝舒鶴頂　傲雪綻瓊英

其二〇〇（野花）

路旁阡陌上　開落任枯榮　不假栽培力　芬芳自有情

抒懷

夏日偶成

天際濃雲密佈排　霎時霈雨灑庭階　日長何以消愁思　閉戶潛修自遣懷

一九五七年

秋日偶成

秋水碧連天　秋江夜似眠　秋風驚客夢　秋月正高懸

一九五七年

重九晚眺

節序催秋老　柳梢颾晚風　寒蟬鳴樹底　征雁起天空
水落河牀淺　霞生嶺脊紅　因貪清趣味　還賞菊花叢

一九五七年

秋晚

落日黄昏帶晚涼　堤邊衰柳趁風狂　丹楓飛葉堆幽徑　白鳥銜花渡夕陽
征雁聲聲秋已老　歸鴉點點菊初黄　何當小立低回久　月正當頭樂未央

一九五九年十二月廿四日

我的祖母黄氏新嬌老大人

生於一八八三年光緒九年夏曆癸未二月十二日巳時
歿於一九五九年乙亥冬月廿五日酉時享年七十有七

敬哉我祖母　生長黄壩里　郡屬卅二都　門臨彭蠡水
黄家有兒女　家貧清若洗　世難更年荒　我家亦如彼
佳偶自天成　良緣由夙締　雙方姑換嫂　姻聯兩家美

祖母嫁過來　祖父結連理　洗手作羹湯　敬奉姑嫜是
夫婦恩愛深　山盟並海誓　同心雙璧合　協力兩情契
玉燕喜投懷　溎滎滈三子　祖母性溫厚　和鄰又睦里
晨興種田地　夜燈織羅綺　戴月又披星　含辛苦難比
勤勞持家政　節儉為生計　青黄不接時　家中常斷米
野菜和根煮　充饑裹腹耳　三兒漸長大　琢玉成琪瑰
兩兒赴景鎮　拜師學手藝　一兒留室中　耕讀繼祖志
生活漸安寧　孫曾繞膝喜　又逢大躍進　人民公社起
全民吃食堂　有老難養侍　人禍與天災　祖母仙逝矣
闔家皆嚎啕　痛心淚不止　懿德永長存　子孫萬代祀

己亥除夕

一九六〇年

騣騣斜日下欄杆　萬感填胸強自寬　酬歲未聞鞭炮響　賀年豈獨我心寒
時逢災禍為人累　命寄遊絲做鬼難　衣薄圍爐添悵惘　無言無夢待更闌

登紫雲巖

一九六一年

斜日照疏林　江南秋已深　蟬依殘葉泣　鴉對夕陽吟
衰草連山徑　白雲縈我心　豈知塵外意　煙樹晚沉沉

春遊和韻

一九六二年

春來萬物多佳趣　想見聯翩到舊城　翠竹有情迎過客　綠楊無語隱啼鶯

煙籠古刹鐘聲近　日映高樓鬢影清　傳語遊人莫惆悵　不妨樽酒寄平生

一九六二年

綺懷二首

其一

十五盈盈碧玉姿　相逢未嫁本非遲　無端負卻釵盟約　行雨行雲衹夢思

其二

放眼乾坤猶斷腸　簫心劍氣兩茫茫　不堪身世悲前事　愁對西山送夕陽

一九六二年

不寐

其一

風過寒窗夜不眠　由來寂寞感流年　更長被冷燈如豆　斜月窺人到枕邊

其二

寒夜寥寥睡不成　閒愁偏向此時生　雞聲唱徹三更月　輾轉牀頭到五更

一九六二年

倚欄

天涯羈客此憑欄　又見西樓夜月殘　千古江山有興廢　九秋風物自高寒
依人王粲原非計　歸隱陶潛亦大難　欲望故園何處是　海煙遥接白雲端

一九六二年

秋夜即事

陰陰喬木傍東牆　落葉蕭蕭惱客腸　莫怪通宵人不寐　牀前明月白如霜

一九六二年

思歸

路遠山高歸欲難　西風黃葉影孤單　婆娑月下千竿竹　勁節霜�漫歲寒

一九六二年

羈旅三首

其一

作客年年書信稀　秋深天氣勉加衣　丈夫四海為家日　幽夢依然夜夜歸

其二

黃昏切莫倚高樓　極目雲山惹客愁　故國夢回千萬里　天涯何處覓歸舟

其三

琅玕低壓赤欄杆　細葉蕭蕭玉韻寒　潑墨圖成千個竹　憑君為我報平安

一九六二年

重九

百感千愁付一觴　客中草草又重陽　不須更上層樓望　天外浮雲是故鄉

一九六二年

寄內

其一

故園雲斷三千里　苦旅秦關索寄居　征雁北來驚客夢　倚樓南望憶鯆魚

其二

謝安不盡登臨感　阮籍從來禮法疏　塞上月明空有影　兩行鄉淚一行書

其三

千言萬語填胸臆　兩字平安草草書　自分守雌還守默　於人無毀亦無諛

憂讒負慝吾何有　縱酒狂吟習未除　知汝近來相憶苦　一燈風雨夜窗虛

秦關榆葉早疏黄　客裏秋宵鄉夢長　頗怪詩書憎命達　卻分苜蓿與卿嚐
無書莫道嵇康懶　有口難容阮籍狂　料得米鹽行看盡　家貧事事待商量

其四

作客年年身若萍　更無歸計衹飄零　非關遠道書難寄　每到真愁酒不靈
孤館殘燈煎斷夢　深宵寒月滿空庭　冬來衾枕涼於鐵　此味如今已慣經

其五

蕭然風物又初冬　雲壓天低雪意濃　萬里辭家成海客　五更驚夢有霜鐘
總期飄泊圖新徑　每在分離憶舊蹤　愧負青山偕隱願　衹今仍似九秋蓬

一九六三年

留別

其一

離愁拼付酒千杯　哀感偏從醉後來　默默圍爐相對坐　兩心直與炭俱灰

其二

誰能相愛復相忘　義重離憂一倍長　已把深情誓山海　豈愁山海有滄桑

其三

訴盡衷腸記此宵　朔風窗外怒如潮　補天縮地知無術　明日關山入夢遥

一九六三年

書懷

其一

一枝紅杏照春潭　翹首花前酒半酣　今日閒愁消不得　身居冀北憶江南

其二

誰道離憂醉便忘　醉中懷抱更淒涼　低徊八九年來事　未抵今宵一夜長

其三

春寒料峭透簾晶　數盡殘更夢不成　回首家山天外杳　林西江上月猶明

其四

相思相望隔天涯　月照花枝影弄階　莫怪春宵太惆悵　人生難遣是離懷

一九六三年

七夕客中書感

其一

一雨成秋溽暑收　銀河今夕渡牽牛　天長地久經年別　不信神仙不白頭

其二

天涯作客怕登樓　極目雲天萬里愁　我欲思歸歸未得　青山歷歷水悠悠

一九六三年

柬友人

其一

曾約姑蘇看月明　寒山寺裏賞鐘聲　無由卻被秋娘妒　秋雨秋風不放行

其二

惆悵來遊未有期　先投緘札寄君詩　虎丘如過真娘墓　莫惜香醪奠一巵

一九六三年

秋夜

其一

客裏逢秋倍可愁　遠書歸夢兩悠悠　燈前人共黃花醉　簾捲西風月滿樓

其二

露欲為霜夜漸深　雁飛殘月曉星沉　便無歸夢尤腸斷　添入鄉愁思古今

其三

羈緒鰥鰥夜不眠　更闌殘月到窗前　中秋過後重陽近　遠客他鄉又一年

其四

蕭蕭落葉下樓臺　風緊霜天過雁哀　正是夜長人不寐　秋聲偏到枕邊來

一九六三年

秋江晚眺

鴉噪寒煙雁叫風　秋楓江上夕陽中　誰將千載憂時淚　染出霜林一抹紅

一九六三年

公園見菊有感

獨客天涯亦自哀　年年雁影帶寒來　欲拼酩酊酬叢菊　又恐煩愁入酒杯

故里尚餘三徑在　深秋應有一枝開　重陽過後三冬近　何事羈棲久不回

一九六三年

古書

古書相對似良朋　提要鉤玄慚未能　但得一篇長在手　年來拼殉讀書燈

一九六四年

歸期

歸期欲定更無期　悔把團圓換別離　試問依然成底事　仲宣未免負鬚眉

一九六四年

春日偶成

奇搜險覓耽佳句　人不能閒亦太癡　歲月蹉跎雙鬢改　丹青得失寸心知
東風戶外花千樹　細雨燈前墨一池　惆悵落紅添錦繡　一年又是送春時

一九六四年

旅居

三月江南春已暮　秦關楊柳正抽條　客中時序清明近　夢裏家園信息遙
報國漸成強弩末　微生但似斷篷飄　旅思無限天涯感　壯志雄心已暗銷

一九六四年

村居晚步

娟娟新月吐　曖曖遠山微　人影穿林過　螢光貼水飛
村居亦自適　信步每忘歸　何必逃方外　悠然此息機

一九六四年

東門外

綠楊深處少人行　一片蟬聲噪晚晴　獨坐樹根看月上　便無風至已涼生

一九六四年

孀婦吟

其一

貞節牌坊烈女碑　千秋禮教誤蛾眉　紅顏不向空幃老　獨有文君是可兒

其二

未有歡娛衹有愁　空房獨枕一生休　可憐甘被陳規誤　斷送青春到白頭

居江樓有感

樓高百尺脫塵喧　日出煙銷遠見村　慣有清風時入室　卻無俗客亂敲門
牆低不受閒雲鎖　窗小能將淡月吞　莫道好山江隔斷　天心波撼碧陰繁

一九六四年

花月吟

月正圓時花正新　花開如錦月如銀　娟娟月照花千樹　灼灼花迎月一輪
月下看花花綽約　花前賞月月精神　今宵月朗花尤豔　笑看花前月下人

一九六四年

舟中對月

一月天心吐　千山夜氣開　浪聲吞遠櫓　風力走空桅
節序催雙鬢　江流咽萬哀　倚欄人不寐　應念我歸來

一九六四年

回文二首

其一

湖連月色景清奇　石動波搖影漾漪　珠露濕衣涼夜靜　如何泛訪玩歸遲

其二

清風好景晚呈奇　白露横江錦漾漪　明月映波秋水碧　輕舟小泛夜眠遲

一九六四年

秋日謁明長陵

王氣久銷沉　長陵秋草深　江山有興廢　異代此登臨
風蝕豐碑字　雲生古殿陰　徘徊認舊址　斜日下空林

一九六四年

賀友新婚

正值霜清露白時　釀成紅葉好題詩　絲羅共綰同心帶　玉樹初開連理枝

錦帳繡幃雙洽合　佳人才子兩相宜　良宵一刻須珍重　惟願金雞報曉遲

一九六四年

次友人《晚春偶感》原韻

風風雨雨逼春深　惹得詩人感慨吟　滿地落紅天不管　何人更起惜花心

一九六四年

春暮有感（集唐）

惆悵殘花怨暮春（陸貞洞）　繁華事散逐香塵（杜　牧）

休論世上升沉事（牛僧孺）　不羨空名樂此身（韓　翃）

一九六五年

春歸（調寄《一剪梅》）

報導東皇返駕時　暗自猜疑　不用猜疑

花飛絮舞得先知　鳥戲香枝　蝶戀香枝

野水無言繫我思　亂惹人悲　竟使人悲

傷心沒計欲留遲　試問歸期　卻話歸期

一九六五年

水上征途偶成

推篷悵望意依依　鄉國雲山似已非　萬里悲秋遊子恨　一行投宿晚鴉歸

楓林日落前程遠　蓼岸花疏過客稀　兩面船窗開不得　恐飛蘆絮上征衣

一九六五年

霜葉紅於二月花

一九六五年

試看香山景　秋深一抹紅　連朝霜訊警　到處葉飛空

柏葉凝丹脂　楓林披彩虹　停車當此地　坐愛夕陽中

春閨怨（集唐）

一九六五年

其一

音信往來遲（韋應物）　朝朝誤妾期（李　益）

捲簾花雨滴（清　江）　春色入心悲（孟　郊）

其二

拭淚攀楊柳（沈佺期）　春來識別離（戴叔倫）

空閨滅燭夜（權德輿）　是妾斷腸時（朱　放）

其三

多別自堪悲（盧　綸）　雙魚贈已遲（張　謂）

春堤楊柳發（孟浩然）　曾與故人期（貫　休）

其四

蹉跎春又晚（孟　貫）　深坐顰蛾眉（李　白）

惟有衷腸斷（白居易）　不知心恨誰（李　白）

秋閨怨

一九六五年

誰作閨中伴　秋來暗自傷　衾寒多寂寞　枕冷倍淒涼

離別千山遠　相思兩地長　書勞鴻雁寄　貌媲菊花黃
望眼常流淚　愁眉懶畫妝　幾時交鸞鳳　何日棲鴛鴦
月下頻增感　燈前猶斷腸　紅顏真薄命　孤負好時光

一九六五年

深宵對月

其一

輾轉難成寐　窺窗月影移　清光千里共　歸夢一燈知
白日無回馭　浮生有盡期　苦吟思故國　長夜使人悲

其二

羈客百憂集　殘宵月上時　秋聲來苑樹　梧葉下庭墀
倚枕尋幽夢　挑燈賦楚辭　人生哀樂意　惟有寸心知

一九六五年

殘月

其一

殘月深宵吐　荒村聞夜烏　涼飆驚竹木　歸夢阻江湖
寒露隨風重　清光照影孤　故園何處是　望眼淚模糊

其二

異地長為客　欲歸無有期　山河通夢寐　夕日捲羅帷
秋老霜風勁　樓高過雁悲　披襟望故國　殘月正如眉

一九六五年

贈予婧女史二首

其一

何曾清麗輸秦七　亦復雄豪似大蘇　眼底詞人誰第一　幽燕城裏女相如

其二

詩詞直欲繼清照　白雪陽春錦繡文　若使明城屏中選※　也應低首石榴裙

※屏中選：即雀屏中選。隋末竇毅為其女擇婿，於屏上畫二孔雀。請昏者使射二矢，隱約中目則許之。射者閲數十，皆不合。李淵（唐高祖）最後射，中各一目，遂歸於帝。

初面呈予婧女史

一見歡然似舊知　春寒正遇雪花時　難能旅路逢知己　且把窮愁付酒卮
屈指風塵同調少　銘心文字論交遲　今朝有客垂青眼　吾道不孤繫一絲

一九六九年三月

又集句四首

其一

年纔二十衆知名（唐·李　涉）　十歲裁詩走馬成（唐·李商隱）
淡墨羅巾燈畔字（清·李慈銘）　可憐才調最縱横（唐·李商隱）

其二（集唐）

天涯相顧一含情（韓　偓）　曉日燕山雪半晴（竇　庠）
花滿杏園千萬樹（元　稹）　今宵貰酒與君傾（李　白）

其三

海畔雲山擁薊城（唐·祖　詠）　柳絲牽我我傷情（唐·薛　能）
山重水復疑無路（宋·陸　游）　劉阮茫茫何處行（唐·張　祜）

其四

芍藥花枝出畫欄（唐·錢　起）　一眸春水照人寒（唐·崔　珏）
相知四海孰青眼（宋·謝　逸）　路遠江深欲去難（唐·白居易）

奉和予婧女史原韻二首

一九六九年四月

其一

畫簾疏雨夜深深　一語傾心抵萬金　記得溪橋分袂路　新詞一曲贈知音

其二

暮雲春樹友情深　雷義陳重誼勝金　秋月春風縈遠夢　高山流水覓知音

秋心集龔自珍句

一九七二年

聲滿東南幾處簫　秋心如海復如潮　紫星難憶花遲暮　塵劫成灰感不銷

懷人四首

一九七二年

其一

馬角烏頭歲月遥　黄門雙鬢鏡中凋　豪情略似陶元亮　不為饑驅便折腰

其二

蕭蕭黄葉下丹墀　閉戶攤書夜坐時　絮果蘭因溫舊夢　曉風殘月鑄新詞

其三

辭家曾作十年遊　千里歸來袛敝裘　莫怪書生竟平淡　人間不解重驊騮

其四

詩詞戛玉晁無咎　豪氣淩雲似陸通　記否去年風雪夜　酒酣香軟一燈紅

一九七二年

壬子秋初登廬山

其一

白雲深處隱紅樓　黃葉疏林入暮秋　萬里江山來眼底　千年歷史湧心頭
含鄱口外波濤急　白鹿洞邊風雨愁　往事悠悠渾一夢　驚雷滾滾蕩神州

其二（與利秉將兄聯句）

險仄重巒接翠微　峰頭處處彩雲飛　縱觀齊魯銀天闊　環顧湘吳玉帶圍
竹影千秋籠翠宇　松濤萬古撼朱扉　落霞飛處遊人醉　坐臥危亭不計歸

一九七四年

甲寅秋重上廬山

玉削芙蓉面面開　金風萬里我重來　峰連辰漢丹霞繞　地迥鈞天紫氣回
史煥光輝唐帝業　詩懷豪放謫仙才　香爐峰上三分月　伴我窗前醉一杯

一九七四年

仙人洞

遙想蓬萊臺閣重　斷巖殘壁見遺蹤　純陽仙去蟾蜍老　獨立蒼茫看古松

一九七四年

赴周溪虬門利家訪利君秉將兄

萬里長風送我來　利家原是小蓬萊　地圍曲港虬龍鎖　水滿鄱湖寶鏡開
牧笛晨吹牛犢出　漁歌晚唱扁舟回　月明把盞東窗下　笑語頻頻又一杯

一九七五年

乙卯初春乘輪船赴鄱陽途中偶成

瓷都早發小舟輕　放目田園冉冉青　九曲河彎迴柳浪　一篙春水過蘆汀
江聲浩蕩助詩律　嵐彩參差展畫屏　二十年來重過此　不堪寂寞短長亭

一九七五年

瓷都景德鎮（調寄《浪淘沙》）

高嶺插天雄　萬壑松風　滿城瓷藝奪天工　喜看四如精品巧※　剔透玲瓏
歷代御窯隆　姹紫嫣紅　青花五彩琺瑯崇　景鎮製瓷千載史　偉績豐功

※：景德鎮瓷素有『白如玉、明如鏡、聲如磬、薄如紙』之譽。

一九七七年

又七律一首

昌南自古發瓷葩　人傑地靈多大家　鏤月裁雲手製好　詩情畫意筆生花
歷朝御品逾珍寶　民藝匠師如彩霞　千載瓷都景德鎮　五洲馳譽仰中華

一九七七年

送別予婧女史

其一

北赴燕臺萬里餘　信江分袂上征車　歸來雪落三冬末　別去花開二月初
折柳應知留客意　贈言猶是寸心書　離情賦得詩魂斷　萬里東風喚小予

其二

憑欄脈脈對斜暉　憶別經年音信稀　芳草漫隨愁共長　青春竟與夢相違
一篙綠水欣南渡　千里飛鴻悵北歸　今夜珠山峰上月　照人如醉亦依依

一九七七年三月

臨歧次予婧女史原玉

桃柳前川草木蘇　奈何相別在歧途　錦書難達洪喬誤　塞雁空飛蘇武孤

牛女情懷深復重　神仙事蹟有還無　他時倘踐三生約　飛趁征帆遯五湖

與錦芬先生聯句

一九七八年八月

小序：戊午秋七月，錦芬先生出差廬山，有幸作匡廬之遊。經九江訪甘棠，舟泛鄱湖過都昌故里。先生歸來，詩興勃發。叫我聯句，我欣然應命，以期先生之教誨也。

其一（登廬山）

此生幾度作神遊　今上匡廬正值秋　一路奇峰開畫本　千尋峭壁插雲浮
絲絲柳拂銀河水　點點星明玉宇樓　疑是山城天不夜　光風霽月若瀛洲

其二（斷橋、錦繡谷、仙人洞、琴湖、花徑）

白雲飛度自春秋　風捲松濤紫翠浮　玉臂芙蓉飄絹幕　蜃樓海市醉環球
雲迷古洞蟾蜍石　月照琴湖花徑樓　飛瀑巉巖路險仄　斷橋繡谷我曾遊

其三（含鄱口）

含鄱亭上樂淹留　玉削芙蓉處處幽　彭蠡東來煙水闊　匡廬西望楚江秋
憑欄目極三千界　俯首雲飛十二州　霧靄漸消舒望眼　煙波萬頃接天流

其四（匡廬書感）

滄桑變換幾春秋　日照高峰水自流　花徑園中尋古跡　御碑亭上問王侯
仙人洞古求生藥　龍首崖懸難死鴦　古往今來皆夢幻　幾多感慨落心頭

其五（九江甘棠湖懷古）

煙水亭邊柳色黃　憑欄俯首問甘棠　沉浮誰主三分鼎　得失何堪兩敗傷
未識琵琶聞故曲　卻憐司馬泣巾裳　硝煙赤壁渾如昨　變幻滄桑歎夕陽

其六（飛帆過鄱湖）

此行歷遍古江州　又掛征帆彭蠡遊　山勢逶迤吳楚闊　煙波浩渺水天浮
落霞孤鶩三秋畫　秋水長天萬里舟　船近古南先一笑　故園風景正清秋

登石鐘山

極目此登臨　開懷暢遠襟　長江騰巨浪　蠡水滌塵心
浪擊石鐘老　雲彌廬阜深　流連尋勝跡　落日下遙岑

一九七九年

題《桃花扇》集句七絶八首

小序：癸亥孟夏於無錫旅邸，風雨閉門，終日悶坐，百無聊賴。偶得《桃花扇戲本》把卷之餘，大概興亡之歎，漫集絕句八首。詩云：

一九八三年

其一

誰家玉笛暗飛聲　總是關山離別情　消得東林多少恨　桃花扇底送侯生

其二

煙花斷送秣陵春　玉樹歌殘跡已陳　門外烏啼烏柏樹　葺葺芳草一江新

其三

秦淮楊柳舊絲絲　漏盡宮門月墜時　多少興亡多少淚　百年世事不勝悲

其四

鳳凰鳴在故臺空　贘水殘山夕照中　長板橋頭人悵望　桃花血點化春風

其五

烏啼楓落秣陵秋　粉冷脂殘簫管收　一片癡情敲兩斷　淒淒風雨媚香樓

其六

鍾山王氣水東流　青蓋黄旗事可愁　一代風徽今墜也　石頭城上月如鈎

其七

錦瑟銷沉怨夕陽　百年世事感滄桑　南朝賸有傷心淚　僥倖千秋是李香

其八

曲中哀怨向誰論　重展香君便面痕　都入雲亭新樂府　一回歌罷一銷魂

癸亥秋日偶書

其一

秋高氣爽正良辰　水碧山青絕路塵　千載瓷都好風景　日熔金鑄萬家新

其二

瓷都歷史業輝煌　元末明清有耿光　今日城中花爛熳　千紅萬紫競芬芳

其三

陶瓷館内放光華　匯萃名瓷第一家　滿室琳瑯多國粹　古為今用發奇葩

其四

振興瓷業為中華　仿古創新諸事嘉　寄語同仁齊努力　獻身四化捧心花

一九八三年

病中住院漫成三首

其一

撫足呻吟淚欲傾　撩人燈火隔窗明　夜長劇痛難成寐　輾轉牀頭聽雨聲

一九八四年

其二

一枝紅杏過牆來　喚我心花一瓣開　小院春光濃勝酒　莫教風雨苦相催

其三

經春抱病臥牀頭　終日攤圖作臥遊　最愛杭州西子水　一波笑卻古今愁

有懷

一九八四年

小序：予與張君羽兄友善，相識數年，情同手足。七二年日本首相田中角榮訪華，中日關係解凍建交。七四年羽兄旋歸故國，別來十載，天各一方。恨海闊天長，魚沉雁杳；度風晨月夕，悵望凝愁。因綴小詩數首以寄離懷。詩云：

其一

細寫平生一曲琴　高山流水仰知音　偷閒有約觀書畫　對酒無妨論古今

解凍喜君歸故國　別離灑淚濕青襟　相思悵望東瀛水　萬里遙遙寄寸心

其二

猶記垂楊岸　與君生別離　不堪頻送遠　何處更為期

脈脈思君切　忡忡下筆遲　幾時重話舊　清夢每相隨

其三

春色幾芳菲　扶桑音信稀　雲迷青鳥道　晝掩紫荊扉

樓下江流靜　宵深燭影微　有田千里月　照我總依依

其四（集句）

別後相思夢更頻（唐·劉禹錫）　每逢佳節倍思親（唐·王　維）

山長水遠知何處（宋·胡　宿）　秋雨秋風愁煞人（清·陶淡人）

其五（集句）

夜色臨城月（唐·靈　一）　天涯共此時（唐·張九齡）
關河雙別淚（清·徐　枋）　垂柳萬條絲（唐·戴叔倫）
夜雨孤燈夢（唐·戴叔倫）　幽蘭楚客詞（唐·駱賓王）
春來消息斷（唐·令狐楚）　何以慰相思（梁·沈　約）

贈羽兄（乙丑年羽兄訪華來景德鎮寫竹以贈）　一九八五年

一自東西歎別離　天涯無復話襟期　十年歲月催人老　八載崢嶸振羽儀
萬里征程方矚目　千秋事業正當時　相逢今日情難已　笑語頻頻贈一枝

又呈七絶四首　一九八五年

其一

闊別天涯十一年　枕邊常有夢魂牽　離情欲訴從何訴　留得愁心日日煎

其二

今欣萬里故人來　貴國風情費我猜　且喜吾兄新創業　製瓷技藝展奇才

其三

碧天如水月如銀　星漢依稀照紫宸　情切燈華人不寐　欣然再晉酒三巡

其四

明朝又是别離期　折取垂楊贈一枝　路隔滄溟千萬里　天涯相憶兩心知

乙丑初冬自京南歸旅途偶成　一九八五年

其一（北京）

朔風凜冽連朝夕　天佈彤雲密不開　我自閉門澆薄酒　漫攤書卷把詩裁

其二（車中）

長龍呼嘯自奔馳　冷雨敲窗起尚遲　行到江南風景好　秋山如畫入新詩

其三（南京）

金陵形勝冠南都　聳翠流丹繪畫圖　霜染楓林紅欲滴　賞心重上莫愁湖

其四（莫愁湖）

簾捲西風上玉鉤　黄花香滿勝棋樓　且憑淺碧千鍾酒　銷盡天涯萬里愁

其五（中山陵遠眺）

中山陵畔松杉翠　靈谷寺前秋葉黄　放眼金陵如畫裏　江山助我賦詩章

其六（登紫金山）

鍾阜青螺錦繡堆　天風輕拂彩雲開　憑欄極目淩空望　萬里長江一線來

其七（書感）

龍盤與虎踞　千載是耶非　貢院烏衣巷　長江燕子磯
十朝春夢短　滿闕野花飛　唯有秦淮月　依然照故畿

丙寅秋由潯陽赴秣陵乘舟過小孤山（集句）　一九八六年

海門東去大江橫（明·夏　寅）　山倚秋空劍戟明（唐·韓　愈）
天水不分吳楚路（清·石頌功）　小孤山下暮雲生（明·夏　寅）

庚午春節潮州行　一九九〇年

風景這邊好　韓江泛碧波　三冬輝麗日　四季頌嘉禾
列市多瓊玖　連鑣盡綺羅　桃林花事早　把酒話時和

偕荃芝兄遊鼓浪嶼登日光巖口占

一九九〇年

竹石榕林處處幽　與兄聯袂喜同遊　振衣千仞罡風頂　人在青冥最上頭

車中偶成

一九九〇年

朝發廈門站　武夷龍脈長　山輝石藴玉　川媚水含香
路轉千重嶂　車迴九曲腸　三明停靠處　落日已昏黄

恭賀張志安老師六十大壽

一九九〇年八月

六旬榮慶桃李芬芳花萬樹　卌載耕耘詩書錦繡畫千箱

西湖紀遊七絕二十首

一九六五——一九九〇年

小序：予自一九六五年乙巳仲夏由秦返里，途經杭州，初晤西子。七九年己未金秋，又小住《浙江美院》近旬，重睹芳華。西湖水山之勝，如詩如畫，令人眷戀，難以忘懷。此後又多次重遊，故有小詩以記其勝概。

其一

餘杭風景四方無　打槳湖心入畫圖　萬頃微波春水軟　花嬌柳媚話西湖

其二

幾日春光到柳條　姍姍漫舞楚宮腰　白堤如帶飄天上　綠水縈迴過斷橋

其三

拾翠人來打槳邀　平湖十里綠迢迢　垂楊兩岸儌儌舞　亦解禧春繫畫橈

其四

微波軟軟水風柔　畫舫猶如天上浮　萬頃平湖明似鏡　吳娃臨水好梳頭

其五

湖山窈窕望中迷　蕩槳平湖夕照低　唱徹竹枝餘韻在　一彎明月照蘇堤

其六

笙歌隱隱木蘭舟　槳撥琉璃萬頃柔　山色湖光真可玩　雨奇晴好總宜遊

其七

紅綃帶緩綠鬟低　夜色微茫月向西　水綠波柔吳語軟　漫搖雙槳過蘇堤

其八

三月蘇堤分外嬌　桃紅柳綠好春朝　老夫遊興癡猶醉　步月看花過六橋

其九

中酒春宵怯薄羅　酒闌春盡繫愁多　我今來此沉沉醉　笑問西湖奈我何

其一〇

西泠橋畔畫船回　朵朵紅蓮照水開　擊節吟哦相對飲　夕陽山外送詩來

其一一

雨餘天竺碧雲平　風送荷香遠更清　六月西湖好風景　賞蓮人在鏡中行

其一二

皓齒吳娃垂俊髫　芰荷香裏木蘭橈　忽然一曲清聲發　歌在芙蕖第幾橋

其一三

萬頃湖光一鏡中　芙蓉綽約水晶宮　葉猶翡翠羅衣綠　花似吳娃臉樣紅

其一四

湖波漫拂柳絲柔　十二紅欄繞畫樓　重到吳鄉賞吳語　泥人新夢入新秋

其一五

遊人路斷七香車　綠酒紅燈映碧紗　樓外樓中吹玉笛　湖心湖裏看蓮花

其一六

煙柳風絲拂岸斜　畫船盡日在湖涯　平湖秋夜涼如水　把盞高吟賞月華

其一七

吳娃生小亦清芬　蟬鬢臨風墮綠雲　一串珠喉歌婉轉　花前漫舞紫羅裙

其一八

宵來玩月放中流　月照三潭水上浮　我酹一杯邀月姊　年年伴我此中遊

其一九

斷橋殘雪夕陽斜　小住西湖願亦賒　堪羨孤山林處士　一生知己有梅花

其二〇

蘇堤花柳笑春風　曲院荷香暑日中　月映三潭秋水碧　孤山雪擁老梅紅

一九九一年

詩六首

小序：辛未春嘉德道兄遊上清歸來，有泛舟彩照惠我，始知上清乃山水輝映，風景如畫。人云：『小灕江』真不虛也，令我心馳神往。故掇小詩數首詠之。

其一

東風吹夢到書窗　選勝登臨乘小艭　碧玉青螺開畫境　此間原不讓灕江

其二

山横翠黛水拖藍　兩岸垂楊碧玉篸　借問輕舟何處去　東風香裏泛煙嵐

其三

處處香凝暖翠塵　夜來尋夢到江津　何時覓得桃源路　一棹煙波好避秦

其四

微雨桃花岸　舒懷楊柳風　山青江水綠　人在畫圖中

其五

覽景此徘徊　江風拂面來　舟移山影動　峰轉畫屏開
綠水明妝鏡　飛花入酒杯　人間遊樂地　佳景即蓬萊

其六

天然圖畫上清東　水水山山錦繡中　紅杏枝頭臙脂雨　碧波江上綠楊風
千重翠嶂迷遊客　萬頃黃花間嫩菘　一葉輕舟移緩緩　賞心遊樂與君同

答秉將窗友並步原玉

一九九一年

滿架荼蘼送晚春　歸田稼圃自由身　高山流水堪為友　明月清風是故人
笑傲煙霞忘慕寵　樂收芋粟不憂貧　優遊林下任疏放　時效陶潛漉酒巾

依韻酬答利君秉將窗友二首

一九九一年

其一

小齋書滿藤為架　勝日尋山薜作衣　閒向靜中參妙諦　興來筆底瀉珠璣

芬芳桃李遍天下　霞蔚心胸耀紫微　故國神遊多韻事　扁舟一葉樂忘歸

其二

五四年華一箭過　歸田好唱莫愁歌　多情筆墨傳詩草　得意林泉衣薜蘿
桃李芬芳花萬樹　詩文馥郁玉千珂　祝君歸里身長健　依舊豪情似大河

一九九三年

七絕二首

其一

秦關三十年前會　回首芳菲似夢中　屈指別來經廿載　何時重與訴離衷

其二

回首秦關感舊遊　風情漸老見春羞　歸來猶憶前番夢　月照燕山一笛秋

一九九四年

過唐寅墓

先生胸次海天寬　祇愛詩書不愛官　水墨丹青留妙品　文章笑罵入毫端

一九九六年

暮春有感

老來無事自哦吟　歲月長催白髮侵　短夢曉驚簾外月　多情誰解曲中琴
由來至愛猶天大　孰料相思比海深　昨夜樓頭風雨裏　落紅萬點淚沾襟

一九九六年

偶感

東風吹綠滿垂楊　雨潤桃花似窈娘　春色自來皆夢幻　人生何必逐炎涼
花飛無語淚千點　雁寄離愁字一行　俯仰繁華俱古跡　余懷猶在水雲鄉

小港

一行綠柳拂清漣　曲徑通幽到港邊　琉瓦參差新屋宇　稻棉上下舊園田
風搖翠竹珊珊舞　露滴新荷點點圓　牧笛歸來牛背唱　亂鴉聲裏夕陽天

一九九六年

病中懷人二首

其一

痛風十載未曾瘳　醫藥荒城不易求　作客經年愁似海　懷人一夜雨如秋
望窮碧落頻揮淚　思到雲邊強倚樓　千里關山清夢遠　紗窗霜月下簾鉤

其二

花飛片片柳全低　婉轉嬌鶯自在啼　樓外長天煙漠漠　園中小徑草萋萋
綠楊城廓春將暮　漱玉亭臺月落西　夙病未痊寒食近　無端更夢浣紗溪

一九九六年

七律三首

其一

悵然默默憶從前　一别秦關廿四年　明月梨花枝上雪　古城芳草夢中煙
潛心畫筆兼書筆　寄意梅邊與柳邊　落日無言春又盡　可憐人在奈何天

其二

落魄迂疏自可憐　書為日月晝為年　江淹夢後猶存筆　杜甫囊空已沒錢
滿腹牢騷唯罵鬼　措身無地莫憂天　多愁多感多詩思　衹把吟魂伴醉眠

其三

春夢依稀倩影邊　連朝風雨奈何天　難將濁酒消新恨　尚有情書入舊編
深院紅飛花似淚　閉門愁鎖日如年　憑誰指點西湖路　石上三生悟夙緣

一九九六年

重遊秦皇島四首

小序：予一九六二——一九七二年在秦皇島瓷廠工作，別來二十四載，常常魂繫夢牽。丙子仲秋，故地重遊。良朋相聚，重敘離衷，乃人生快事也。且喜秦市經濟騰飛，市容煥然一新，今掇小詩以記之。

其一（秦皇島）

別來縈夢憶秦臺　今日重遊亦快哉　畫閣瓊樓連廣宇　輸油管道接蓬萊
泥人舊夢匆匆去　改革新潮滾滾來　萬里東風吹沃野　風流人物展雄才

其二（山海關）

城上燕山紫翠浮　菊黃果熟正清秋　地饒勝概連京沈　海漾文光射斗牛
入座雙峰雲樹靜　憑欄千里水天幽　今生有幸重來訪　喜作燕東數日遊

其三（北戴河）

海濱勝地我重來　新景風光處處開　藍海青山皆畫卷　朱樓丹闕亦蓬萊
黃金海上乘飛艇　鷹爪亭中飲舊醅　天上神仙應羡我　瓊筵日日醉金杯

其四

神遊舊地秦關上　往事依稀夢裏來　客歷風霜存傲骨　天教桃李作輿臺
離家虛抱淩雲志　報國空懷濟世才　山水人情應憶我　江南冀北兩徘徊

一九九六年

秋郊偶成

其一

斜日兩三峰　湖田野趣濃　秋風江上路　臨水看芙蓉

其二

蘆花飛雪點秋光　菊吐英華綻嫩黄　十月江南風景好　秋山紅樹映斜陽

一九九七年

秦關握别

翼東千里賦南歸　别淚紛紛點客衣　月照車馳人寂寞　江州窗外已熹微

一九九七年

丁丑春興四首

其一

二月東風綠柳斜　年年作客在天涯　酬知豈惜身如葉　礪志何妨鬢有華

其二

雨潤碧桃天上種　春催紅杏日邊花　江山處處皆圖畫　昌水江邊是我家

其三

六十年來夢一場　任他頭雪鬢飛霜　讀書樂在功名外　作畫欣然筆墨芳

案上青花瓷逾玉　盆中蘭蕊露凝香　華胥午夢劇然覺　冉冉東風坐夕陽

其三

餘年何用巧安排　恰可周旋藉小齋　守拙安貧謝貴客　狂吟縱酒放形骸

青雲長物書為友　白髪陶情詩寄懷　蝶拍鶯簧新鼓動　一枝紅杏發庭階

其四

芭蕉抽葉柳絲柔　遲日江山事事幽　櫻筍乍添三月味　雨風無慮五更愁

昌江水泛桃花浪　午夜燈明書畫樓　鶴髮雞皮憑老大　心情自在任優遊

一九九八年五月十六日

我的父親運榮公

生於一九一四年民國三年甲寅三月二十一日午時

歿於一九九八年戊寅四月廿五日未時享年八十有五

家嚴慈祥　未進學堂　年僅十四　背井離鄉
遠上景鎮　藝習包裝　從師五載　三學兩幫
開始三年　雜務奔忙　晨昏灑掃　倒尿洗漿
燒茶侍飯　伺煙奉湯　爬草結草　夜工經常
忍苦耐勞　從不聲張　性情敦厚　外柔衷剛
天資聰敏　靈慧深藏　懷才不露　謙讓溫良
五年學徒　三年觀望　暗暗心記　細細思量
最後兩年　纔得上崗　不到半載　技術超強
本行第一　手藝無雙　青出於藍　譽滿浮梁
出師自立　開交草行※　生意興隆　買田建房
聽書聽傳　過耳不忘　舞獅習武　功夫尤彰
年登大耋　同祝安康　子孝孫賢　蘭桂騰芳
八秩有五　駕鶴西方　春暉未報　痛兒肝腸
父親勳德　千載煌煌　音容宛在　典範彌長

※：交草行：父親於一九三二年三人合夥開設了『李三和交草行』。以稻草包裝瓷器，一般的叫『花草行』。但是比較高檔瓷器和高質量的包裝才叫『交草行』。景瓷運

往全國各地銷售，很關鍵的就是包裝工藝必須精良，以確保運輸途中瓷器完好無損。我小時聽伯父說過，父親在幾位同行的包裝質量比賽中，將各人所包的一支草均從二樓摔下來，唯獨我父所包那支草內的瓷器沒有破損。這樣的包裝品質行家名為『交草行』。父是五十年代初景德鎮包裝工廠唯一獲包裝工藝技術員者，被評為勞模，曾上廬山休養。

一九九九年

姑蘇勝景

其一（吳　郡）

吳中今古小艭多　郡上人家盡枕河　十里春風簾外水　一聲欸乃一聲歌

其二（吳　苑）

吳苑宮花出畫牆　繁華千載競芬芳　燈紅酒綠猶朝暮　醉賞春風入夢香

其三（蘇　州）

四時風月話姑蘇　畫棟雕欄入畫圖　碧瓦朱甍照城廓　鑲金嵌玉耀蓬壺

其四（寒山寺）

寒山古寺逾千年　張繼詩篇萬口傳　寶刹嵯峨入雲際　鍾聲飛過五湖天

其五（館娃宮）

館娃宮裏憶當年　妙舞清歌伴御筵　玉骨早成泉下土　吳王韻事已如煙

其六（虎　丘）

虎丘勝景甲吳中　寶塔雲巖聳碧空　泉石劍池陪闔閭　真娘墓上草蔥蔥

其七（留　園）

留園築構費匠心　曲檻廻廊宛轉深　書畫傳神多國粹　此中珍品值千金

其八（拙政園）

鑿池疊石作奇山　彩棟朱欄輝碧灣　山水亭臺相映美　步移景換畫圖間

其九（獅子林）

疊山砌石玉玲瓏　仿綦群獅居此中　洞壑幽深奇境界　迂迴蟠曲入迷宮

其一〇（滄浪亭）

滄浪亭下水連天　臨水廊窗捲繡簾　花木扶疏饒野趣　淺黃輕綠撲人妍

其一一（天平山）

白雲泉在白雲端　瀟灑奔流下碧湍　待到秋深看山色　紅霞萬丈豔峰巒

其一二（太湖）

太湖三萬六千頃　水上交通任縱橫　此地古今俱富庶　湖中島嶼若蓬瀛

悼錦芬家先生七律一首

一九九九年十二月三十日

先生西去幾時回　黃竹歌聲動地來　錦繡文章光史冊　芬芳桃李濟川才
昔年故里為師長　今日文星赴玉臺　兀坐中宵人不寐　殘燈無焰雁鳴哀

又七絕五首

其一

昌江風急水搖天　吹去人間老謫仙　如豆殘燈香一炷　雙垂別淚拜靈前

其二

落泊珠山四十年　粥香鹽白奈何天　先生多少辛酸淚　子孝妻賢夢不圓

其三

人生得失總由天　難似隨園福命全　辛苦教書猶瀝血　貧寒饑饉復年年

其四（集句）

後學過呼韓退之（宋·蘇　軾）　風流儒雅亦吾師（唐·杜　甫）
玉壺貯滿傷春淚（宋·陸　游）　獨立蒼茫自詠詩（唐·杜　甫）

其五

珠山雲樹對斜陽　哀悼先生奠一觴　瑰麗詩文傳四海　千秋竹帛煥輝光

附録　吴荃芝和韻

小序：讀李菁《悼錦芬先生七律一首》哀而和之，以誌同悲。

其一

廿年酬唱兩來回　半世交情福份來　不以拋磚嫌我陋　多蒙示玉感君才
共調弦軫彈心曲　互琢詞章濟講臺　幾度勞君光顧我　而今一度一重哀

其二

殘餘惡勢去旋回　民主遭摧禍事來　一世存心圖報國　三奸著意毀英才
離騷讀罷吞清淚　鐵馬空奔點將臺　伏櫪自憐千里骨　九泉未肯訴餘哀

其三

焦頭爛額入輪回　命蹇時乖禍水來　自古聰明偏少福　由來厄運困良才
妻亡子痼成愁壘　媳死孫孤築債臺　我亦天涯惆悵客　同情同病更同哀

其四

黄鶴飄飄去不回　西風歲歲帶霜來　可憐荒塚長埋恨　更惜詩壇失幹才

載怨珠山揮血淚　承恩學子痛靈臺　書齋寂寂塵封處　細雨寒蛩夜夜哀

附錄　光庭《悼錦芬叔四首》

其一

少年塾館同窗讀　遊學浮梁情更深　浩劫十年關注我　證明一紙值千金

其二

暑期晤面身猶健　漫步昌江碎語曾　可惜兩兒膺惱疾　如斯境況苦難勝

其三

艱難生計掩柴門　勞苦奔波盡淚痕　痼疾染兒今已矣　能延福澤有龍孫

其四

方誇耄耋精神好　忽報西山日已沉　錦繡文章堪繼世　芬芳桃李早成陰

二〇〇〇年

七絕四首

其一（孟春）

昨夜瑤臺一笛風　催開梅蕊吐新紅　遊絲嫋娜晴空裏　如笑春山入畫中

其二（仲春）

料峭春寒料峭風　杏花乍放淺深紅　曉煙半隱空濛色　春在江南細雨中

其三（季春）

數聲啼鳥百花風　窗外夭桃醉軟紅　垂柳參差煙雨裏　畫船來去綠波中

其四（春歸）

燕語新晴柳絮風　荼蘼枝上惜殘紅　臙脂都付東流水　回首春歸似夢中

二〇〇〇年

春日偶成

紅杏緋桃映野堂　緣溪修竹繞山莊　日烘錦繡通花塢　露挹清芬滴石牀
耳畔但聞鶯舌巧　案頭時落燕泥香　吟詩覓句芸窗下　負卻春光嫋娜娘

二〇〇〇年

春歸偶成二首

其一

鵑泣又春歸　無言對夕暉　落紅隨水逝　微雨燕雙飛

其二

連日雨兼風　繁華過眼空　春來春又去　來去太匆匆

二〇〇〇年

馬來西亞之遊

小序：庚辰深秋病中臥牀，翻閱九八年秋赴馬來西亞所攝彩照數本，卒成小詩一首。

曾赴馬來西亞遊　此間風景正清秋　檳榔椰樹擎天秀　玉版金芝覆地幽※1
王者榴蓮山竹后※2　珍稀波蜜荔枝酋　海風習習驕陽午　剖取椰漿飲一甌

※1：玉版金芝：玉版為牡丹品種之一，金芝為一種香草名。

※2：波羅蜜、山竹、檳榔、榴蓮、荔枝、椰子等均為熱帶水果。山竹形如石榴而略扁，皮紫紅，果肉白嫩似荔枝，味甜美，人稱它為『果后』；榴蓮個大橢圓，長達二十五釐米，表面有多數大木質刺，果肉分瓣，色嫩黃，味美而香甜。人稱它為『果王』。

二〇〇〇年

答謝張志安老師惠贈墨蘭

其一

生花妙筆墨尤酣　嫩蕊娟娟綻半含　靈德高標新鳳尾　國香一幅勝雙南

其二

斑斕墨蹟譜春光　秀色清芬滿畫堂　瓊蕊紫莖君子佩　香生九畹煥文章

敬贈孫其峰老師二首

二〇〇一年

其一

耄耋人長健　先生畫興豪　揮毫流墨韻　潑彩寫翎毛

獨具傳神筆　常懷濟世韜　宗師兼教授　一代領風騷

其二

登州幾度謁孫翁　如坐春風時雨中　德劭年高身矍鑠　鑄今熔古氣豪雄

杏壇標格千秋範　書畫風流一代崇　鏤月裁雲揚國粹　如椽大筆奪天工

敬贈光庭師

二〇〇一年

先生悟道樂岐黃　仁德胸中日月長　濟世康民施妙術　扶傷祛病處良方

芬芳桃李千株秀　錦繡詩文滿卷香　爛熳童心猶未老　年登大耋壽而康

揚州辭（每首嵌一『畫』字）

二〇〇一年

其一

繁華今古說揚州　明月鶯花滿畫樓　綺閣名園都傍水　修修綠竹鳥聲幽

其二

綠楊城廓鎖煙霞　碧瓦朱甍滿地花　二十四橋浮畫舫　春風陌上引香車

其三

櫻花爛熳竹修修　四面珠簾翡翠樓　百里畫圖新閬苑　二分明月是揚州

其四

瘦西湖上柳千條　點染桃花分外嬌　彩舫遊人渾欲醉　如詩如畫五亭橋

其五

小艭搖過綠楊灣　水淨花明兩岸間　金粉樓臺看不盡　遊人更賞畫中山

其六

鶯啼花發柳含煙　繡戶紅妝捲畫簾　遍地笙歌紅芍院　篷窗詩酒綠楊船

其七

絲絲垂柳倍多情　柔挽遊人緩緩行　萬井樓臺疑繡畫　霓虹燈彩勝蓬瀛

其八

二分明月玉人簫　萬頃湖光欵畫橈　一曲清歌人似玉　輕舟行過綠楊橋

其九

杜牧當年此寄居　杏花掩映故人廬　春風十里揚州路　一卷樊川畫不如

其一〇

廣陵勝地有平山　仿鬍先賢永叔還　一代文章留史冊　千秋風物畫圖間

其一一

笙歌隊裏看吳雛　珠箔銀燈入畫圖　淥酒滿斟金錯落　一輪明月照仙姝

其一二

吳娃生小解溫柔　畫出纖眉月一鉤　人面桃花春綽約　金樽相對意綢繆

其一三

繁華如畫亦如煙　綠酒紅燈憶往年　相聚可憐如夢短　春波依舊碧連天

其一四

廣陵城上月如鉤　臨別依依迴不由　願祝吾身長健在　來年再向畫中遊

偶感十首（集句）

二〇〇一年

其一

芳風搖動雪花飛（唐·劉　憲）　天地無私春又歸（宋·陸　游）

風月有情常似舊（宋·張　耒）　欲將詩句絆餘暉（宋·蘇　軾）

其二

絕交漸悟世情微（現·柳亞子）　淺水深山獨掩扉（唐·劉長卿）

古往今來皆涕淚（唐·杜　甫）　白雲芳草與心違（唐·司空曙）

其三

生涯心事已蹉跎（唐·劉長卿）　寧戚傷時亦浩歌（唐·韋　莊）

萬卷消磨雙鬢白（近·樊增祥）　滿頭贏得雪霜多（唐·吳　融）

其四

風和時拂玉欄杆（唐·段成式）　卻望春江雲尚殘（唐·王昌齡）

志士淒涼閒處老（宋·陸　游）　滿溪紅雨落春寒（清·方引諧）

其五

桃花落盡柳花殘（唐·戴叔倫）　獨繞芳叢不忍看（唐·李建勳）
春事漸消鶯語老（宋·真山民）　不堪深夜鳳池寒（唐·權德輿）

其六

早是傷春夢雨天（唐·韋　莊）　寂寥芳草茂芊芊（唐·韋　莊）
梨花落盡東風軟（宋·吳惟信）　留與遊人一醉眠（唐·鄭　谷）

其七

自調金鼎閱芳香（唐·盧　綸）　手倦抛書午夢長（宋·秦　確）
光景旋消惆悵在（唐·韓　偓）　幽人自愛北窗涼（宋·陸　游）

其八

詩家眷屬酒家仙（清·孫星衍）　皂蓋蘭橈浮翠筵（唐·儲光羲）
莫使金樽空對月（唐·李　白）　年年散髮醉江天（宋·陸　游）

其九

紅蓼花疏水國秋（唐·杜荀鶴）　小欄杆外上輕舟（明·王彦泓）
勸君更盡一杯酒（唐·王　維）　與爾同銷萬古愁（唐·李　白）

其一〇

時時閒步賞風煙（唐·劉禹錫）　且喜風光似昔年（唐·韋　莊）
南浦斜陽芳草色（明·史　瑾）　西風細雨菊花天（宋·歐陽修）
人生有酒須當醉（宋·高　翥）　江月無心也解圓（唐·牟　融）
莫問野人生計事（唐·李九齡）　晴窗檢點白雲篇（唐·杜　甫）

春日江行

扁舟朝發綠楊潯　一路風光伴我吟　壟畝高低秧郁郁　林花爛熳竹森森

春山奕奕千重翠　綠水悠悠萬古琴　九曲棹歌天地闊　胸懷江海百年心

二〇〇一年

暮春有感三首

其一

春江懶困倚微風（唐·杜　甫）　千里鶯啼綠映紅（唐·杜　牧）

柳絮池塘香入夢（明·袁　凱）　一番春盡雨聲中（宋·陸　游）

其二

莫教人恨五更風（唐·王　建）　對酒空思一點紅（明·唐　寅）

春在東風原是夢（清·袁　枚）　詩成燈影雨聲中（宋·陸　游）

其三（集唐伯虎落花詩句）

梨花深院恨多風　樑燕巢成濕補紅　人不歸來春又去　心情說在雨聲中

二〇〇一年

題予婧詩草

君詩無敵玉玲瓏　萬里江山筆底雄　好句都從天外至　英才猶似月當空

冰清玉潔瑤池雪　魏紫姚黃上苑風　客裏相逢如一夢　關河千里渺驚鴻

二〇〇一年

再題七絕六首

其一

絕妙金閨詠絮才　國香清韻入吟腮　分明擁髻揮毫際　句句都從天外來

其二

情懷脈脈靜中吟　肝膽相傾猶鑠金　愛海茫茫波浪闊　一生孤負護花心

其三

春風唾玉興尤酣　卿有奇才我不堪　紅燭燒殘借明月　推敲字字抵雙南

其四

玉簫一曲韻悠悠　吹去行人無限愁　明月滿船江水綠　載將詩卷過揚州

其五

他年倘作畫眉人　贏得雙雙自在身　海闊天高齊比翼　雲程萬里向天津

其六

獨對春風酒一瓢　小樓明月夜迢迢　燕山楚水三千里　無限相思入夢遙

二〇〇二年

春日閒居三首（集句）

其一

閒人祇是愛春光（唐·姚　合）　花壓欄杆春晝長（唐·溫庭筠）
飲水讀書貧亦樂（宋·陸　游）　隔簾微雨杏花香（唐·韓　偓）

其二

流雲飛檻枕溪光（宋·宋　祁）　水荇牽風翠帶長（唐·杜　甫）
燕子不歸春事晚（唐·戴叔倫）　落花風靜煮茶香（宋·戴復古）

其三

四顧山光接水光（宋·黃庭堅）　獨憑危檻思何長（宋·寇　准）

春風無限瀟湘意（唐·柳宗元）　夜半梅花入夢香（宋·戴復古）

春歸偶成（集唐）

平明獨坐到黄昏（令狐楚）　慢緑夭紅半不存（韓　愈）
小苑回廊春寂寂（杜　甫）　梨花滿地不開門（劉方平）

二〇〇二年

村居偶感四首（集句）

其一

愛閒能有幾人來（宋·呂夷簡）　半畝方塘一鑒開（宋·朱　熹）
村徑繞山松竹暗（唐·許　渾）　故園黄葉滿青苔（唐·顧　況）

其二

碧天如水雁初來（清·嚴長明）　去日黄花半未開（金·元好問）
寒甚更無修竹倚（清·黄景仁）　翠羅深處遍蒼苔（唐·許　渾）

其三

且喜年華去復來（唐·張　説）　小軒臨水為花開（宋·蘇　軾）
林亭自有幽真趣（唐·李隆基）　石上題詩掃緑苔（唐·許　渾）

其四

百方迴避老須來（唐·王　建）　今日殘花昨日開（唐·崔惠童）
忽被東風吹散盡（清·陳　沆）　國香和雨入青苔（宋·蘇　軾）

二〇〇二年

倒疊前韻四首（集句）

其一

應嫌屐齒印蒼苔（宋·葉紹翁）　山頂千門次第開（唐·杜　牧）
隔斷紅塵三十里（宋·朱　熹）　此生更得幾回來（宋·蘇　軾）

其二

銀塘曲水半含苔（唐·武平一）　小隱西亭為客開（唐·許　渾）
柳渡風輕花浪綠（唐·吳　融）　釣船時帶夕陽來（宋·陸　游）

其三

茅檐常掃淨無苔（宋·王安石）　兩岸山花似雪開（唐·劉禹錫）
吟處遠峰橫落照（唐·吳　融）　一聲蟬報早秋來（唐·李　中）

其四

金陵陳跡老莓苔（近·金拱北）　合掌白蓮花未開（唐·來　鵬）
不信樓頭楊柳月（宋·謝枋得）　夜深還過女牆來（唐·劉禹錫）

《鄱陽湖上都昌縣》十首（次蘇軾都昌南山詩原韻集句）二〇〇二年

其一

鄱陽湖上都昌縣（宋·蘇　軾）　煙水初銷見萬家（唐·竇　鞏）
紫氣曾回雙鳳輦（明·文徵明）　生香不斷樹交花（宋·石延年）

其二

鄱陽湖上都昌縣（宋·蘇　軾）　四海於今是一家（唐·李商隱）
十二欄杆春似海（明·孫　蕡）　天心園裏看桃花（今·郭沫若）

其三

鄱陽湖上都昌縣（宋·蘇　軾）　楊柳千家與萬家（唐·武元衡）
曉日曈曈煙娟娟（明·文徵明）　任人來看四時花（唐·杜荀鶴）

其四

鄱陽湖上都昌縣（宋·蘇　軾）　不是漁家即酒家（宋·陸　游）
河漢入樓天不夜（元·薩都刺）　紫雲樓下醉江花（唐·杜　牧）

其五

鄱陽湖上都昌縣（宋·蘇　軾）　燈火秋風十萬家（元·廼　賢）
日暮數峰青似染（唐·王　建）　月鈎初上紫薇花（宋·周必大）

其六

鄱陽湖上都昌縣（宋·蘇　軾）　遊子頻歸夢裏家（明·于　謙）
光景卻憐鄉思苦（唐·戎　昱）　十年為客負黃花（宋·陳師道）

其七

鄱陽湖上都昌縣（宋·蘇　軾）　臨湖門前是我家（明·張　雨）
萬里河山猶故國（明·夏完淳）　一樽相屬對黃花（宋·唐　庚）

其八

鄱陽湖上都昌縣（宋·蘇　軾）　歸夢初驚似到家（唐·許　渾）
淺碧細傾家釀酒（宋·陸　游）　圈圈點點畫梅花（清·周　蓮）

其九

鄱陽湖上都昌縣（宋·蘇　軾）　望見鄉山不到家（唐·許　渾）

幾度思歸還把酒（唐·杜　牧）　懷人江上落梅花（明·李攀龍）

其一〇（集宋）

鄱陽湖上都昌縣（蘇　軾）　合眼歸心已到家（朱　熹）

三徑舊遊松竹老（劉子翬）　自鋤明月種梅花（劉　翰）

附錄　宋·蘇軾《都昌南山》詩

鄱陽湖上都昌縣　燈火樓臺一萬家　水隔南山人不渡　東風吹老碧桃花

依清·朱海峰題莫愁小像八首（集句）　二〇〇三年

其一

鬱金堂北畫樓東（唐·李商隱）　半縷輕煙柳影中（唐·杜　牧）

紅粉牆頭花幾樹（宋·歐陽修）　珠簾繡戶對春風（唐·韓　翃）

其二

芙蓉花外夕陽樓（唐·趙　嘏）　南國佳人號莫愁（唐·韋　莊）

十里煙波明月夜（宋·陸　游）　藕花紅瘦半湖秋（清·聯　璧）

其三

玉樓煙薄不勝芳（唐·李商隱）　影動花寒韻更長（宋·陳與義）

人世幾回傷往事（唐·劉禹錫）　重幃深下莫愁堂（唐·李商隱）

其四

園花時發一枝新（宋·陸　游）　苑裏穠華伴麗人（唐·張　說）

名將美人千古跡（清·曾廣照）　後來無不揖芳塵（唐·劉禹錫）

其五

風光得似此間無（清·吳述之）　半是青山半是湖（唐·劉　商）

杜曲花光濃似酒（宋·鄭文寶）　清歌一曲倒金壺（唐·鄭　谷）

其六

盧家少婦鬱金堂（唐·沈佺期）　賭墅棋樓玳瑁樑（今·馬　俊）

幽榭名園臨紫陌（唐·鄭　谷）　奇花多吐四時芳（唐·羅　鄴）

其七

葉葉春衣楊柳風（唐·韓　翃）　畫樓西畔桂堂東（唐·李商隱）

六朝舊恨斜陽裏（明·楊　基）　富貴榮華春夢中（唐·李群玉）

其八

英雄兒女各千秋（清·趙　翼）　不廢江河萬古流（唐·杜　甫）

花底清歌春載酒（宋·陸　游）　莫愁湖上泛輕舟（今·曹雲峰）

附錄　清·朱海峰原作八首

其一

石城西畔楚江東　六代繁華過眼中　贏得英雄兒女事　湖光山色兩空濛

其二

星移物換勝棋樓　無復當時舊冕旒　太抵名王輸一著　閒情都付古今愁

其三

莫愁人去有餘芳　白水青蓮引興長　色即是空空即色　華嚴常住鬱金堂

其四

玭樑重整燕巢新　回首煙波感昔人　此日春風留面目　千秋豔質免沉淪

其五

綠楊城廓映蘼蕪　打槳中流入畫圖　兒女英雄同一夢　勝棋樓傍莫愁湖

其六

不堪回首鬱金堂　燈火因緣選佛場　彈指華嚴空色相　殘脂賸粉話斜陽

其七

遺圖枉自省春風　太息蛾眉畫未工　擬付貞珉摹善本　更添韻事梵王宮

其八

樓上山光翠欲流　新詩一卷對吟謳　天涯我亦多愁客　湖水能銷萬古愁

讀運輝家先生《不繫舟詩抄》題後（與利秉將兄聯句）

二〇〇三年

先生海外賦流亡　卌載天涯兩鬢霜　子散妻離家國恨　港煙臺雨客心傷
為民壯志思戎馬　報國忠心效岳楊※　血淚鑄成詩四卷　吟來風味似三唐

※：宋代岳飛、楊家將均為祖國統一而作出努力。

落花（集唐伯虎句）

二〇〇三年

杜娘自寫鏡中真　洛水誰傳賦裏神　滿地臙脂俱是恨　五更風雨最愁人
紅顏仙兌三生骨　紫陌香消一丈塵　休向東風訴恩怨　一杯新酒送殘春

秋日山居偶成

二〇〇三年

搖落黯芳蹤　欹斜林數重　故交黄葉散　舊釀緑醅濃

磨墨寫新竹　牽藤掛古松　夕陽留晚照　明月上前峰

漫筆八章

二〇〇三年

其一

朝暮尋佳句　夢中仍説詩　苦吟何卓絶　衹有寸心知

(以下集句)

其二(集唐)

碧山曾共惜分陰(姚　鵠)　門掩松蘿一徑深(李九齡)

客路不歸秋又晚(張　喬)　新詩改罷自長吟(杜　甫)

其三(集唐)

榮寵從來非我心(裴　迪)　滿堂詩板舊知音(張　祜)

千淘萬漉雖辛苦(劉禹錫)　不解謀生衹解吟(鄭　谷)

其四

春城無處不飛花(唐·韓　翃)　萬古詩壇子美家(金·元好問)

無數雲山供點筆(宋·蘇　軾)　白門楊柳好藏鴉(清·吴偉業)

其五

爭得才如杜牧之(宋·王安國)　脱巾枕手仰哦詩(宋·楊萬里)

兩三星斗胸前落(清·鄭　燮)　天遣多情不自持(唐·韓　偓)

其六

籬下蕭疏野菊開（唐·劉　滄）　滿天風葉寫秋來（清·嚴可均）
十年苦思耽詩卷（元·周　砥）　百事無成老又催（唐·劉禹錫）

其七

應笑無成一布衣（唐·羅　隱）　閒梳鶴髮對斜暉（唐·張志和）
消磨歲月書千卷（宋·張　耒）　日日江樓坐翠微（唐·杜　甫）

其八

竹解虛心是我師（唐·白居易）　吟懷長恨負芳時（宋·林和靖）
停車坐愛楓林晚（唐·杜　牧）　紅樹青山合有詩（宋·陸　游）

二〇〇四年二月一日

我的母親詹氏榮花大人

生於一九一八年民國七年夏曆戊午七月十二日戌時
歿於二零零四年癸未正月十一日亥時享年八十有七

賢哉我慈母　白玉本無瑕　天資尤卓越　聰明聞邇遐
卅年坊主任　服務眾人誇　傾心為鄰里　分文未曾拿※1
母親不識字　記憶分外佳　一坊六條弄　六弄數百家
千口了指掌　病老悉心查　貧困摸清底　救濟合理發
辦事持公正　件件處理嘉　周詳又和善　人人讚頌她
文革抄家時　胡鬧瞎喧嘩　臨危有膽識　曾保數人他※2
賢慧與懿德　巾幗楷模媽　紅心長向黨　奈何出身差※3

相夫教子女　諄諄囑咐咱　工作須吃苦　生活勿豪奢
做人要誠實　正直莫偏斜　四兒並四女　丹心獻中華
禮義廉忠信　詩書畫藝俠　憶母八旬慶　萊衣舞婆娑
滿堂同祝嘏　四代七十八　孫曾群繞膝　天倫樂無涯
願母壽百歲　八七乘仙車　闔家齊哀悼　沉痛淚如麻
三春暉未報　令人長咨嗟　母儀輝萬世　千秋發奇葩

※1：母親當了三十多年的義務坊主任，即居民委員會主任。退休後，適逢改革開放，國家纔每月發給四十元的生活津貼。

※2：文革中群魔亂舞，抄家成風，人心惶惶。抄家要兩個條件：一要經領導批准；二要居委會同意。當時坊裏已有多家被抄，但有鄒仁棟、向火龍幾戶未遭厄運，我母向來者一再解釋說，這幾家都很清貧，除了牀板就是門板，不要亂抄，他們才作罷。後來鄒仁棟的父親臨終時對他說：『你要一輩子記住感謝詹主任，是她保護了我們家在文革中幸免於難的。』

※3：我外祖父詹開炳一家，在解放初的土地改革和土改復查運動中，均劃定為中農成份。一九五七年受人陷害暗中改劃為富農，而當年北山區秘書黃幼山代表區政府來到村裏召開全村大會卻宣佈詹開炳為地主份子。當時黨的政策是『依靠貧雇農，團結中農，中立富農，打倒地主』。這樣，由團結對象突然變成被打倒對象。文革中全家掃地出門，反復地受到批判鬭爭和人身迫害與摧殘。直至一九七九年落實黨中央政策取消階級時，才得知當時暗中改劃為富農而不是改劃為『地主』。全家寃屈戴上二十多年的『地主』帽子，受盡了階級壓迫、折磨和政治上的歧視與打擊。時至一九七七年恢復高考時，大隊和公社均不允許我大表弟報考大學，他們說『地主子女不准考大學』。

二〇〇四年四月十一日

登黃山※

其一

仰慕黄山久　衰年始上之　有松皆入畫　無石不成詩
雨霽雲霞幻　風搖竹影移　溫泉方試浴　玉液沁心脾

其二

擎天拔地勢崔嵬　萬壑千峰鎖翠苔　夢筆生花開畫境　仙人指路入瑤臺
奇松怪石穿雲海　飛瀑溫泉洗刦灰　此去瀛寰應未遠　乘風三島上蓬萊

※：黄山古稱黟山，唐改黄山。在安徽省南部黄山市境，南北長約四十公里，東西寬約三十公里。主峰光明頂一八四一米，七十二峰各具特色。以奇松、怪石、雲海、溫泉著名，為『黄山四絕』。夢筆生花、仙人指路、蓬萊三島亦是山中著名景點。

重遊碣石山　　二〇〇四年六月十日

小序：碣石山在河北省昌黎縣城北，東瀕渤海。秦始皇、漢武帝皆曾東巡至此，觀海勒石以誌。東漢建安十二年（公元二〇七年）曹操用兵烏桓過此，作《碣石篇》中有『東臨碣石，以觀滄海』之句。

碣石仙蹤不可尋　卌年如夢再登臨　秦皇魏武歸塵土　碧海青山貫古今
堪嘆流光歷興廢　莫將閒事感升沉　乘槎渤海凌波去　好上蓬萊浪漫吟

牯牛降之旅（甲申八月）　　二〇〇四年九月二日

小序：牯牛降東倚黄山，西接匡廬，北鄰九華，南瀕鄣公山。牯牛降山色壯美，風光旖旎，重巒疊嶂，溝壑縱横。又峰險石奇，峽谷幽深，峰頂雲霧繚繞，上接蒼穹……歸來漫成小詩四首，詩云：

其一

巖壑恣登臨　武陵孰可尋　天橋懸澗險　泉瀑入潭深

怪石猶蹲虎　虬松似赤金　山深林愈密　野趣撲衣襟

其二

避暑牯牛降　山深雲霧多　柴門臨碧水　茅舍綴青蘿
修竹含風笑　舉觴邀月歌　今宵宜盡興　何礙醉顏酡

其三（以下集唐）

薛蘿山徑入（杜審言）　明月逐人來（蘇味道）
路到層峰斷（李商隱）　門臨野水開（李　中）
拂雲踐石徑（元　結）　落日照青苔（皇甫冉）
當軒對樽酒（王　維）　仙遊實壯哉（宋之問）

其四

山窗滿翠微（錢　起）　酣賞步清輝（羊士諤）
澗筱綠峰合（李　乂）　月明白鷺飛（李　白）
樵香燒桂子（司空圖）　山翠拂人衣（裴　迪）
況復高風晚（王　勃）　長歌懷採薇（王　績）

二〇〇四年九月五日

聽琵琶

纖手彈來絕可憐　分明幽怨曲中傳　江關庾信垂垂老　莫撥商聲上四弦

二〇〇四年九月五日

聽彈詞

其一

華燈如夢照銀屏　宮怨開篇不忍聽　疑是置身巫峽夜　哀猿啼斷蜀山青

其二

高如哀雁入雲端　圓似珍珠走玉盤　一種歌喉天付與　如何卻帶徵聲寒

二〇〇四年九月五日

聽歌

忍淚聽歌亦自傷　心情無復少年狂　燈前哀鬢垂垂白　臺上哀弦細細長

變徵乍驚聲入破　停杯欲飲熱中腸　牽愁惹恨憐今夜　滿耳吳音是異鄉

二〇〇四年九月十六日

楓田歌（調寄《憶江南》）

其一

楓田好　韶景自清奇　九穀花光春似海　四時風月畫中詩　吟罷寫新辭

其二

楓田好　經智祖宗嘉　五紀滄桑五百載　一人開創一千家　發展記繁華

其三

楓田好　春至杏桃紅　綠柳池塘煙雨裏　赤欄庭院畫圖中　日日沐春風

其四

楓田好　農事樂人忙　三月清明勤播種　九秋霜降快收藏　歲晏有餘糧

其五

楓田好　謀業上浮梁　配料成型圓琢器　燒瓷彩繪草包裝　技藝各專長

其六

楓田好　佳節上元逢　珠樹銀花飛火鳳　滾獅翔鶴舞金龍　燈月耀千重

其七

楓田好　篁竺有高峰　南瞰鄱湖開玉鏡　西望廬阜綻芙蓉　日暮一聲鐘

其八

楓田好　九日菊花黄　攜酒登山人似玉　吟詩琢句月如霜　儒士慶重陽

其九（韻僧一八九六—一九七六，字玉汝，早歲經商，中年設帳課徒，詩書佳妙，名重鄉里。）

楓田好　玉汝結蓬廬　春水盈池日研墨　冬窗映雪夜攻書　歸隱教群儒

其一〇（運輝一九〇六—一九八九，黄埔畢業，任軍中要職，去國卌載著《不繫舟詩抄》四卷。）

楓田好　逋客走天涯　卌載萍蹤揮血淚　三唐神韻寫心花　诗卷著奇葩

其一一

楓田好　盛世喜空前　百座高樓平地起　千家畫棟彩雲連　人醉杏花天

其一二

楓田好　都邑里仁村　感謝天公酬雨露　傾將心志答乾坤　萬世子孫繁

二〇〇四年九月二十二日

絲綢路上（甲申八月）

其一·永昌

幾株衰柳對斜陽　千里風沙撲面黄　偶有半毫澆灌地　一絲緑意潤枯腸

其二·嘉峪關

萬里長城第一關　雄關巍麗矗沙間　秦時明月今猶在　朗照神龍馳萬山

其三·集唐

平沙萬里絶人煙（岑　參）　一路斜分古驛前（權德輿）
莫怪獨吟秋思苦（白居易）　不知何處是西天（李　白）

其四·敦煌市街心雕塑

唐裝新樣女嬌娃　綽約娉婷實可誇
秋水丰神傾國貌　嫣然反臂奏琵琶

其五·莫高窟

絲綢路上話敦煌　文物光輝千載揚
石窟之中藏佛畫　幾經劫難歷滄桑※

※：莫高窟，又叫『千佛洞』我國著名石窟，全國重點文物保護單位之一。相傳東晉太和元年公元三六六年，僧樂傳開始鑿窟造像，歷經隋唐以至元代，均有所修建。現尚存有壁畫和雕塑作品的共有四九二窟，計有壁畫四五〇〇多平方米，彩塑二一〇〇餘尊。清代光緒二十五年（公元一八九九年）發現藏經洞後，窟內歷史文物和藝術品遭到國際上不法分子的嚴重破壞。其中有施坦因、伯希和、華爾納、鄂登堡等曾盜去大量珍貴文物。

其六·千佛洞

千尊塑像妙傳神　佛祖巍然百丈身
息慮潛心開慧眼　衆生普渡了紅塵

其七·月牙泉

鳴沙山下水晶潭　千古芳魂一碧涵
我正微吟斜照裏　撚鬚覓句興尤酣

其八·月牙泉

月牙泉水曾乾涸　堪笑當年躍進狂
亂世群雄皆草莽　豈能勺水濟沙荒※

※：據悉：上世紀五十年代末的大躍進中，將月牙泉水抽乾以灌溉沙漠種莊稼。這種『杯水車薪』的做法，徒勞無益，至使千載景觀一旦消失，乾涸數十年之久，可悲可歎。改革開放後雖引來祁連山上的雪水，恢復了景觀，但較原來的水位下降了三米，水面也縮小了四分之一。

其九·月牙泉

一泓汀瀅眼尤明　卅載天吳怨別情　今借祁連冰雪水　古泉從此得重生

其一〇·玉門關（集唐）

春風不度玉門關（王之渙）　別有天地非人間（李　白）

柳色未饒秦地綠（李　白）　朔雲邊雪滿西山（嚴　武）

其一一·陽關（集唐）

寶馬鳴珂踏曉塵（劉禹錫）　十千沽酒莫辭頻（崔敏童）

平沙渺渺迷人遠（劉長卿）　西出陽關無故人（王　維）

其一二·沙漠幻影

大漠廣悠悠　天邊現水陬　居然湧海市　忽又幻城樓

華嶽參天險　仙舟列隊浮　遠看虛幻影　行近是沙洲

二〇〇五年四月

牯牛降之旅（乙酉三月）

其一

曲徑通幽處　柴門向水開　推窗分綠柳　飛絮點蒼苔

花露良宵浥　山家好月來　主人相厚意　竹葉佐金杯

（以下集唐）

其二

東山朝日翠屏開（沈佺期）　珠蕊瓊花鬬剪裁（王　初）

碧樹青岑雲外聳（李　嶠）　故人今日又重來（賈　至）

其三

竹低莎淺雨濛濛（齊　己）池柳初黄杏欲紅（白居易）

步月怕傷三徑蘚（李　中）鸝雛百囀向春風（劉　商）

其四

一溪春水漱莓苔（羅　鄴）復有垂楊拂酒杯（王　維）

惆悵舊遊無復到（白居易）幾多紅豔淺深開（杜　牧）

其五

綠楊花撲一溪煙（張　泌）晝出青春二月天（韋　莊）

日暮長堤更回首（許　渾）桃花紅近竹林邊（薛　能）

其六

碧池萍嫩柳垂波（劉言史）岸落薔薇水浸莎（白居易）

應媚綠窗殘夢斷（趙　蝦）曉隨山月出煙蘿（張　喬）

其七

朦朧竹影蔽巖扉（儲光羲）獨上雲梯入翠微（劉長卿）

細水浮花歸别澗（韓　偓）泉流百尺向空飛（蘇　頲）

其八

雲山何處訪桃源（戴叔倫）地勝難招自古魂（韓　偓）

寥落牆垣春欲暮（鄭　谷）月明花落又黄昏（杜　牧）

其九

呼兒自在掩柴門（杜　甫）花滿庭中酒滿樽（令狐楚）

落日已將春色去（李昌符）　更誰將酒酹吟魂（杜荀鶴）

二〇〇五年四月

贈謝君嘉德兄

盛德衆人誇　岐黄一大家　吟詩吐珠玉　揮筆走龍蛇

手植長生果　心栽益壽花　知交常滿座　詩酒醉流霞

二〇〇五年四月

題窗友馮君俊文瓷畫山水二絶句

其一

石室茅亭溪水東　危崖古樹傲蒼穹　尋詩漫步楓林晚　且喜吟魂入畫中

其二

縱横妙筆墨纍纍　蒼郁雄渾繼石谿　鳳闕鸞岡無俗韻　山鬟水珮有靈犀

二〇〇五年四月

敬和光庭師《八十抒懷》原韻（集唐）

金章紫綬照青春（杜　甫）　閒以琴書列上賓（盧　綸）

白酒釀成緣好客（呂洞賓）　青蓮居士謫仙人（李　白）

天杯慶壽齊南嶽（李　適）　詞藻光輝耀北辰（李子至）

好在池西紅葉樹（崔　櫓）　一川如畫晚晴新（吴　融）

二〇〇五年四月

山居自遣（集唐）

閉門不出自焚香（司空曙）　萬里橋西一草堂（杜　甫）

映水輕苔猶隱綠（馬懷素）　拂窗斜竹不成行（白居易）

巖邊樹色含風冷（宋之問）　枕繞泉聲客夢涼（杜　牧）
流水落花春去也（李　煜）　武陵何處訪仙鄉（皎　然）

二〇〇五年四月

晚春山行五律三首（集唐）

其一

野人山草綠（劉　商）　林壑曙雲飛（孫　逖）
露葉凝愁黛（盧照鄰）　斜陽對竹扉（張　祜）
野花侵古道（劉禹錫）　山翠拂人衣（裴　迪）
竹上題幽夢（司空圖）　風岑淡翠微（李德裕）

其二

水影夕陽微（司空曙）　村荒人語稀（錢　珝）
鳥過煙樹宿（孟浩然）　雁映楚山飛（無　可）
晚景生華髮（戴叔倫）　鶯聲傍客衣（韓　翃）
春山明月晚（李德裕）　對酒惜芳菲（賈　至）

其三

憑欄聊一望（薛　稷）　遠岫帶春暉（靈　一）
石瀨流清淺（李德裕）　山樓繞翠微（李　乂）
鳥啼新果熟（張　祜）　花落瀑泉飛（馬　戴）
歲月老將至（趙　嘏）　殘鐘自掩扉（雍　陶）

二〇〇五年四月

集唐四首

其一·春思

雨香雲淡覺微和（元　稹）　蕩漾春風綠似波（羅　隱）
路盡溪頭逢地少（王　建）　柳偏東面受風多（元　稹）
牆頭細雨垂纖草（張　蠙）　谷鳥含櫻入賦歌（李　倢）
旅夢遠依湘水闊（韋　莊）　教人無奈別離何（張　謂）

其二·夏思

綠樹陰濃夏日長（高　駢）　棕櫚葉戰水風涼（白居易）
雨滋苔蘚侵階綠（岑　參）　風動荷花水殿香（李　白）
便有好風來枕簟（李　中）　故教明月照流黃（沈佺期）
愁腸泥酒人千里（韓　偓）　不是愁人亦斷腸（皇甫冉）

其三·秋思

山淨江空水見沙（韓　愈）　白雲生處有人家（杜　牧）
城隅綠水明秋日（李　白）　冷露無聲濕桂花（王　建）
紅葉樹深山徑斷（張　祜）　烏衣巷口夕陽斜（劉禹錫）
玉璫緘札何由達（李商隱）　悵望浮雲隱落霞（戴叔倫）

其四·冬思

極目蕭條三兩家（岑　參）　煙村霜樹欲棲鴉（白居易）
風吹畫角孤城曉（郎士元）　曲水鄉心萬里賒（劉長卿）
三峽樓臺淹日月（杜　甫）　一枝香雪凍梅花（韋　莊）
憑高目斷無消息（姚　鵠）　空掩柴扉度歲華（武元衡）

送春三首

其一

年華憂共水相催　暮雨瀟瀟灑綠苔　春去令人添鬱悒　啣花嬌燕入簾回

其二

飛花掠地送春忙　二八佳人翠玉妝　萬點落紅隨水逝　何堪歧路淚千行

其三

日晚高樓燕子寒　玉人花下倚欄杆　子規啼得春歸去　揖取長繩繫日難

二〇〇五年四月

吳荃芝先生大作《斷雲幽夢》讀後敬題

其一

群醜爭雄氣焰囂　中華大地起狂飆　先生飽受流離苦　家破人亡一夢遥

其二

生花妙筆一枝春　滿卷琳瑯句句新　刺腐抨貪錐暴戾　敢將熱血薦黎民

其三

驚鴻飛去渺無痕　絕命詩書倩影存　滿紙辛酸揮血淚　白頭何處賦招魂

其四

斷雲幽夢幻情真　字字珠璣最可人　情到癡時天亦妒　醒來依舊可憐身

二〇〇五年四月

附錄　曉寒教授讀荃芝先生《斷雲幽夢》感賦

其一

塵海浮沉一嘆之　傷心最是為情癡　斷雲幽夢無窮恨　淚血凝成腸斷辭

其二

憂患頻仍志愈堅　三生石上續前緣　堪憐絕代天多妒　夢斷空山聽杜鵑

其三

梁汾季子兩心知　一曲哀詞寄遠思　九畹而今多蕪穢　娥英何處覓荃芝※

※：娥兒自處逆境，卻想盡辦法營救身陷縲紲的丈夫，並抄寄顧貞觀《金縷曲》以述心志。

其四

夜闌掩卷淚潸然　離合悲歡總是緣　白首朱顏心不老　明霞輝映晚晴天

二〇〇五年四月

恭賀光庭師八秩大慶（集運輝先生句）

其一

躬逢大慶樂如何　欲借斑衣舞且歌　既壽且康緣大德　晚年幸福讓公多

其二

輕裘緩帶亦從容　他日期頤一笑逢　更看三多娛晚景　蘭孫桂子盡如龍

其三

友情深處樂融融　盛意真教感五中　千里梓桑欣夏雨　滿門桃李沐春風

其四

燈紅酒綠影婆娑　一曲為春且放歌　華誕今年屆八秩　祝公嵩壽並山河

二〇〇五年四月

我生六難

——我生六難，幸免一死，乃我祖我宗盛德之蔭庇也。

其一·蛇難

小序：我老家在都昌楓田農村，全村有四百餘戶兩千多人。村裏多大樹古樹，幾人合抱，虬枝翠蓋，參天蔽日。一九四八年夏，我剛十歲，一天午後，村民匯集樹下乘涼時，一隻八哥飛進大樹軀幹洞裏。有人知我愛玩鳥，叫我上去抓。我試著援皺皰，攀椏枝（皺皰上長的小枝）慢慢地爬到大樹軀幹洞口。左手抓住椏枝，肚皮緊貼樹身，右手伸進洞裏。樹下人問：『有麼？』我說：『摸不到底』。他又說：『看見八哥飛進去，再摸摸看。』我又摸了幾下，還是沒摸到底。當我手從洞裏抽出時，一條三尺多長的蛇從洞裏溜出來。樹下人全驚呆，我也驚魂欲飛。在這生死關頭，我的左手緊緊抓住椏枝，右手藏於背後防蛇咬，幸而蛇未咬。我沒嚇昏，否則，我必摔死。一九五八年成立人民公社全民砸鍋拆灶興辦共產主義食堂時，全村的大樹古樹全部砍光當柴燒。可悲可嘆！

村前老樹列仙班　閱歷滄桑立此間　蔽日參天張傘蓋　紮根撐地結螺鬟
椏枝交織添新葉　軀幹皺疤如老斑　爬越攀登儂上去　小龍洞裏暗藏奸

其二·樹難

小序：一九五一年我在家每天上山打柴兩擔。爬山過嶺，攀登巉巖，越澗翻坡，如履平地。山裏多松樹，且松樹富油脂，火焰熱烈，為上等燃料。為採松枝，我常常爬樹，也常『過河。』即一棵樹的松枝砍光不夠一擔時，將近旁的松樹樹枝狠勁地拉過來，使兩棵樹杪靠攏，抓住樹杈，一腳跨入旁樹杈上，突然放開原樹，人就過到旁樹上了，這叫『過河。』砍完松枝再下來，可省卻一次爬樹。一次『過河』時，剛放棄原樹，旁樹梢瘦長因搖晃過甚而折斷。我驚得魂不附體，雙手緊緊地抱住樹杈，隨著斷樹杪一同掉落到山澗小竹棘叢裏，嚇出一身冷汗，幸而未受傷。此後，我再也不敢『過河』了。

少年持斧上山崗　不畏巉巖與虎狼　半壁流雲添錦繡　一簾飛瀑奏笙簧
棲鷹藏鶴瓊枝密　滴露凝霜翠葉長　跨樹過河松折斷　急中抱樹落叢篁

其三·湖難

小序：一九五五年暑假，我從景德鎮坐民船下昌江，經饒州過鄱湖返都昌。舟行至饒州府時，風雨連朝，泊岸坐風三天。我父母為我準備了七天路途的米和菜，較充足。但多數客人所帶米菜，坐風期間，均已吃光。那時糧食已憑計劃供應，有錢也買不到米。衹好買醬菜充饑，沒有錢衹好挨餓。第四天猛雨乍停，但烏雲密佈，北風呼嘯，巨浪滔天。大家要求船老闆開船。老闆不同意，說：『北風太大，無法行駛。』幾位客人已兩天沒有吃飯，說：『餓死了怎麼辦？』老闆無奈，衹好開船。逆風邊戧走『之』字路前進。但是，一上午也未能行出饒州府。而因風力過猛，舵後控制船帆的扣環爐薨突然裂斷，繩索頓鬆，布帆落水，船身搖晃似叮啷鼓，船唇舀水，幾乎沉沒。滿船客人嚇得魂飛魄散，嚎啕大哭。但船老闆和兩位師傅始終沉著、冷靜、不慌。一位懷抱嬰兒的婦人哭著說：『餓死我也不走。』客人受此大驚，船返饒州府。次日，風停雲開，天已放晴，啟航過鄱湖。此後，我決心學會了游泳。

昔年水路困鄱湖　數日無糧類餓雛　駭浪騰翻人失魄　饑腸軲轆米逾珠
編戧風逆帆難轉※　破浪舟搖舢若鳴　扣斷繩鬆帆落水　滿船嚎哭亂驚呼

※：編戧：逆風行船時，船行路線與風向構成小於四十五度角，以借風鼓帆，船身傾斜走『之』字路前進的一種行船方法叫『編戧』，或曰『走戧』。

其四·海難

小序：一九六二年我調秦皇島工作。秦皇島洗海澡的時間是七月中至八月中，即夏末初秋之際。六三年八月四日星期天，上午在廠裏參加義務勞動，下午我自己去海邊洗澡游泳。下海後，邊往裏游邊找熟游伴。游過一道港，回頭一望，離岸已是一里之遙。那天有五級清勁風，浪高二點五米。又值漲潮之時，潮水回川不易游回來。當時心裏有點慌，但又不願向快艇呼救。我很快鎮靜下來，作仰游休息好一會。決心鑽浪潛游以穿過潮水的回流而前進。終於慢慢地游到了岸邊，已精疲力竭，倒在淺水裏，不能動彈。被洗澡人發現，立即抬至岸上欄杆旁，將我埋於沙中，暖如溫牀。我休息很久，才慢慢地爬起來。此後，海上游泳我一定結伴前往。

海濱沙細軟如綿　日照沙溫當被眠　快艇巡邏尾噴雪　勁風怒吼浪淘天

回川潮水游難進　浴日金波帶笑妍　鑽浪潛游拼一命　驚魂倒臥赤欄邊

其五·車難※

小序：一九九三年春節那天上午十時許，在南門頭北沿江農貿市場旁。由於人多，我推自行車向南走。銀行裝運錢鈔的一輛黑色轎車停在路旁。我從車左走過車身至車頭時，車突然發動，箭般橫穿馬路，撞倒壓傷六人，撞死一人。我是第一個被撞倒壓傷者。當車連撞帶壓過我的右腳時，我不知災難如何降臨，猶如夢中。我倒地上，呈側身左臥方位。當車的後輪碰我臀腰時，我突然猛醒。在這生命臨危的千鈞一髮之際，將右臂緊緊地夾護著腰部，以拼命之力往上頂車，這時的力量比平時可能要大好幾倍。猶如『李廣射石』的故事那樣。車從我腰身壓了過去，我慶幸腰未斷，但雙膝、右腳背等處疼痛難忍。住院攝片，骨骼未有損傷，左腹下至左腿內側上部有四百平方釐米淤血。右手有兩個多月揶不上頭。治療三月，康復出院。無後遺症。

春節來臨春又回　東風淑氣滿亭臺　江堤垂柳絲絲綠　池苑紅梅點點開
購物匆忙人擁擠　開車違紀眾遭災　轎車壓我腰身過　以臂當腰猛醒來

※：一九九九年在南昌一次下公交車被飛馳而來的兩部自行車撞倒，頭部跌在路旁水泥臺上，血流如注。急送醫院，縫十餘針。縫針時，兩肇事者都逃之夭夭。治療五天返景。二〇〇四年九月二十六日上午，由新村中路向休閒廣場步行在斑馬線上，被飛馳而來的帶人摩托撞倒、壓傷、跌裂右股骨。住院治療六星期仰臥於牀，不准翻動，痛苦非常。住院兩個月，六個月才丟掉雙拐，慢慢恢復行走，但右足足背留下了麻木後遺症。

其六·空難

小序：一九九六年十一月廿九，我由北京坐飛機南下，至南京機場降落時忽又拔起在機場上空盤旋。機艙廣播：『旅客們！飛機上有一開關失靈，望旅客不要驚慌，繫好安全帶。』此時，機艙一片沉寂，個個驚恐，面帶愁容，亦有啜泣者。當時我的信念是：一、未必出事；二、萬一出事，登機前已買保險，有二十萬留給家人也夠了。所以比較鎮靜。我的座位是中艙十三排靠左窗。在走道十三排處，掀開地毯，打開蓋子，有個洞口，爬著從洞口可以下看三足架是否落下來。機房一位師傅，先後來此爬著看過三次。第三次看完，關上蓋，鋪好地毯，站起來，邊走邊拍手上的灰塵說：『冒得關係』！即三足架已經落下來。飛機降落時，他們熱烈地鼓掌和歡呼。我身邊一中年女士，用顫抖的雙手捂在胸口，自言自語地：『天哪！上帝保佑了！』飛機快著地時，機艙裏爆發了熱烈的掌聲和歡呼聲，亦有放聲大哭者。我想：如此一場有驚無險，猶如惡夢裏一場魂飛魄散的虛驚啊！

飄飄如絮上天空　日照雲霓入望中　萬里河山呈異彩　一雙銀翼駕長風
航天憑仗新科技　縮地何須費杖工　飛抵金陵難降落　盤旋兩刻下蒼穹

附錄　吴君荃芝兄二首

小序：李菁老友近十年來三次遭車禍。每次都傷筋折骨，臥牀數月，幾乎命絕。他不僅車禍連連，且險遇空難。余哀之，作詩以誌：

其一・車難（新韻）

平生命蹇復時乖　車禍三回受大災　摩托撞來股骨裂　轎車壓過肚皮摧
支牀百日人將死　服藥千種血已衰　又廢又殘撑雙拐　半年豹隱類長埋

其二・空難

燕京南下坐飛機　降落金陵出問題　地面醫療待搶救　機艙乘客暗悲啼
機飛匝匝盤旋久　人陷昏昏臨死期　無可奈何生死界　檀溪一躍眾稱奇

二〇〇五年四月

春歸（集唐）

梨花春雨掩重門（戴叔倫）　金屋無人見淚痕（劉方平）
惆悵春歸留不得（白居易）　獨留鶯語到黄昏（王貞白）

鄱陽湖上(集句)

十年湖上結幽期（唐·朱　灣）　緩楫揮觥漫賦詩（唐·儲光羲）
柳線碧從煙外染（清·鄭　燮）　樓船直在鏡中移（唐·劉　憲）
三春月照千山路（唐·溫庭筠）　萬慮關心兩鬢知（唐·杜荀鶴）
回首夕嵐山翠遠（唐·李　紳）　匡廬峰頂暮煙時（唐·韓　翃）

二〇〇五年五月

鄱陽湖上有懷二首

其一

青天碧海漫相期　終日吟哦慰所思　蛺蝶圖為千載畫　琵琶行是萬年詩
落霞孤鶩金風度　秋水長天帆影移　小雨乍晴殘照晚　煙波深處月明時

其二

君問歸期未有期　藕花香裏話相思　梅娘空灑千行淚　楚客唯留一卷詩※
彭蠡漁舟歌晚唱　睢園綠竹酒樽移　西風白髮三千丈　海角天涯悵望時

※：據悉：清末湘軍將領彭玉麟，字雪琴，湖南衡陽人。一八五五年駐紮湖口、九江與太平軍周旋時，於石鐘山上遇一年輕貌美叫梅香者，雅好吟詠，通音律，善畫梅，彭擬以金屋貯之。未幾，湘軍被太平軍擊敗。

二〇〇五年五月

閱小照書感

二〇〇五年六月

小序：近日痛風復發，臥牀養憩，寂寞無聊，閒愁頓生。偶翻昔年影集，其中有一張心地茫然的小照。那是一九六二年三月二十日，陶院美術系當局逼迫我在十天之內，戶口、糧油關係必須遷出陶瓷學院，自謀生路，四月份不供給糧油。這種逼迫是何等殘酷，想置我於死地。當時我友張君羽兄不僅為我拍照留念，並為我指點北去秦皇島工作之迷津。忽忽四十餘載，人已老矣，見此小照，回思往事，無限惆悵，感繫萬千。漫成七言絶句五首詩云：

其一

追思四十四年前　獨立蒼茫叩問天　世路艱難知己少　臨歧默默淚涔然

其二

羽兄為我指迷津　北上秦關有路循　萬里征途開眼界　十年賞遍杏園春

其三

劉郎十載又歸來　壯志猶存心未灰　千載瓷都景德鎮　好山好水育人才

其四

青花首創仿元代※　新立商標泥寶牌　幾可亂真新產品　平生事業好安排

※：一九七九年十月與陳君孟龍窗友在陶瓷館率先提出《複製元代青花和明代永樂宣德青花瓷》的研究課題，開創了仿元明青花之風，經國家審批使用《泥寶牌》商標。上世紀九十年代以來仿元青花和永宣青花已風靡瓷都，惠及萬家，而迄今方興未艾。

其五

人生苦短亦堪傷　老至還期壽且康　滿眼兒孫身外事　閒梳白髮向朝陽

二〇〇五年七月

登滕王閣

滕王傑閣聳藍天　瑰麗嵯峨震大千　畫棟朱簾輝玉宇　西山南浦隱雲煙
欣觀彭蠡風帆影　喜讀王郎秋水篇　孤鶩落霞今又是　物華天寶自年年

二〇〇五年七月

有感（集唐）

湖草青青三兩家（司空曙）　暗將心事許煙霞（陸龜蒙）

一生幾許傷心事（王　維）　百舌猶來上苑花（顧　况）

和友人『真』字韻集唐七絕句

二〇〇五年七月

其一

柳動晴風拂路塵（杜　牧）　裁紅剪翠為新春（司空圖）
臨風自笑歸時晚（戴叔倫）　更隱桃花亦笑人（秦　系）

其二

廊下題詩滿壁塵（劉禹錫）　陽橋花柳不勝春（宋之問）
四時最好是三月（韓　偓）　始覺春光為醉人（熊孺登）

其三

隋家宮闕已成塵（李　益）　楊柳含煙灞岸春（楊巨源）
燕子不歸春事晚（戴叔倫）　直教愁煞滿城人（李　涉）

其四

月明空殿鎖香塵（羅　鄴）　江畔風光幾日春（白居易）
小疊紅箋書恨字（韓　偓）　祇將惆悵付詞人（吳　融）

其五

到處香凝數里塵（姚　合）　絳羅高捲不勝春（羅　隱）
絲飄弱柳長橋晚（溫庭筠）　忽忽窮愁泥煞人（杜　甫）

其六

江雨朝飛浥細塵（宋之問）　疏簾聽雨草堂春（戴叔倫）

東來西去人情薄（李商隱）　惟有南山似故人（趙　嘏）

其七

滿室詩書積暗塵（白居易）　餘生猶待發青春（劉長卿）
茂陵久病書千卷（許　渾）　不薄今人愛古人（杜　甫）

秋日閒居書感（集唐一東韻十絕句）

二〇〇五年八月

其一

高樓閒上對晴空（李　中）　獨倚危樓悵望中（羅　隱）
人世鶴歸雙鬢上（杜荀鶴）　百年人事水歸東（羅　鄴）

其二

坐看樹葉繞階紅（司馬紮）　涼葉寒生玉簟風（楊巨源）
獨在異鄉為異客（王　維）　辭根散作九秋蓬（白居易）

其三

百年身世似飄蓬（許　渾）　秋染棠梨葉半紅（王　周）
落月低軒窺燭盡（李　白）　世間無事不虛空（顧　況）

其四

荏苒將成白首翁（許　棠）　雞皮鶴髮與真同（李隆基）
不知何處嘯秋月（賈　島）　自愛名山入剡中（李　白）

其五

鬢毛衰盡落塵中（盧　綸）　把酒吟詩待爾同（韋應物）

莫問阮郎千古事（武元衡）　眼前籬菊帶秋風（皇甫冉）

其六

遠樹連天水接空（羅　隱）　疏簾半捲野亭風（李群玉）
莫思身外無窮事（杜　甫）　一卷黄庭在手中（韓　偓）

其七

綠楊深處翠霞空（武元衡）　洛水潺湲夕照中（竇　鞏）
無限心中不平事（李　涉）　客懷無計答秋風（戴叔倫）

其八

把唱新詞曲未終（司空圖）　請將徽軫付秋風（盧　綸）
爭名朝市魚千里（李　中）　不必樓前萬樹紅（司空圖）

其九

獨吟遺句立秋風（柳宗元）　千樹蟬聲落日中（戴叔倫）
且醉樽前休悵望（魚玄機）　六朝灰盡九江空（李　洞）

其一〇

不知誰為勒殊功（秦韜玉）　角逐興亡盡此中（韋　莊）
何處人間似仙境（劉禹錫）　江邊楊柳又秋風（張　籍）

二〇〇五年十月十日

秋日山行書感

其一

崎嶇曲徑深　筇杖過西林　勁節山中竹　浮雲物外心

松風吹解帶　泉瀑瀉鳴琴　歸路煙霞晚　放歌響翠岑

其二

多愁白髮侵　千里楚雲深　日月昭天地　江河閱古今

一杯新釀酒　萬里故園心　夕照霜風緊　相思入夢吟

閒居偶感

老慵自愛閉門居　不逐浮雲不羨魚　新竹臨窗春雨後　香風入戶桂花初

滄桑世事三更夢　風雨人生一卷書　今日思來皆是罔　汗青功業又何如

二〇〇五年十月十五日

旅遊短章

小序：乙酉季秋下浣，邀請好友張君羽兄、李君文英女史遊彭澤縣龍宮洞、湖口縣石鐘山、都昌縣南山。小弟致明驅車同往，歸來漫成小詩六首。詩云：

二〇〇五年十月二十三日

其一（龍宮洞）

龍門突兀倚天雄　洞府幽深處處通　閃爍霓虹光變幻　參差石壁玉玲瓏

垂蓮鐘乳千秋豔　定海神針萬古功　一葉玉壺真愜意※　幾疑身已到瀛蓬

※：一山兩洞，一乾一水，相距約三百米。先遊龍宮，前進後出，再遊玉壺，後進前出。玉壺洞裏一泓綠水，猶瓊漿玉液，清泠無比。水深四五尺，須乘舢板遊覽，故云。

其二（石鐘山）

重上石鐘詩興饒　晚秋紅樹豔如燒　窗含匡阜千尋瀑　門納江湖萬里潮

蘇子記文光史冊※1　朱皇詩檄討陳梟※2　登高臨遠襟懷闊　頓覺胸中塵慮銷

※1：宋·蘇軾於元豐七年（公元一〇八四年）自黃州至湖口遊石鐘山，夜乘扁舟於巉巖絕壁之下，實地考察，著有名篇《石鐘山記》。

※2：元末陳友諒稱帝，建都江州，國號漢。朱元璋有《征偽漢幸上鐘觀音巖》詩云：『一色山河兩國爭，是誰有福是誰傾。我來覓跡觀音閣，惟有蒼穹造化宏。』『朱皇詩檄討陳梟』一句為吾友羽兄所改，是畫龍點睛之筆，很有份量，為此，將原詩『尤』韻改為『蕭』韻。原『尤』韻詩為『勝地重遊屆晚秋，石鐘山上再登樓。窗含廬阜千尋瀑，門送江湖萬里舟。蘇記一篇光史冊，水分二色合江流。登臨頓覺襟懷闊，銷盡胸中萬斛愁。』

其三（石鐘山）

水分二色合流遠　半是長江半蠡湖　健步攀登淩絕頂　振衣天外看雙姑

其四（石鐘山）

險仄崎嶇曲徑通　崚嶒傑閣隱玲瓏　懸崖老樹蒼苔碧　掛壁枯藤霜葉紅
玉律噌吰雲外渺　鈞天樂奏石中空　奇峰高聳煙霞裏　照耀乾坤舉世崇

其五（石鐘山·集句）

水扼江湖會（明·王　挺）　我來扣石鐘（明·王守仁）
洞開雙石壁（清·釋戒顯）　鶴宿千年松（唐·楊　衡）
簾捲三秋菊（今·吳荃芝）　窗含五老峰（明·成始終）
靈山多秀色（唐·張九齡）　高樹搴芙蓉（唐·錢　珝）

其六（南山）

與兄猶似兩頑童　野老泉迎七秩翁※　健步攀登五百級　疏林飛越一千叢
蕩胸煙水雲天外　放眼乾坤詩畫中　故國鄱湖風景好　賞心還趁夕陽紅

※：『野老泉』在南山峭壁之下，相傳漢代有一老者隱居泉旁，武帝南巡欲舉，他推辭不出，武帝謂之野老。宋·蘇軾遊南山，書『野老泉』三字刻於峭壁之上，摩巖猶存，字跡可辨。巖下一潭泉水，清冽甘美，終年不涸，為都昌八景之一。

小孤山之遊

二〇〇五年十一月五日

小序：乙酉秋杪，邀請好友張君羽兄、李君文英女史同遊小孤山。一名小姑山，其形如婦女髮髻，又稱髻山。在安徽宿松縣境東南，屹立於長江之中。形勢險要，有海門山之稱，譽為『海門天柱』。上有啟秀寺、梳妝亭等勝跡。我小弟致明驅車同往，經彭澤縣城，乘輪渡過長江，登臨小孤山遊覽。歸來漫成小詩十二首。詩云：

其一

良朋聯袂小孤遊　木葉丹黃爛熳秋　風日晴和人愜意　白雲紅樹兩悠悠

其二

嵯峨今古壯神州　遠望孤峰水上浮　萬里長江波海闊　小姑依舊枕中流

其三

傑閣層林入畫圖　人間獨有此蓬壺　豈言如髻孤峰小　砥柱中流敵萬夫

其四

浩蕩長江萬里流　西風瑟瑟海門秋　望中未識小姑面　霧鎖妝臺十二樓

其五

倚天峭拔似浮屠　古木蒼崖一望殊　水國崇山擎玉柱　江心絕島湧金珠

風鬟婀娜千秋影　鳳髻嵯峨萬古圖　潮落澄江斜日裏　一泓秋水照仙姝

其六

小姑屹立海門東　一柱擎天氣勢雄　策杖援欄登絕頂　拏雲掃霧瞰蒼穹

凌空玉女三千界　綰結煙鬟十二崇　放眼東南江海闊　快哉把酒對天風

其七

青螺江上浮　聯袂喜同遊　竹笑雲中畫　松吟天外秋

金風催木落　紅雨逐江流　覓句妝亭畔　開懷互唱酬

其八（以下集句）

一點春螺碧浪中（唐·竇　庠）　楚吳天闊水雲空（明·張　治）
長江渺渺東流去（元·揭傒斯）　天塹西蟠石勢雄（元·李伯範）

其九

銀山堆裏看青山（宋·黃庭堅）　江上晴樓翠靄間（唐·李群玉）
拔地一峰形自險（明·劉　基）　人言此是海門關（宋·謝枋得）

其一〇

明珠翠羽賦淩波（明·張盛藻）　簫鼓鳴兮發棹歌（漢·劉　徹）
秀削孤峰成砥柱（明·張　灝）　白銀盤裏一青螺（唐·劉禹錫）

其一一

鬖髿初成玉鏡開（明·王守仁）　金仙樓閣異人寰（明·王　恪）
嵯峨高枕江流碧（元·方叔高）　萬丈丹梯尚可攀（唐·杜　甫）

其一二

我步雲梯來上界（清·彭玉麟）　親臨絕頂撫雲鬟（今·黃炎培）
登高攬勝縱情賞（明·彭　時）　認取詩情與醉顏（唐·陸龜蒙）

大鄣山之遊

二〇〇五年十一月十三日

小序：乙酉十月中浣，與好友張君羽兄、李君文英女史同遊大鄣山。山在婺源縣境，地處皖、贛邊界，屬黃山餘脈，峰高一六三〇米。臥龍谷裏，峰廻路轉，曲徑通幽；懸巖峭壁，古木蒼藤，目不暇接；奇花異卉，流雲飛瀑，美不勝收。午後雲漫峰巒，山雨欲來，匆匆下山登車，幸未淋雨。歸來倚枕漫成七律一首，詩云：

久慕鄣山訪未曾　今朝契友喜同登　石墀千級穿雲幔　緣會三生結友朋
曲澗流泉飛白練　危崖古木掛蒼藤　初冬尚有如花葉　紅透高峰樹幾層

小武當山

二〇〇五年十二月二十三日

小序：二〇〇五年十二月二十二日，由景德鎮驅車去海南三亞，途經龍南縣小武當山。奇峰峻峭，形如玉筍，上有道觀、天橋，高入雲霄，此乃贛粵邊境之佳景也。停車登山一遊，漫成小詩云：

其一

驅車向海口　路過武當山　道觀凌霄靜　禪堂玄鶴閒
青峰生玉筍　翠竹湧雲鬟　不畏巉巖險　危欄尚可攀

其二

歲月客中銷　星辰北斗遙　白雲凝碧漢　丹桂拂青霄
峰現雲中畫　人行天上橋　仲冬山景好　紅葉豔如燒

七星巖三首

二〇〇五年十二月二十五日

其一

山連碧水水連山　北斗星辰降此間　千載詩廊開畫境　誰人不向此躋攀

其二

滿湖碧玉漾亭臺　五道龍橋萬象開※　信是天工裝點巧　此中風景勝蓬萊

※：七星巖的代表景觀是『五龍橋』。橋建於湖心，東南西北中，分立五亭，以橋相連，又一橋連於湖岸，亭橋倒影於瀲灩微波裏，猶如五龍游於湖中，故名。

其三

峻峭崚嶒未易攀　神仙樓閣異人寰　青山雲繞欄杆外　碧水波澄樹石間
千里金蘭迎遠客　滿林紅葉映酡顔　行年六九重來此　醉帶巖邊夕照還

天涯海角　二〇〇五年十二月二十七日

小序：為避贛北寒冬，擬在三亞小住。我小弟致明驅車同往，遊覽『天涯海角』勝景。海邊大石上刻有趙樸初詩一首云：『不知何處有天涯，四季和風四季花。為愛晚霞餐海色，不辭坐佔白鷗沙。』歸來依韻成詩十首。詩云：

其一

尋逐春光到海涯　瓊州冬令滿林花　避寒南下六千里　碧水江村繞白沙

其二

四時楊柳四時花　四季春光在海涯　如畫遠山横翠幛　白鷗片片點金沙

其三

潮平滄海連天碧　椰樹參差擁畫宅　南國春風四季花　此生願作天涯客

其四

金灣碧水玉潭沙　滿樹檳榔滿地花　十里曲欄春似海　東風吹夢遍天涯

其五

東皇歲歲住天涯　海水潺湲漾錦沙　二十四番花信裏　煙籠碧海月籠花

其六（依原韻集句）

春明門外即天涯（唐·劉禹錫）　滿耳笙歌滿眼花（唐·韋　莊）
風日晴和人意好（宋·徐元傑）　蘭橈繯轉傍汀沙（唐·劉長卿）

其七（倒疊前韻集句）

碧流清淺見瓊沙（唐·劉禹錫）　南國江山玉樹花（清·吳偉業）
願得春風吹更遠（唐·李　端）　更攜書劍客天涯（唐·許　渾）

其八（以下五言集唐）

春日在天涯（李商隱）　東風桃李花（徐　伯）
泥融新燕子（杜　甫）　潮落見平沙（張　籍）

其九（倒疊前韻）

目斷更雲沙（杜　甫）　春風幾度花（戴叔倫）
何須萬里外（陸龜蒙）　此地已天涯（薛　能）

其一〇

映竹水穿沙（杜　甫）　芙蓉曲沼花（杜審言）
酒腸寬似海（劉　叉）　一醉任天涯（李　頻）

乙酉四九連日大雪

二〇〇六年一月十九日

連朝大雪結成冰　簪格檐溜別樣新　天散六花銀世界　地凝萬里玉乾坤
昔無炭火寒侵骨　今有空調熱暖身　享受文明新產品　嚴冬四九亦如春

雪（丙戌正月十二）

二〇〇六年二月九日

銀沙飛舞絕塵埃　萬樹梨花一夜開　放目青山鋪白絮　消寒綠蟻佐金杯
飄颺萬里兆豐歲　瀟灑千尋掩鹿臺　天地肅清堪四望　人間信有早春回

石頭城

漫捲珠簾翠接天　秦淮河上柳如煙　十朝故國垂青史　金粉繁華五百年

二〇〇六年三月十五日

讀《紅閨春恨》贈鄒吉玲女史

臨風獨立態從容　敏捷才思巾幗宗　星斗羅胸藏錦繡　煙霞脫腕走蛇龍
多緣委婉詩千首　長憶芳菲情萬鍾　稚綠嬌紅新畫卷　九天秀出玉芙蓉

二〇〇六年三月二十日

又集唐一首

文章似錦氣如虹（劉禹錫）　別有深情一萬重（白居易）
白玉花紅三百首（杜　牧）　青山削出金芙蓉（李　白）

古稀

如水年光去不還　翛然七十已衰顏　少年竹馬匆匆過　老叟詩心緩緩删
灑酒臨江邀夜月　扶筇約友上珠山　修修綠竹搖空碧　憩此林泉心自閒

二〇〇六年十一月十九日

又集句五首

其一

明月何時照我還（宋·王安石）　逍遙樓上望鄉關（唐·宋之問）
夢回殘月蒼梧曉（宋·林景熙）　莫笑風塵滿病顏（唐·元　稹）

其二

此生元在有無間（唐·元　稹）　明月何時照我還（宋·王安石）

門外晚晴秋色老（唐·雍　陶）　離樽不用起愁顏（唐·王昌齡）

其三

多年華鬢絲相似（明·程嘉燧）　夢幻百年隨逝水（宋·黄庭堅）

明月何時照我還（宋·王安石）　故鄉今夜思千里（唐·高　適）

其四

一簇林亭返照間（唐·韋　莊）　不堪紅葉照衰顏（唐·鄭　谷）

桐花萬里丹山路（唐·李商隱）　明月何時照我還（宋·王安石）

其五（集唐）

叢竹寒煙滿夕陽（李嘉佑）　數杯浮蟻咽離腸（李咸用）

五更夢醒向何處（沈　彬）　一片仙雲入帝鄉（賈　至）

附錄　吴君荃芝兄和韻一律

小序：讀老朋友李菁七十歲自況詩，覺詩中對老有點傷感，故就其原韻反其意而和之，以祝其老來詩畫豐收，壽康快樂。

夙昔童真去又還　從心所欲焕慈顏　人生重塑驪淵隱※1　韓石長留陋習删※2

問難執經盟舊約　尋蘭訪竹見明山　靈籌累計三千屋※3　蘇海韓潮未肯閒※4

※1：驪淵：莊子云：『千金之珠，必在九重之淵，而驪龍頷下』。

※2：韓石：梁·庾信初到北方，文人都看不起他，信將《枯樹賦》示之，後無敢言者。後來溫子昇作《韓陵山寺碑》，信讀後，南人問他北方文士何如？信曰：『唯有韓陵山一片石堪共語』。意指好文章。

※3：靈籌：宋·蘇東坡講過一個故事，一人見三位老者問其年齡。一老者説：『看滄海桑田變化，每變一次，我即以一個籌碼為記，現在籌碼已堆滿三千屋啊！』。第二

位老者說：『瑤池王母娘娘每三千年開一次蟠桃會，均請我參加。我每次又帶回一個蟠桃，吃後將桃核丟在崑崙山下，如今桃核已堆得崑崙山一樣高啦！』。第三位老者說：『我亦不知我活了多少年，衹記得盤古氏開天地，向我借去一把斧頭，至今未還呢！』

※4：蘇海韓潮：宋·蘇東坡文思如海，唐·韓愈文思如潮。

老友利君秉將硯兄同年闔家為我古稀生辰設宴小詩致謝

好風吹我上樓來　今喜韶華去復回　滿席珍饈開夜宴　一輪明月照樓臺
樽傾北海罄金甕　日捧南山作壽杯　把酒壽君君壽我　大家酣醉到蓬萊

二〇〇六年十一月二十日

有感五律二首

其一

蕭瑟秋風至　誰憐楚客吟　南疆鴻雁遠　北海水雲深
筆底千山月　胸中萬里心　夜長人不寐　倚看曉星沉

其二（集唐）

白髮久慵簪（齊　己）　憑高獨苦吟（韋　莊）
江寒池水綠（儲光羲）　門掩海雲深（皇甫冉）
白草三冬色（耿　湋）　春風孤客心（錢　起）
閒居饒酒賦（王　勃）　事往任浮沉（劉長卿）

二〇〇六年十一月二十日

登閱江樓覽南京全局書感

今日繁華舊帝都　閱江樓上望蓬壺　鸞翔鳳翥呈祥瑞　虎踞龍蟠展畫圖
東晉中興開錦繡　長毛燒殺攫瑤瑜　屠城敗寇憑誰問　白酒三杯弔碧蕪

讀曹雲峰老先生惠賜七律有感

平生從未向公侯　萬事隨緣不強求　明月清風皆勝友　書山畫海亦良儔
時逢難世思先哲　自閉柴門類楚囚　猶慕珠山昌水上　閒雲野鶴任優遊

二〇〇七年一月二十二日

附錄　先生原作《賀李菁七旬壽辰》

讀書志不在公侯　詩畫夙緣苦索求　訪竹尋蘭真意在　觀魚賞月隱情酬
陶瓷仿古今超古　書畫兼優再創優　七秩誕辰南極頌　松齡鶴壽紀春秋

二〇〇七年三月十四日

偶成

月下西窗夜漏稀　移牀就枕臥書幃　重門曉日紅塵暗　深巷斜陽白鳥飛
天上青雲幻墨戲　庭前黃菊燦金輝　離離原上榮枯草　留與時人判是非

二〇〇七年三月十五日

贈淦源道兄

今日曹夫子　大唐摩詰如　臨池丹鳳舞　潑墨彩雲舒
鐵劃熔秦篆　銀鉤鑄漢書　他時重造訪　談笑竹蘭廬

二〇〇七年三月十六日

感懷二首（次舅父詹霄鵬先生一九五七年丁酉秋《感懷》二首原玉集唐）

其一

閒對南山步夕陽（羊士諤）　東來無處不堪傷（吳　融）
風光百計牽人老（韓　偓）　回首東風一斷腸（羅　隱）

其二（新韻）

一片花飛減卻春（杜　甫）　百年如夢竟何成（李　涉）
深知造化由君力（李山甫）　孤負穠華過此身（羅　隱）

附錄　先生原作

其一

紛紛細雨近重陽　身似浮萍暗自傷　記跡昌江多感慨　攜壺買酒洗愁腸

其二（新韻）

謫降人間廿七春　韶光虛度愧無成　時乖命蹇終何業　自找零工寄此身

《張志安畫雞》畫集讀後敬題

二〇〇七年五月二十三日

其一

畫雞獨創張家樣　彩墨淋漓發妙香　簡約傳神新畫本　清新高雅冠群芳

其二

先生妙筆賦新詩　書畫風流世所奇　石室名山無限意　藝林千載楷吾師

赴贛州過吉安寄懷鄒吉玲女史

二〇〇七年九月二十日

其一

瓷都朝發向廬陵　廿五年來兩度登　滿目秋光圖畫裏　稻黃巒翠一層層

其二

風捲珠簾送晚涼　木樨香裏過高昌　黃昏街市燈初上　樓閣參差隱夕陽

其三

白鷺書聲千載揚　紅閨春恨冠華章　廬陵今古多才彥　春雨文山永叔郎※

※：歷史上高昌、廬陵即今之吉安市。市東贛江中有白鷺洲，舊有書院。宋江萬里知吉州時，曾聘請歐陽守道任教。清康熙三十一年重建，今改為白鷺洲中學。歐陽修字永叔、文天祥號文山、解縉號春雨均為吉安歷史文化名人。《紅閨春恨》格律詩集為吉安當代女詩人鄒吉玲之代表作。

其四

人生聚散幾重重　送往迎來履舊蹤　交友知心天下少　相知未必更相逢

其五

顧我今成白首翁　春秋更替古今同　老夫不作悲秋客　自愛名山訪贛中

二〇〇七年九月三十日

大孤山之遊

小序：大孤山亦名大姑山，屹立鄱湖出口處，橫扼湖口，孤峰獨聳，因山形似鞋，又名鞋山。大禹嘗刻石紀功，三國東吳都督周瑜於此操練水軍，唐時置廟，明嘉靖年間建塔其上……予昔年多次乘舟過此，無緣攀登。今秋偕友買舟野渡，登臨孤峰，以償夙願。駐足峰頭，徘徊四顧，東眺家山如畫，北俯長江浩蕩，西望匡廬聳翠，南瞻蠡水揚波。俯仰遊觀，極一日之興。歸來漫成集句三首。詩云：

其一

砥柱崢嶸障碧湍（明·簡　霄）　九層雲外倚欄杆（唐·劉禹錫）

一峰拔水孤劍立（宋·張　耒）　的是東南第一觀（清·歐陽鉉）

其二

宮亭湖上好煙鬟※（清·王士禛）　承露金莖霄漢間（唐·杜　甫）

地柱天維原不折（清·蔡　彬）　玉盤捧出水中山（清·歐陽鉉）

※：鄱陽湖又名彭蠡湖，形似葫蘆中細腰，有南北之分，南曰宮亭湖，北曰左蠡湖。

其三

突立東南鎖上游（清·萬邦孚）　孤峰界破一天秋（清·任蘭佑）
誰將隻履留殷監（清·崔　謨）　好挽頹波共溯流（明·張思問）

曹雲峰老先生八十華誕致賀

二〇〇八年六月二十七日

先生磨礪自年年　一世辛勞執教鞭　七步奇才光北斗　三蘇盛德煥中天
栽桃培李丹心志　把酒吟詩白玉篇　今屆耄期身矍鑠　蘭馨桂馥子孫賢

附録一　曹雲峰老先生八十自壽詩

白髮如絲日日新　回眸已是杖朝人　芸窗未遂青雲志　絳帳迎來桃李春
揮筆詩詞抒我意　放懷山水寄天真　暮年但願天能假　歲晚桑榆好自珍

附録二　利秉將　敬賀岳丈八十大壽

其一

歷盡崎嶇避網羅　卅年風雨卅年波　龍爭虎鬭蝸牛角　海晏河清子夜歌
八秩欣逢堯舜日　百年長返魯陽戈　閒來無事芸窗下　時寫黄庭换白鵝

其二

欣喜尊翁八秩康　兒孫歡樂滿高堂　彩衣萊子娱親舞　勝友佳賓祝嘏忙
汗水曾催桃李豔　門庭新發桂蘭香　今朝喜慶春和暖　他日期頤老更剛

贈張天元學友

二〇〇八年八月八日

其一

天馬行空情奮發　元辰麗日照輝煌　學成濟世超端木※　友誼深情貫萬方

※：孔子學生子貢，姓端木，春秋衛人。能言善辯，嘗任魯、衛相。善經商，積累千金，樂善好施。曾在吳、越、晉諸國之間遊說。

其二

改革春風別有情　民營企業任崢嶸　龍飛鳳舞新風景　一路笙歌載酒行

其三

君是民營企業家　縱橫馳騁走龍蛇　精研體育開新課　省足騰飛名邇遐※

※：我省足球從小到大，由弱變強，蒸蒸日進，前程無量。全仗民營企業家、我省體育總會副主席兼省足協主席張天元先生二十年來的大量投資和精心教培之功。為我省足球事業發展做出了卓越貢獻。

戊子重九憶昔故里龍山登高集唐五律二首

二〇〇八年十月七日

其一

擢秀三秋晚（駱賓王）　梨疏林葉紅（王　勃）

攀蘿躋石徑（楊　夔）　搔首對秋風（李　中）

一路三江上（韓　翃）　千巖萬壑中（許　渾）

酒杯浮湛露（薛　曜）　玉斝與誰同（駱賓王）

其二

山水多奇蹤（李　白）　煙雲度幾重（張　祜）

龕燈落葉寺（溫庭筠）　苔徑入寒松（崔　峒）
樹老風聲壯（韋　莊）　霜清野趣濃（皇甫冉）
岸花飛送客（杜　甫）　雲裏一雙峰（包　佶）

又憶南山登高偶成

今日都昌十萬家　層樓高聳瞰中華　鄱陽湖上翔仙羽　野老泉邊戀晚霞
九日樽前歌白雪　三秋籬下賞黄花　年年此會多詞客　漫道龍山有孟嘉

二〇〇八年十月七日

我除搜句百無功

其一

我除搜句百無功（宋·蘇　軾）　昨是兒童今是翁（唐·姚　合）
三峽江聲流筆底（宋·文　同）　十年書劍似飄蓬（唐·許　渾）

其二

我除搜句百無功（宋·蘇　軾）　未就丹砂愧葛洪（唐·杜　甫）
五嶽尋仙不辭遠（唐·李　白）　衹緣身在此山中（宋·蘇　軾）

其三

我除搜句百無功（宋·蘇　軾）　天淡雲閒今古同（唐·杜　牧）
牀擁琴書供枕席（宋·陸　游）　夜深相伴月明中（唐·白居易）

其四

我除搜句百無功（宋·蘇　軾）　惆悵閒吟憶庾公（唐·杜　牧）

二〇〇八年十月十八日

五色天書詞煥爛（唐·楊巨源）　不堪吟罷夕陽鐘（唐·韋　莊）

其五

我除搜句百無功（宋·蘇　軾）　桑葉初黃梨葉紅（唐·李德裕）

還向秋山覓詩句（唐·趙　嘏）　吟情高古有誰同（唐·伍　喬）

其六

我除搜句百無功（宋·蘇　軾）　詩到無人愛處工（宋·陸　游）

流水白雲尋不盡（唐·盧　綸）　紅顔銷盡已成翁（唐·武元衡）

其七

我除搜句百無功（宋·蘇　軾）　一手攜書一杖筇（唐·韓　偓）

長得聞詩歡自足（唐·楊巨源）　悠悠心緒有誰同（唐·李　中）

其八

我除搜句百無功（宋·蘇　軾）　舊跡新詞一夢中（唐·王　滌）

不是當年獨醒客（唐·李　中）　古來悲樂與今同（唐·魚玄機）

其九

我除搜句百無功（宋·蘇　軾）　吟對青山憶謝公（唐·趙　嘏）

竟日眼前猶不足（唐·施肩吾）　楚雲滄海思無窮（唐·韋應物）

其一〇

我除搜句百無功（宋·蘇　軾）　吟得寒缸短焰終（唐·李咸用）

衣帶漸寬終不悔（宋·柳　永）　如今恨作白頭翁（唐·白居易）

其一一

我除搜句百無功（宋·蘇　軾）　洗慮焚香叩上穹（唐·李　中）
三十年吟到今日（唐·杜荀鶴）　尋章摘句老雕蟲（唐·李　賀）

其一二

我除搜句百無功（宋·蘇　軾）　曉月當簾掛玉弓（唐·李　賀）
無奈夜長人不寐（唐·李　煜）　冰池霜竹雪髯翁（唐·白居易）

失眠

又是月中天　近來常失眠　心為形所累　寒與苦相煎
揮筆作新畫　修書續舊緣　情緣無遠近　伴我度餘年

二〇〇九年一月十日

客中偶成

羇人望月思無端　欲寫家書下筆難　遙想故園猶有夢　憑欄無奈怯春寒

二〇〇九年二月

古稀又三

悠悠塵夢幾時醒　風雨迷茫暗畫屏　歲月長催雙鬢白　詩文常負一燈青
安知老朽甘清淡　偶向吟箋寫性靈　趁此夕陽無限好　陶然自得樂餘齡

二〇〇九年三月

己丑仲春踏青歸來漫成十章

二〇〇九年三月

其一

乍暖猶寒二月天　畫欄杆外草芊芊　等閒綠到天低處　萬里東風又一年

其二

踏青日日趁春陽　柳上鶯梭織嫩黄　千里萋萋連漢苑　謝家好夢繞池塘

其三

放目長堤柳似眉　東風拂水緑差差　徘徊河畔青青草　正是柔腸欲斷時

其四

嫩緑羅裙染幾層　蘼蕪深鎖舊田塍　銷魂最是汀洲路　一寸春暉報未曾

其五

南河堤畔柳絲斜　芳草連天一望賒　祇有春暉難報答　年年魂夢繞天涯

其六

春光不惜馬蹄遙　柳緑桃紅鶯語嬌　九曲清溪低谷路　香塵暗惹緑裙腰

其七

處處飛紅逐水漂　緑迷南浦客魂銷　廉纖細雨春陰重　幾換遊人過畫橋

其八

軟草如茵緑四圍　江南江北盡芳菲　杜鵑聲裏催春暮　悄立無言悵夕暉

其九

緑腰裙繞蝶雙雙　醉踏殘紅屐齒香　落盡梨花春又了　寸心脈脈對斜陽

其一〇

竹溪村路板橋斜　回首河梁悵暮霞　為惜王孫歸信晚　遙看翠緑遍天涯

二〇〇九年五月

光庭院長瓷畫肖像讚

天賦斯人　仁和慈祥　不慕良相　性耽岐黄

胸懷六合　道佈八方　華佗再至　扁鵲重光
杏林春滿※　惠及梓桑　鯉庭垂訓　蘭桂騰芳
詩書傳世　明德昭彰　杖國杖朝　福壽無疆

※ 杏林：傳三國吳人董奉，字君異，善醫道，隱居廬山。奉為人治病不收錢，重病癒者栽杏五株，輕者一株。積年愈人無數，得杏十萬餘株，蔚然成林。後人常以『杏林春滿』或『譽滿杏林』為稱頌醫家之醫術高明。

畫松為舅父霄鵬詹老先生八十華誕祝嘏敬題小詩三首

二〇一〇年二月

其一

芙蓉山麓有青松　歷盡滄桑不改容　沐雨迎風浴冰雪　巍然屹立傲蒼穹

其二

卅載生涯歷雨風　煙雲都付笑談中　春潮激蕩人間暖　舉國祥和樂大同

其三

蘭孫桂子滿庭芳　鳳舞龍翔繞畫堂　海屋添籌春日永　竹苞松茂萬年長

又七律一首

深乎眾望宿儒賢　卲德高華燭大千　卅載風霜存骨鯁　滿門蘭桂潤心田
庭中萊綵翩翩舞　架上詩書細細研　更喜三多娛晚景　精神矍鑠樂嵩年

志英師喬遷新居誌喜

二〇一〇年五月八日

翠竹蒼松映綠苔　新居猶是小蓬萊　朱簾畫棟推雲出　舜日堯天接福來

腹蘊五車經世略　胸懷八斗濟時才　年登大耋心猶壯　高築詩詞文化臺

拜讀志英師《娛晚齋吟草》敬題

譽滿都昌政績揚　一生磊落鬱林郎※1　全心緯地優民策　矢志經天惠國方
白雪陽春賡古調　金聲玉韻譜新章　風流絕妙生花筆　意切情深字字香

二〇一〇年十月十二日

※1鬱林郎：相傳三國吴人陸績博學多識，官至鬱林太守。任滿歸里，無物載舟，舟輕難以渡海，遂取巨石而鎮之。人稱其清廉。

師友聯誼會※

五十年前會　而今白髮生　華年隨逝水　歲月葆深情
友誼千金重　功名一紙輕　心花開爛熳　把酒話生平

二〇一〇年十月十五日

※　秦皇島三十六位學子於一九六〇年八月赴景德鎮陶瓷學院美術系學習，匆匆五十週年，如今師友相會，歡聚一堂，共話衷腸，真乃人生快事也，歲次庚寅九月初八，李菁赴會，賦此以誌。

再遊秦皇島

其一

行年七四走天涯　北塞南疆滿眼花　碧浪千重搖渤澥　長城萬里舞龍蛇
關横山海幽燕壯　樓逼星河月影斜　沉醉漫思張博望　遨遊蓬島泛仙槎

其二

風塵萬里藉征車　又值新霜綻菊花　常憶海山摩古跡　曾臨碣石點煙霞
長安失意千巵少　洛浦裁詩一字嗟　醉裏不知歸路遠　夢中猶自泛靈槎

二〇一〇年十月十八日

賀范瑞生窗友古稀華誕

瑞日卿雲鞠酒稱觴歌萬福　生花妙筆芸窗潑墨著千秋

二〇一〇年十月二十日

贈范君瑞生窗友

其一

幼少當年祖國花　欣欣向上綻奇葩　黑紅標準誰評說　豈奈天公雨露差

其二

四九年前托與誰　壯心繫得幾安危　身桴寄意浮於水　千里離家赴海湄

其三

回首秦關數十年　櫛風沐雨每爭先　海山為伴鷗為友　奮寫新圖水彩篇※

※上世紀九十年代天津人美出版《范瑞生水彩畫集》其作品為中央美術學院選入教材作示範作品。

其四

文革紅災十一年　閻王小鬼鬧翻天　中華文物俱遭劫　書畫萬千紙化煙

其五

欣逢改革換新天　珍重餘年再著鞭　培育少兒開畫課　芬芳桃李滿城妍

其六

頻年作畫不知疲　絕妙生花筆一枝　山海梅花兼翠竹　淋漓水墨畫中詩

其七

七十年華兩鬢皤　畫囊猶勝錦囊多　琳瑯滿室皆珍品　俱是先生暢想歌

二〇一〇年十月二十日

宿都昌城

樓高百尺倚雲橫　午夜裁詩月正明　幾度憑欄對彭蠡　煙波浩渺接蓬瀛

二〇一〇年十月二十九日

鄱湖夜泛

金波遥映水西流　乘興應追庾亮遊　徙倚欄杆人不寐　鄱陽湖上夜悠悠

二〇一〇年十月三十日

贛州八境臺※

策杖登臨趁晚晴　輕煙淡靄媚江城　南連閩粤襟南海　北貫中原達北京

章貢波光縈市宇　客家心性尚精誠　憑欄此日懷宗瀚　八境臺傳千載情

二〇一〇年十二月九日

※　八境臺為北宋山東曲阜孔子第四十六代孫孔宗瀚任虔州郡守時於嘉祐年間（一〇五六至一〇六三）在章貢二水合流處建此臺。又繪製《虔州八境圖》，以圖求詩於蘇軾而得名。現為省重點文物保護單位。贛州是南宋紹興二十二年（公元一一五二年）由虔州更名至今。

以贛州《清代八景》戲作

《三臺鼎峙》鎮龍瀧　《二水環流》合贛江

《寶蓋朝雲》迷北廓　《玉巖夜月》入東窗

《儲潭曉鏡》照寰宇　《天竺晴嵐》護客邦

《雁塔文峰》揮彩筆　《馬崖禪影》世無雙

二〇一〇年十二月九日

附錄　吴君荃芝兄贛州懷古※

鬱孤臺峙賀蘭巔　南國絲綢路出虔　正氣歌聲憐故國　牡丹亭畔返魂園

二〇一〇年十二月十日

蔣公留跡新村舍　蘇子題詩八境箋　章貢環流觴曲水　於今誰和白雲篇

※贛州市古為虔州，通廣東南洋，號稱南國絲綢之路；文天祥在此寫成《正氣歌》；湯顯祖在此牡丹亭畔寫成《還魂記》；蔣經國在此建立虎崗中華兒童新村；蘇軾為孔宗瀚《八境圖》題詩；王羲之『蘭亭序』中有『引以為流觴曲水』，也稱『流杯曲水。』

二〇一〇年十二月十五日

贈南京藝術學院孔六慶教授

先生盛德薄雲天　倜儻風流奕藝田　出水芙蓉千朵秀　生花妙筆一枝妍

讜言耿耿承先哲　著作煌煌啟後賢　絳帳高懸已卅載　芬芳桃李逾三千

二〇一〇年十二月二十四日

庚寅七四生日偶成

負笈天涯鬢已絲　尋蘭訪竹意癡癡　飛鴻影裏斜陽晚　腸斷蒹葭只自知

附錄　吴荃芝賀李菁七四誕辰

抱璧年年淚似絲　時乖命蹇意多違　平生事業詩千首　瓷藝丹青筆一枝

北國南疆書繾綣　燕山楚水寫相思　黄金難償恩情債　訪竹尋蘭願了之

二〇一一年一月十八日

庚寅歲暮自遣

其一（集唐）

寂寂重門掩（耿　湋）　山城日月遲（白居易）

寒風生玉樹（魏元忠）　暮雀隱花枝（王　維）

雪薄翠微寺（杜　甫）　窗吟絕妙詞（嚴　維）

憑高何限意（李　昂）　猶有萬重思（皮日休）

其二

鬢髮頻添白　詩懷久未寬　吟魂勞夢寐　苦旅品辛酸
深夜書闈靜　高天星斗寒　潛心敲一字　眉月已成盤

二〇一一年一月二十四日

贈張育賢師兄

漢唐風範最堪誇　熔古鑄今成大家　細塑精雕多國粹　瓷都藝苑綻奇葩

二〇一一年五月二日

贈輝義同窗

輝煌事業一生心　義重情深爾到今　同是天涯淪落客　窗前明月照孤吟

二〇一一年五月十八日

觀徐慶庚道兄彩墨人物國畫喜題

真真欲語古今憐　展卷驚奇人若仙　畫意傳神臻妙境　墨花煥彩悉天然
淋漓椽筆抒胸臆　瀟灑襟懷仰聖賢　十載芸窗圖百幅　雄心豪氣壯山川

二〇一一年六月十九日

插秧歌三首

其一

纔了蠶桑又插秧　男耕女耜笑聲揚　田中水滿天光淨　陌上啣泥燕子忙

其二

手握秧苗著意編　星星點點水中天　低頭不語爭先進　後退原來是向前

其三

左手分秧右手栽　心靈手巧任來回　千行萬顆雖辛苦　秋日黃金滿曬臺

偶書

其一

豈為尋詩過畫橋　吟魂瘦弱不禁銷　多情不忍春歸去　千里東風一夢遥

其二

誰憐苦志已三冬　知隔關山第幾重　漫道夕陽無限好　已無餘力響黄鍾

其三

衰柳黄花覆古阡　一泓秋水鎖塵煙　乾坤絢爛春長駐　千古興亡總在天

其四

世事從來似奕棋　千軍萬馬任驅馳　古今多少浮沉事　付與漁樵唱竹枝

二〇一一年八月八日

感事呈清華大學教授梁任生先生

萬事不關心　閉門耽苦吟　風移竹影瘦　秋晚客愁深

老驥思千里　高情抵萬金　浮梁古道上　遊跡可追尋

二〇一一年十一月十八日

壬辰季春陪同秦關客人看油菜花途中偶成

修竹豆杉樹　山花爛熳芳　新茶浮鴨綠　嫩筍剝蘆香

把盞傾紅醴　驅車趁豔陽　春風拂翠柳　田壟燦金黄

二〇一二年四月五日

壬辰季春齊雲山上看油菜花

曳友攜朋載酒尋　陽春三月柳鶯深　青松綠竹千重翠　碧水黄花萬頃金

巖谷碑林留墨跡　騷人遊客賞梵音　天然風物休寧好　如畫江山細細吟

二〇一二年四月七日

春日遣興（集句）

流鶯百囀最高枝　正是王孫帳望時　簾外落花閒不掃　莫雲香夢綠楊絲

二〇一二年四月九日

看曾子三清山水墨寫生稿喜題二首

其一

為愛青山載酒瓶　春風醉倚竹西亭　揮毫點染雲間瀑　萬壑千巖入畫屏

其二

縱横妙筆自天真　水墨淋漓圖畫新　碧玉青螺皆範本　蒼巖峭壁顯精神

二〇一二年五月二十九日

曉寒教授《陶人新詠》付梓喜成七律三章

其一

圖畫詩文綜一篇　陶人新詠例無前　百花齊放呈韶景　萬卉爭輝正夙緣
明月清風歌古調　陽春白雪譜新篇　一枝絕妙生花筆　滿卷琳瑯燭大千

其二

千枝萬卉豔園亭　曲徑通幽展畫屏　妙筆傳神書業績　華箋潑彩寫娉婷
胸懷坦蕩無城府　筆墨清純有性靈　瓷藝園中花爛熳　陶人新詠播芳馨

其三

先生盛德薄雲天　倜儻風流執教鞭　瀟灑文章留史筆　淋漓翰墨入詩箋
立言耿耿標先哲　著述煌煌啟後賢　鏖戰文壇豎旗幟　芬芳桃李逾三千

二〇一二年五月

和會友登南山韻

如舟身世任飄蓬　十載重來一夢中　野老泉清留勝跡　讀書臺古著豐功
亭池楊柳經春綠　寺苑桃花帶露紅　水隔南山今可渡　風流千載憶坡翁

附錄　會友原作

南山頂上瞰長空　觸目深思感慨中　一代才華蘇子筆　千秋霸業始皇功
連天蠡水煙波碧　含日匡山暮靄紅　時又東風吹綠野　滿園桃李笑春風

二〇一二年五月八日

寫蘭竹有懷

魚書久已渺秦關　年去年來鬢髮斑　濡墨揮毫和淚寫　暮雲春樹盼君還
誰憐鳳尾思燕夢　我待天風響珮環　一瓣心香聊奉與　彩霞依舊隔瀛寰

附錄　會友和韻

魚書久已渺秦關　九畹淇園尺幅間　畫裏常栽蘭擁竹　詩中好詠竹蔭蘭
四時春色清高節　萬古風騷碧玉顏　可有丹青神妙法　化為鸞鳳入仙寰

二〇一二年六月四日

丁千教授瓷繪珍品展敬題

譜寫民居好　滿堂集異珍　三思定逸稿　五彩妙傳神
柳媚江南景　花嬌故國春　先生揮大筆　高雅出清新

二〇一二年七月

故鄉風月好　湖山入畫圖

小序：壬辰小暑隨友偶過都昌故里，友曰：國家投資保護鄱陽湖生態環境工程正在施工，我欣然往觀。見沿湖馬路高築而寬廣，綠化帶上，花木扶疏，翠竹修修，垂柳依依，綠草鋪茵，赤欄迂迴。有亭榭參差，點綴其間。東至黄金山，西連大磯山，好一幅十餘里長的湖山新畫廊。歸來喜不自禁，觀今思古，吟成小詩百首，以藉記不忘也，詩云：

其一

鄱陽湖上有都昌　山水相依似畫廊　十里長堤風物美　賞心樂事看湖光

其二

都昌縣邑有鄱湖　綺蕚成蹊似畫圖　九曲赤欄花似海　山横翠黛柳千株

其三

鄱陽湖上有南山　水擁山巒聳翠鬟　山似蓬萊水如玉　夜深明月照瀛寰

其四（野老巖泉）

東風曉日破煙嵐　一碧澄泓萬古潭　野老泉名書絕壁　東坡妙墨甲江南

其五（陶侯釣磯）

曾向磯山理釣絲　釣風釣雨總相宜　分陰珍惜尊陶侃　一代英才萬世師

其六（陶侯釣磯）

樹色參差隱翠微　磯山春雨長春薇　湖濱沙石漁樵路　萬古煙波護釣磯

其七（石壁精舍）

山水詩人康樂公　樂山樂水樂融融　磯山石壁精舍處　似有吟魂在此中

其八（石壁精舍）

龍馬精神白鶴姿　青山綠水夢裁詩　玄暉精舍在何處　秦樹嵩雲亦不知

其九（靈運飛塔）

謝公仙去已千年　春草佳篇衆口傳　今日南山標勝跡　淩空一塔聳藍天

其一〇（芙蓉詩箋）

當年遷客沐風塵　告別京華歧路新　今日芙蓉留勝跡　曾經風雪宦途人

其一一（芙蓉詩箋）

芙蓉山上好詩留※　妙筆生花佳句酬　簡淡傳神詩味永　五言一唱足千秋

※　劉長卿：盛唐詩人，字文房，河間人。天寶進士，官監察御史。曾被誣入獄，有人為之辯解，貶南巴尉、睦州司馬，終隨州刺史。他的詩風格簡淡，長於五言，當時人稱他為『五言長城』，著有《劉隨州集》。集中有《逢雪宿芙蓉山主人》詩云：『日暮蒼山遠，天寒白屋貧。柴門聞犬吠，風雪夜歸人。』

其一二（蘇仙劍池）

仙客蘇耽志氣豪　臨池礪劍斬旌旄　幾回掬取池中水　猶有光芒萬丈高

其一三（水面天心）

雄兵百萬戰郗湖　決勝乾坤陳與朱　水面天心鼉救助　望夫亭上弔仙姝

其一四（水面天心）

老爺廟下水汪洋　鼉渡元璋似葦航　洪武御題留勝跡　大明一統國民強

其一五（關津古廟）

古今贛信修鄱水　千里流來一口吞　試看關津神廟裏　依然香火舊乾坤

其一六（關津古廟）

老爺古廟似龍蟠　佛殿嵯峨倚翠巒　彭蠡湖邊香橘柚　落霞孤鶩影姍姍

其一七（南寺曉鐘）

攜朋幾上古南山　古寺鐘聲渺故關　歷劫也經六十載　曉鐘今又響人寰

其一八（磯山樵唱）

日日樵歌入翠深　高山流水是知音　白雲芳草宜人意　拋卻塵寰名利心

其一九（彭蠡漁歌）

長泛煙波樂未央　櫛風沐雨志昂揚　漁歌互答歸來晚　欸乃聲中送夕陽

其二〇（彭蠡漁歌）

揚帆破浪打魚船　水上生涯年復年　捕季常開三面網　彩霞輝映晚晴天

其二一（古南印山）

風波不動影沉沉　兀傲嵯峨翠色深　水闊天高雲靉靆　一拳青黛鏡中心

其二二（古南印山）

天然特絶聳螺鬟　自古鄡陽有此山　屹立鄱湖留勝跡　個中清靜遠塵寰

其二三

都昌今日好湖山　翡翠珠連雲水間　湖碧山青圖畫裏　故鄉處處有仙寰

其二四

鄱湖春水淥瀜瀜　破浪乘風志氣鴻　為有雄心濟滄海　淩波直向水晶宫

其二五

朱弦玉管倍多情　畫舫猶疑天上行　一曲清歌人似玉　幾疑身已入蓬瀛

其二六

清明三月泛輕舟　波上熒熒點白鷗　煙水滿湖如碧玉　春來秋去總長流

其二七

鳧翔鷺集晚悠悠　湖水茫茫好泛舟　一枕夜涼風動竹　江楓漁火月當樓

其二八

煙波堤上幾徘徊　曲圃黄花爛熳開　日映丹楓秋萬里　碧濤如雪捲湖來

其二九

一曲笙歌泛碧流　柳津南渡水悠悠　鄱湖倒映千山月　蠡水輕浮萬里舟

其三〇

不為浮名累此心　寺中隱者笑塵襟　吟山詠水開經卷　月照禪房夜已深

其三一

蠡水磯山近帝鄉　此中煙月勝瀟湘　晚霞千里連雲夢　風帶潮聲枕簟涼

其三二

古南城上望仙寰　水滿鄱湖花滿山　喜有雙峰擎日月　五雲絢燦繞禪關

其三三

人說桃源在此中　花光猶勝武陵紅　問津祇為芳菲美　際此怡然漢魏風

其三四

平湖春水淥迢迢　萬頃波光點畫橈　恰似蓬瀛仙境裏　遨遊無處不魂銷

其三五

煙波十里木蘭橈　處處清歌碧玉簫　九曲欄杆三面水　夕陽斜照綠楊橋

其三六

曾與攜壺爛熳遊　鄱陽湖上放中流　金樽玉盞煙波裏　明月悠悠照畫舟

其三七

尋芳乘興過溪橋　花木林中鳥語嬌　麗日東風春萬里　鄱陽湖上柳千條

其三八

紫閣西邊第幾峰　白雲斜掩玉芙蓉　臨風瀟灑千竿竹　蒼翠夭矯萬古松

其三九

南山塘裏碧桃花　畫閣朱樓映晚霞　此去蓬萊應未遠　扁舟相訪至天涯

其四〇

竹搖清影上窗紗　相憶春風碧玉家　翠袖姍姍雙鳳舞　金樽騷客醉流霞

其四一

風光旖旎小桃夭　日彩熒熒波上浮　萬頃鄱湖春水軟　綠楊影裏赤欄橋

其四二

八月秋高月正明　亭中久坐賞濤聲　千巖浪拍銀波碎　疑是山崩地裂鳴

其四三

羅綺晴嬌綠水舟　垂楊婀娜竹修修　笙歌滿座開金盞　千里湖山入勝遊

其四四

秋水長天一碧深　落霞孤鶩古猶今　鄱湖如鏡水如玉　風月無邊任我吟

其四五

人在深山第幾重　嵐光黛色映丹楓　奇花異卉湖濱路　潮漲雲深天外峰

其四六

黃金山下湧波濤　吟賞煙霞意氣豪　峭壁蒼崖尋石徑　長松翠竹倚天高

其四七

萬頃煙波碧四圍　鄱陽湖上趁晴暉　扁舟一葉笙歌裏　春水桃花點點飛

其四八

浩浩鄱湖萬古悠　錦帆高掛任遨遊　清波可洗許由耳　碧水長行商旅舟

其四九

煙水茫茫西復東　扁舟共濟與君同　冰壺日月沉浮裏　放眼乾坤詩畫中

其五〇

清景唯憐山寺北　幽居尤愛蠡湖東　水光入座千帆影　花氣襲人一笛風

其五一

三月杜鵑似火紅　臨窗映竹玉玲瓏　春雲蔽月三更雨　楊柳絲牽淡淡風

其五二

東風吹綻碧桃花　水漾南山塔影斜　今日長堤繞湖上　年年月月賞奇葩

其五三

東望滄溟蜃氣濃　南山高聳碧芙蓉　琅玕婀娜藏靈鳳　湖水蒼茫隱臥龍

其五四

日出三竿晨霧銷　湖邊遊客欸蘭橈　一篙春水綠如染　千里湖光熙聖朝

其五五

旅遊且趁豔陽辰　柳媚花嬌色色新　四季笙歌留遠客　滿湖風月最宜人

其五六

鄱陽湖上水連天　楊柳絲絲拂畫船　一棹煙波詩思遠　情緣風月自年年

其五七

漫把青春酒一杯　忽思三島夢蓬萊　畫船點點笙歌裏　仙樂疑聞天外來

其五八

綠楊飛絮水如煙　萬縷紅霞滿畫船　一棹悠悠洲渚遠　夜深猶向月中眠

其五九

雲樹連天水映空　結廬依約此山中　門前花竹迎人笑　細草春莎綠映紅

其六〇

春草青青水滿渠　竹林斜處是吾廬　鶴汀凫渚湖光淨　晝出樵蘇夜讀書

其六一

爛熳山花次第開　淺黃輕綠映樓臺　多情紅豔年年好　明月清風酒一杯

其六二

洗竹澆花旭日初　桃紅柳綠映蓬廬　春風十里湖濱路　嫩筍黃薑煮鱖魚

其六三

滿眼雲山似畫屏　一湖煙月水西亭　潮來浪湧千堆雪　風動漣漪萬點星

其六四

鄱湖春水綠如藍　萬頃波光一鏡涵　堤上柳花飛白雪　匡廬五老鎖煙嵐

其六五

此間風景孰能如　繡戶朱簾入畫圖　繞郭琅玕三十里　拂城楊柳一千株

其六六

柳拂長堤花滿庭　與君對酌竹西亭　五湖四海留蹤跡　不愛深山隱姓名

其六七

一枕林蔭竹簟清　白鷗點點晚霞明　鄱陽自古風流地　水色山光展畫屏

其六八

千疊雲峰萬頃湖　遊帆片片繞蓬壺　不知五渚三山裏　樓上吹簫引鳳無

其六九

放眼煙波入渺溟　更堪芳草滿遥汀　湖邊垂柳絲絲緑　春雨和風濕畫屏

其七〇

花徑透迤柳巷深　平湖如鏡影沉沉　一輪皓月涼如水　野老深宵對月吟

其七一

玉樓金殿影參差　楊柳絲絲滿路垂　水緑山青輝麗日　詩中有畫畫中詩

其七二

鄱湖湖水碧連天　畫舫蘭橈浮翠筵　今日都城花爛熳　朝陽晴照緑楊煙

其七三

古南山上賞煙嵐　把盞臨風酒正酣　千樹桃花一湖水　蘭舟搖曳鏡中涵

其七四

都城難畫亦難書　既合登臨又合居　山上煙嵐湖上月　蓬瀛方丈孰能如

其七五

杏花柳岸著仙橈　二月春光分外嬌　鷗鷺浴波春水暖　也隨畫舫過虹橋

其七六

大磯山上彩雲飛　樹色參差隱翠微　默誦池塘春草句　令人長憶謝玄暉

其七七

晴煙漠漠柳毿毿　夕照紅雲映碧潭　為有多情虞文靖　杏花春雨憶江南

其七八

月照沙寒夜已深　露華涼冷潤衣襟　一湖碧水流天地　萬疊青山卓古今

其七九

故園風景玉芙蓉　山峙雲間峭峻峰　倩影波搖千疊翠　魚鮮飯白酒香濃

其八〇

天教勝景駐鄱湖　碧草紅雲似畫圖　四面青山如錦繡　此中風物比姑蘇

其八一

鄱陽湖上柳毿毿　晝棹初移酒半酣　煙水迷茫無遠近　杏花春雨滿江南

其八二

年年好景在都昌　每聽鶯聲憶故鄉　春水扁舟浮鴨綠　長堤新柳染鵝黄

其八三

珠山昌水好春朝　風嫋垂楊似舞腰　欲慰鄉心歸故里　漫書旅次滿芭蕉

其八四

日日相思在水濱　蘆花深處下絲綸　一帆彭蠡三更月　故國湖山入夢頻

其八五

江岸丹楓花不如　近來偶得故園書　秋風萬里天涯客　長憶鄱湖思食魚

其八六

春盡年華白髮生　老來多繫故鄉情　一帆高掛昌江水　直下鄱湖看月明

其八七（以下集唐）

湖草青青三兩家（司空曙）　東風吹柳萬條斜（竇　鞏）

門通小徑連芳草（郎士元）　卻向蓬萊看杏花（張　繼）

其八八

詩家才子酒家仙（趙　嘏）　四面雲霞敞綺筵（薛　稷）
幾度吹簫明月夜（李　益）　玉樓人醉杏花天（李　白）

其八九

寶襪香綦碎曉塵（陸龜蒙）　滿街含笑綺羅春（杜　牧）
千杯綠蟻何辭醉（李　白）　更隱桃花亦笑人（秦　系）

其九〇

碧雲高髻綰婆娑（曹　唐）　綺席絲鏞舞翠娥（劉言史）
曾向春窗分綽約（鮑　溶）　吳娃齊唱採蓮歌（許　渾）

其九一

葡萄美酒夜光杯（王　翰）　畫舸輕移豔舞回（王　維）
湖畔春山煙點點（李群玉）　無勞海上問蓬萊（劉　憲）

其九二

江亭明月帶江流（王　勃）　堤草蘆花萬里秋（李　紳）
客到但知留一醉（李　白）　了無榮辱掛心頭（杜荀鶴）

其九三

露濕荷裳已報秋（韓　翃）　放歌曾作昔年遊（杜　牧）
華林霜葉紅霞晚（劉禹錫）　謝朓題詩月滿樓（武元衡）

其九四

謝公此地昔年遊（賈　島）　瀟灑江湖十過秋（杜　牧）
海色遙連秦樹晚（韓　翃）　三山何處是仙洲（張　繼）

其九五

繡户珠簾相映深（段成式）　簫樓韻逐鳳凰吟（盧藏用）

春江風水連天闊（權德輿）　日浴鯨波萬頃金（劉禹錫）

其九六

霜落秋山黄葉深（劉　滄）　白雲歸處寄鄉心（許　渾）

家山夢裏帆千尺（羅　隱）　一度相思一度吟（戎　昱）

其九七（以下七律）

今日都昌景物殊　雲横峻嶺水平鋪　緑楊影裏千家月　菡萏香中萬顆珠

四面奇峰三面水　一城山色半城湖　南山桃實三千載　紅玉團團熟也無

其九八

上通巴峽下通洋　萬頃晴波琥珀光　彭蠡水中魚國府　鄱陽湖上鳥天堂

荻蘆蕭瑟含秋韻　橘柚玲瓏透夕陽　萬畝千疇莊稼好　壟翻稻浪燦金黄

其九九

南山頂上望匡廬　霧鬟雲鬟大小姑　萬頃波濤彭蠡水　雙磯峰阜驪龍珠

煙霞聚散通三島　日月分明貯一壺　山上白雲波上月　天然圖畫在鄱湖

其一〇〇

故園風景似瀛洲　紅樹青山憶昔遊　幽夢常縈彭蠡浪　醉鄉還念釣磯秋

三山影落青天外　五老雲開翠玉浮　一棹鄱湖明鏡裏　落霞孤鶩兩悠悠

無題

無題四首（與利君秉將兄聯句）

其一

夜讀紅樓淚不乾　無端字字記愁歡　胸藏好了襟懷闊　夢入珠簾粉黛殘
斑竹無言知己淚　暮春有雨落花寒　煙雲過眼人間事　一枕黃粱夢未安

其二

獨坐幽齋暗自傷　情天苦海正茫茫　沉吟淚史枯雙目　看破紅樓夢一場
抱病日憐花影瘦　相思夜覺月華涼　客窗我亦孤棲慣　不向春風惹恨長

其三

客中病骨已難支　況是殘冬欲盡時　怨積離懷愁續賦　情歡入夢血凝詩
驚鴻照影波曾綠　彩鳳棲梧意緬癡　了卻真情拼一死　瀟瀟風雨亂如絲

其四

丹誠一片待春來　天遣芳心到古梅　香蘊孤山酬素志　花開庾嶺答涓埃
昔年持扇長裁月　今日分醪同舉杯　且喜南園春正好　已添新夢轉蓬萊

一九九三年

無題五首（集句）

一九九四年

其一

送客溪頭雪滿衣（唐·劉長卿）　留花不住怨花飛（宋·晏　殊）
樓前芳草年年綠（宋·張　先）　月滿瀟湘人未歸（唐·于武陵）

其二

二月江南花滿枝（唐·孟雲卿）碧紗窗外囀黃鸝（唐·白居易）
滿山明月東風夜（唐·羅　鄴）心事悠悠欲語誰（宋·陸　游）

其三

地角天涯南北遙（唐·楊　憑）青山隱隱水迢迢（唐·杜　牧）
等閒驚破紗窗夢（宋·歐陽修）有個多情立畫橋（宋·張　先）

其四

十千美酒渭城歌（宋·蘇　軾）香灺燈光奈爾何（唐·李商隱）
月不長圓花易落（唐·吳　融）一生有幾別離多（清·劉獻廷）

其五

難遣春愁笛一枝（清·袁　枚）曲中紅豆是相思（清·吳偉業）
有情芍藥含春淚（宋·秦　觀）我為愁多白髮垂（唐·白居易）

一九九四年

無題七絕七首

其一

吐盡千絲亦自纏　翻思作繭悔從前　滿腔心事無從訴　細雨空齋唯自憐

其二

歷盡冰霜始放花　奇香飄送到天涯　春風不肯停仙馭　悵望浮雲隱彩霞

其三

久別天涯惹恨多　一樽相對奈愁何　來鴻去鯉須珍重　莫遣驚濤起愛河

其四

情根種處苦無邊　苦海焉能了夙緣　自古情癡同一夢　傷心共戴奈何天

其五

相思相慕夢中身　同是天涯淪落人　蕉葉有心留恨史　青衫對影淚痕新

其六

愈經挫折愈纏綿　朗徹晶瑩燭大千　塵夢漸隨鄉夢老　春花秋月自年年

其七

飛花影裏漸黃昏　去果前因莫再論　搔首問天天不語　斜陽淡月掩重門

一九九四年

無題七律二首

其一

清霜斗室耿無眠　坐憶分攜一慨然　楚客登臨悲昔日　燕姝哀怨話當年

蕭條古驛津沽地　落寞荒原雨雪天　臨別依依添悵惋　心隨君去碧雲邊

其二

一池春水碧於苔　池畔花枝照水開　芳草得時依舊綠　華年逝去不重來

相思繾綣書難寄　離緒纏綿夢不回　猶有客窗遺想在　幾回遙望幾徘徊

一九九四年

無題七絕一首

絕世聰明絕代姿　美人意態亦遲遲　十年一覺揚州夢　無限傷心杜牧之

一九九五年

無題（集李義山句）

其一

悵臥新春白袷衣　私書幽夢約忘機　三星自轉三山遠　萬里雲羅一雁飛

其二

羅薦春香暖不知　回頭更望柳絲絲　斑騅祇繫垂楊岸　莫枉長條贈所思

其三

未信河梁是別離　行期未分壓春期　紅樓隔雨相望冷　卻是襄王夢覺遲

其四

雨打湘靈五十弦　一弦一柱思華年　此聲腸斷非今日　祇是當時已惘然

其五

上盡重城更上樓　綠楊枝外盡汀洲　舊山萬仞青霞外　同向春風各自愁

其六

微香冉冉淚涓涓　此夜西亭月正圓　祇有夢中相近分　鳳樓迢遞憶鞦韆

其七

唱盡陽關無限疊　碧雲東去雨雲西　深知身在情長在　不是花迷客自迷

曉鏡但愁雲鬢改　夜吟應訝玉繩低　分明此去無多路　風逐周王八駿蹄

一九九五年

無題六首

其一

用情深處尺難量　病裏新愁瘦沈郎　悔把當初腸斷盡　而今欲斷更無腸

其二

夢裏相逢酒半酣　錦書一札到江南　蕙心蘭質珊珊字　慰我癡情說二三

其三

酒債相思且莫論　斷篇殘稿伴黃昏　落花寂寂黃昏雨　我有離愁欲斷魂

其四

花謝鶯啼驚客魂　枕邊常有淚雙痕　失眠輾轉心增悸　口欲言時眼又昏

其五

孤燈挑盡為多情　枕冷衾寒夢不成　長夜綿綿人寂寂　何曾合眼到天明

其六

病體朝來漸不支　為伊憔悴竟於斯　西風落葉蕭蕭夜　刻骨相思祇自知

一九九五年

疊前韻集句

其一

似海深情難比量（近·徐枕亞）
錦紋親織寄檀郎（宋·馬莊父）
征人薊北空回首（唐·高　適）
不是愁人亦斷腸（唐·皇甫冉）

其二

花下相思酒半酣（唐·韋　莊）
斷腸春色在江南（唐·韋　莊）
如何一夢高唐雨（唐·李商隱）
無限情懷說二三（清·朱自清）

其三

絮果蘭因兩莫論（今·吳笑天）
月樓誰伴詠黃昏（唐·李商隱）
瀟瀟暮雨荊王夢（唐·張　祜）
金鴨香銷欲斷魂（唐·戴叔倫）

其四

不曾真個也銷魂（清·易復三）　夢好還驚月有痕（清·商　盤）

病骨支離慵不起（近·徐枕亞）　紫藤花下漸黄昏（唐·白居易）

其五

冷灰殘燭動離情（唐·李商隱）　惟覺樽前笑不成（唐·杜　牧）

無可奈何空握手（清·易復三）　一場春夢不分明（唐·張　泌）

其六

寂寞心情强自支（近·徐枕亞）　為君憔悴竟如斯（近·徐枕亞）

一春魚雁無消息（宋·秦　觀）　舊夢新秋白髮知（宋·真山民）

一九九五年

無題三首（集句）

其一

山靄蒼蒼望轉迷（唐·韓　翃）　莫愁家住石城西（唐·吴　融）

多情最是湖邊柳（今·吴荃芝）　依舊煙籠十里堤（唐·韋　莊）

其二

君問歸期未有期（唐·李商隱）　海棠初發燕歸遲（今·黄潤蘇）

遼陽春盡無消息（唐·白居易）　夢裏關山話別離（唐·王　涯）

其三

春風送客使人悲（唐·高　適）　天遣多情有別離（近·李希聖）

燕子不來花自落（元·趙孟頫）　行吟無處寄相思（唐·李群玉）

無題六首（集句）　　一九九七年

其一

斷腸楊柳一絲絲（唐·韋　莊）　再睹嬋娟是幾時（宋·徐　鉉）
怨別自驚千里外（唐·高　適）　夜闌清夢有燈知（宋·陸　游）

其二

燕惹春光柳拂絲（今·王慶農）　不知春去幾多時（宋·葉　采）
江魚朔雁長相憶（唐·李商隱）　入骨相思知不知（唐·溫庭筠）

其三

誰把鵝黃染柳絲（宋·陸　游）　好花看到半開時（宋·邵　雍）
當時驚覺高唐夢（唐·李　涉）　細膩風光我獨知（唐·元　稹）

其四

楊柳千條拂面絲（唐·溫庭筠）　論交卻憶十年時（唐·高　適）
夜闌飲散春宵短（宋·周邦彥）　花不能言意可知（唐·溫庭筠）

其五

二月垂楊未掛絲（唐·張敬忠）　枕中春夢不多時（宋·蘇　軾）
空餘滿地梨花雪（宋·周邦彥）　盡日傷春春不知（唐·白居易）

其六

日月江山入鬢絲（金·元好問）　百年都是幾多時（唐·元　稹）
數莖白髮風前淚（明·徐　熥）　紅顆酸甜祇自知（唐·杜　甫）

無題七首（集句）

一九九八年

小序：利君秉將硯兄曾以《無題》七絕一首見示詩云：『去年花裏漫評秋 今日飄零我獨愁 寄取相思花底事 思君千里怕登樓』今擬其意並步原玉試集七首詩云：

其一

又見芭蕉白露秋（唐·劉言史） 客心如水水如愁（清·葉 奎）
歸來猶記前番夢（明·李東陽） 丁字簾櫳井字樓（清·舒 位）

其二

地當三楚易悲秋（清·商 盤） 紅蓼花開水國愁（唐·羅 鄴）
流水斷橋芳草路（唐·牟 融） 蛛絲小幔月當樓（近·李慈銘）

其三

門掩西風萬木秋（宋·朱 熹） 頻年飄泊始知愁（清·紀 昀）
無端更唱關山曲（清·王 表） 送客魂銷百尺樓（唐·冷朝陽）

其四

五更風雨四山秋（宋·陸 游） 別是天涯一段愁（宋·陸 游）
秦地故人成遠夢（唐·李 端） 相思時上最高樓（唐·許 渾）

其五

四山風急萬松秋（清·吳偉業） 一上高城萬里愁（唐·許 渾）
人似六朝工賦別（清·商 盤） 新詩如畫寫江樓（清·陳恭尹）

其六（倒疊前韻）

空吟西北有高樓（金·元好問） 夢裏相逢亦說愁（宋·陸 游）

聚散有期雲北去（唐·許　渾）　傷心不是為悲秋（唐·李　益）

其七

海燕飛時獨倚樓（唐·戴叔倫）　玉璫緘札祇言愁（近·楊令弗）
鴛鴦瓦冷霜華重（唐·白居易）　月滿千山一笛秋（明·李東陽）

無題（疊前韻再集七首）

一九九八年

其一

芭蕉葉上雨如秋（今·程小青）　無那金閨萬里愁（唐·王昌齡）
何事梨花空似雪（唐·李咸用）　悠悠殘夜月明樓（唐·杜　甫）

其二

夢裏孤篷雨打秋（金·元好問）　櫓聲帆影伴離愁（宋·真山民）
秋風江上芙蓉老（宋·蘇　軾）　木落霜飛紅葉樓（唐·韓　偓）

其三

千里無書碧樹秋（唐·許　渾）　天涯為客五更愁（唐·張　謂）
夢中草草披衣起（宋·楊萬里）　迢遞高城百尺樓（唐·李商隱）

其四

一別心知兩地秋（唐·嚴　維）　雲山漫漫使人愁（唐·崔國輔）
重陽獨酌杯中酒（唐·杜　甫）　細雨疏燈共一樓（明·金　鑾）

其五

雨聲淒似去年秋（清·商　盤）　明日黃花蝶也愁（宋·蘇　軾）

萬里關河孤枕夢（宋・陸　游）　幾人相憶在高樓（唐・杜荀鶴）

其六（倒疊前韻）

青衫紅袖水邊樓（清・吳承恩）　柳葉眉長易覺愁（唐・韓　偓）
此景卻疑身是夢（明・王彥泓）　夜寒孤枕一燈秋（宋・真山民）

其七

好雲無處不遮樓（唐・羅　隱）　紅似相思綠似愁（清・龔自珍）
惆悵東亭風月好（唐・白居易）　金樽玉柱對清秋（唐・令狐楚）

一九九九年

無題六首（效《疑雲集》體）

其一

珍品由來尚洛陽　姚黄魏紫各芬芳
影斜珠箔枝枝豔　譜入銀箏字字香

其二

春光無日不匆匆　斗酒相攜賞玉叢
紫燕嬌鶯新世界　看花妒煞小桃紅

其三

曾向瑤臺覓舊蹤　銀屏珠箔映芙蓉
多情惟恨蓬山遠　咫尺朱簾抵萬重

其四

由來銀漢是紅牆　夢繞巫山夜未央
難得蕊珠宮畔路　春風曉鏡理新妝

其五

高燒紅燭賦新詩　荳蔻年華綽約姿
一點芳心偏婉轉　月光如夢照花枝

其六

桃花源裏任徜徉　秋菊春蘭各吐芳　不向西風怨搖落　好花原有四時香

無題五首（效《疑雲集》體）

二〇〇〇年

其一

嫋嫋娉婷人似花　溫柔媚嫵暈朝霞　含情脈脈芳心動　羅綺叢中度歲華

其二

晚霞秋水碧天長　綽約丰姿倚夕陽　佇立西風人似玉　莫教孤負杜蘭香

其三

晚妝如畫鬭鮮新　滿室花光豔可人　尤喜一枝春色嫩　蓓蕾曾不染纖塵

其四

碧空如洗月妖嬈　把袂溫言百囀嬌　細訴柔情花灼灼　可憐良夜正迢迢

其五

簾幕低垂日上遲　自拈斑管譜新詞　連宵夢裏頻頻見　瀲灩風光妙若詩

無題集句二首

二〇〇一年

其一

濕盡青衫調不成（清·吳偉業）　碧天如水夜雲輕（唐·溫庭筠）
忽然分散無蹤影（唐·韓　愈）　薊北江南萬里情（唐·白居易）

其二（倒疊前韻）

似共東風別有情（唐·李　中）　楚腰纖細掌中輕（唐·杜　牧）

青衫憔悴卿憐我（清·吳偉業）　欲寄相思夢不成（唐·權德輿）

二〇〇一年

無題（次謝君嘉德道兄《詠梅》韻）

其一

松花滿碗試新茶（唐·劉禹錫）　一樹唐昌玉蕊花（清·孫爾准）
燈影短於今夜夢（清·商　盤）　探春歲歲在天涯（唐·劉長卿）

其二

垂虹亭上試新茶（宋·楊萬里）　馬踏春泥半是花（唐·竇　鞏）
我未成名君未嫁（唐·羅　隱）　憐君何事到天涯（唐·劉長卿）

其三

窗前月下鬬新茶（今·吳荃芝）　南國春風幾度花（唐·戴叔倫）
一夜碧雲凝作夢（明·丁鶴年）　綠楊枝外抵天涯（近·李希聖）

附錄　嘉德兄原作

白雪煮青茶　梅開筆底花　不知今夜夢　幾度繞天涯

二〇〇一年

無題九首

其一

線頭猶帶口脂香　繡畫陳情遠寄將　會得珊珊相贈意　廿年別恨倍淒涼

其二

兩心不語暗相通　寄意詩中亦畫中　月自長圓天不老　故將綵線繡飛鴻

其三

丹桂飄香秋正濃　綺窗心事托冥鴻　金針繡向雙飛處　一片深情在此中

其四

玉剪金刀錦繡裁　天高雲淡畫圖開　千絲萬縷深情意　喜有驚鴻照影來

其五

依依脈脈意沉沉　二十年來惠愛深　感煞真情深似海　此恩何啻值千金

其六

正是春光二月天　杏花紅映彩雲邊　桃腮故作宵醒態　柳眼如耽曉夢眠

其七（疊前韻）

淡煙疏雨杏花天　夢繞巫山何處邊　帳底霞光簾外月　夜深寂寂照無眠

其八（再疊前韻·集句）

月光如水水如天（唐·趙　嘏）
別後相思何處邊（唐·戴叔倫）
留得當時臨別淚（清·毛會建）
孤燈挑盡未能眠（唐·白居易）

其九（三疊前韻）

一江春水碧於天（明·楊　基）
相送同臨楚岸邊（唐·伍　喬）
帆影櫓聲搖客夢（宋·真山民）
當時惆悵不成眠（唐·韓　偓）

附錄　吳荃芝絕句十五首

小序：李菁燒友贈我詠蘭六首和無題詩九首，讀之感其用情之深，亦復嗟我懷人。故步原韻和之，以誌余之寸衷未泯也。

其一（頌蘭）

葳蕤綽約正芳春　更是披肝瀝膽人　為報君恩捐薄命　廿年不渝了終身

其二（尋蘭）

霧鎖芳蹤費我尋　顛狂何懼怒雲深　明知此境終成幻　偏要癡心覓到今

其三（採蘭）

勝日尋芳景色妍　林深苔滑步雲煙　採來香種藏書案　了卻情癡一段緣

其四（戀蘭）

山風陣陣送香來　灑淚含悲伴夜臺　可恨陰陽生死隔　臨行一步一徘徊

其五（畫蘭）

憑藉丹青恰畫成　玉枝翠葉蕊珠瑩　多姿婀娜凝神韻　泣露臨風倍有情

其六（夢蘭）

迷離醒後對晨風　魂斷巫山夢境中　翹首青雲黃鶴渺　寸心無處託飛鴻

其七（憶蘭）

溫馨口澤尚留香　萬縷純情滿一腔　一日心期千劫在　任他世事逐炎涼

其八（語蘭）

門衰祚薄運難通　罪孽三千苦海中　赫赫天威強奪志　一為冤鬼一孤鴻

其九（慰蘭）

殘根發蕙露初濃　氣冠群芳傲遠鴻　嫩葉懷根舒綠意　枝枝葉葉貫其中

其一〇（祭蘭）

紙船紙馬用心裁　供上三牲一字開　魂兮有靈來尚饗　花飛時節我重來

其一一（別蘭）

臨行贈影影娉婷　囑我珍藏意獨深　自慰塵寰存知己　半生留取抵千金

其一二（遇蘭）　疊前韻

臨溪照影影娉婷　井畔連繩汲水深　從此心遭丘比特　兩相情好逾堅金

其一三（待蘭）

經年歷月一天天　悵望凝眸在水邊　過盡千帆皆不見　夜深猶在月中眠

其一四（思蘭）　疊前韻

三生誓約薄雲天　倩影徘徊繞枕邊　感謝多情窗外月　天涯同此照無眠

其一五（悟蘭）　再疊前韻

男癡女怨奈何天　淚帶新愁落枕邊　紅豆種成香已老　新詞唱罷痛難眠

無題六首（效《疑雲集》體）

二〇〇二年

其一

記取江城第一花　風流嫵媚豔朝霞　娉婷嫋嫋人如玉　猶似當年張麗華

其二

姑射仙人蕚綠華　風鬟雲鬢柳腰斜　含情脈脈秋波轉　麗質天生豔若花

其三

月朗風清露白時　美人燈下話相思　墮懷雲錦三生夢　細膩風光妙入詩

其四

柔情似水溢流光　玉骨冰肌白雪香　絕代風華傾國貌　一枝嬌豔冠群芳

其五

如花美眷水流年　夢入仙源小洞天　癡綠嬌紅新樣好　三生石上話前緣

其六

一泓秋水剪雙眸　麗質天生歎物尤　濃抹淡妝俱嫵媚　亦顰亦笑總溫柔

又集句七首（以陳裴之詩句為首句）　二〇〇二年

其一

二月春情水不如（清·陳裴之）　庾樓明月墮雲初（唐·趙　嘏）
吳姬緩舞留君醉（唐·王昌齡）　翠髻高鬟綠鬢虛（唐·王　建）

其二

白門楊柳暗棲鴉（清·陳裴之）　別夢依依到謝家（唐·張　泌）
環珮一聲星欲墮（明·海　瑞）　美人顏色嬌如花（唐·盧　仝）

其三

入畫春風半面緣（清·陳裴之）　靜尋春譜認嬋娟（唐·陳　陶）
滿頭翡翠雙鬟女（今·周瘦鵑）　疑是蟾宮降謫仙（宋·僧惠洪）

其四

新柳雛鶯最可憐（清·陳裴之）　河陽花府看神仙（唐·鮑　容）
妝樓翠幌教春住（唐·沈佺期）　絲管高臺月正圓（唐·杜　牧）

其五

卻月橫雲畫未成（清·陳裴之）　捧心常覺不分明（清·袁　枚）
相逢一笑憐疏放（唐·李商隱）　楊柳風前別有情（唐·白居易）

其六

一剪孤芳豔楚雲（清·陳裴之）　青絲高綰石榴裙（唐·羅　虬）
等閒識得東風面（宋·朱　熹）　日日思君不見君（宋·李之儀）

其七

春水已催人早別（清·陳裴之）　不知春在阿誰邊（今·周瘦鵑）
瓊花臺上三生路（清·王夫之）　惆悵佳期又一年（唐·羅　隱）

二〇〇二年

無題集句三首（以李白詩句為首句）

其一

春風拂檻露華濃（唐·李　白）　神女知來第幾峰（唐·張子容）
三五盈盈還二八（宋·蘇　軾）　鴛鴦帳裏暖芙蓉（唐·杜　牧）

其二

蘭陵美酒鬱金香（唐·李　白）　星漢西流夜未央（魏·曹　丕）
蝴蝶有情牽晚夢（唐·羅　隱）　故燒高燭照紅妝（宋·蘇　軾）

其三

沉香亭北倚欄杆（唐·李　白）　相見時難別亦難（唐·李商隱）
往日情懷全似夢（清·紀　昀）　一簾新雨杏花寒（宋·方　岳）

二〇〇二年

無題集句六首

其一

玉樓天半起笙歌（唐·顧　況）　羌管鸞弦處處多（唐·司空圖）

羅袖舞低楊柳月（元·宋　褧）　盈盈纖手擢雙蛾（宋·蘇　軾）

其二

碧雲高髻綰婆娑（唐·曹　唐）　勸酒還憑玉一渦（清·金兆燕）
月殿影開聞夜漏（唐·顧　況）　吳娃齊唱採蓮歌（唐·許　渾）

其三

此花真合在瑤池（唐·陸龜蒙）　珠箔輕明拂玉墀（唐·李商隱）
照水芙蓉迷豔影（清·陳裴之）　館娃宮暖日斜時（唐·白居易）

其四（集唐）

金樽淥酒生微波（李　白）　綺席絲鏞舞翠娥（劉言史）
花發洞中春日永（韋　莊）　欲邀同賞意如何（白居易）

其五

芙蓉頭上綰青絲（唐·李　涉）　銀燭金杯映翠眉（唐·岑　參）
豆蔻梢頭春十二（清·吳偉業）　含情有待問誰思（唐·獨孤及）

其六

一生有幾別離多（清·劉獻廷）　水蹙斜紋捲綠蘿（唐·張　祜）
惟有日斜溪上思（唐·陸龜蒙）　萬重雲月隔煙波（唐·趙　嘏）

無題六首（效《疑雲集》體）　二〇〇二年

其一

蕊珠宮裏夢遊仙　小鳳新妝絕可憐　碧玉半鉤簾外月　奈伊標格太嬋娟

其二

溫柔嫵媚晚妝新　笑語玲瓏兩頰春　淺逗芳心融粉黛　娉婷猶似月中人

其三

綺室熏香坐翠茵　華年碧玉小腰身　幾番笑語殷勤意　一種娉婷别味春

其四

雙鬟悄立玉芙蓉　灼灼花枝帶露穠　今日忽登虛境望　武陵漁客躡仙蹤

其五

不分明處似分明　花樣芳菲玉樣清　千種柔情渾似水　一番歡笑最多情

其六

水映桃花酒滿巵　勸君滿酌不須辭　情深似水流難盡　月曉風清露白時

二〇〇二年

無題七律二首（效《疑雲集》體）

其一

芳齡二八玉無瑕　脈脈含情解語花　筍指纖纖逾月白　柳腰嫋嫋立風斜
朝匀脂臉三分醉　晚暈香腮五色霞　生小風流縈雪絮　莫教美玉倚蒹葭

其二

美人小立畫樓中　咫尺蓬山恨路窮　無限夕陽留晚照　有緣剩墨賦深衷
芙蓉出水嬌尤豔　犀管題詞句未工　料得瓊樓高十二　西風吹夢夢難通

二〇〇三年

無題七絕二十首（集句）

其一

南望愁雲鎖翠微（唐·韋　莊）　十年相望兩依依（唐·李　涉）
錦箋寄意情難敘（今·黄潤蘇）　芳草王孫暮不歸（唐·韋　莊）

其二（集唐）

身在仙宮第幾重（韓　愈）　白雲斜掩碧芙蓉（李　涉）
若教解語應傾國（羅　隱）　會向瑤臺月下逢（李　白）

其三

紅樹花迎曉露開（唐·張　祜）　似曾相識燕歸來（宋·晏　殊）
金釵醉彈迎春髻（金·元好問）　小白長紅越女腮（唐·李　賀）

其四

雙鬟悄立整羅裳（明·楊傳楹）　待月欄杆嫵媚娘（近·樊增祥）
見我佯羞頻顧影（唐·李商隱）　簫歌聲裏識蕭郎（明·陸卿子）

其五

邂逅無端出餞遲（唐·杜　甫）　心中方寸自相知（梁·吴　均）
眸凝淥水波微動（明·錢　福）　笑剪燈花學畫眉（唐·鄭　谷）

其六

庭院清香早放梅（今·成朝柱）　無人不道看花回（唐·劉禹錫）
攀花笑入春風裏（唐·曹　唐）　且盡生前有限杯（唐·杜　甫）

其七

瑤池阿母綺窗開（唐·李商隱）　天賜臙脂一抹腮（唐·羅　隱）
豆蔻香生新浴後（清·陳裴之）　太真含笑入簾來（唐·張　祜）

其八（集唐）

金鳳羅衣濕麝熏（韋　莊）　天葩朵朵吐奇芬（李商隱）
扇裁月魄羞難掩（李商隱）　髮挽巫山一段雲（李群玉）

其九

更與殷勤唱渭城（唐·劉禹錫）　瑤琴能寫此時情（唐·雍裕之）
千絲碧藕玲瓏腕（清·吳偉業）　意態由來畫不成（宋·王安石）

其一〇

金屋修成貯阿嬌（唐·李商隱）　海棠銀燭度春宵（元·柯九思）
舞低楊柳樓心月（宋·晏幾道）　洞裏仙人碧玉簫（唐·顧　況）

其一一

山色初明水色新（唐·白居易）　綠蘿如帳草如茵（唐·許　渾）
天然玉貌鉛紅淺（宋·晁補之）　柳眼桃腮領略春（宋·黃公度）

其一二

無雙才子掃眉娘（清·吳偉業）　斜溜嬌波映玉郎（明·楊傳楹）
花睡柳眠春自懶（宋·陸　游）　不知何處是他鄉（唐·李　白）

其一三

謝庭風韻婕妤才（唐·竇　常）　金榜珠簾入夜開（唐·武平一）
重剪銀燈溫舊夢（清·陳裴之）　無勞海上問蓬萊（唐·劉　憲）

其一四（集唐）

影伴妖嬈舞袖垂（溫庭筠）　玉珂瑤珮響參差（杜　牧）

纖腰舞盡春楊柳（薛　能）　又向壺中傷別離（李商隱）

其一五

蝴蝶翩翩燕子忙（宋·陸　游）　酒旗搖處束行裝（清·余　笛）
今宵剩把銀缸照（宋·晏幾道）　一曲伊州淚萬行（唐·溫庭筠）

其一六

幾番風信到梅花（明·居　節）　送盡年華與夢華（近·易順鼎）
畫裏綠楊堪贈別（清·吳偉業）　可憐一步一天涯（宋·樓　鑰）

其一七

彩繩斜掛綠楊煙（宋·僧惠洪）　雲淡風輕近午天（宋·程　顥）
人面不知何處去（唐·崔　護）　楊花風軟過鞦韆（唐·韓　偓）

其一八（集唐）

長亭一望一徘徊（吳　融）　暮背寒塘載月回（秦韜玉）
此夜腸斷人不見（顧　況）　更無雲雨到陽臺（劉言史）

其一九

雲樹深深碧殿寒（唐·崔　櫓）　百年慚痛淚欄杆（唐·韓　愈）
樓前暗綠分攜路（宋·吳文英）　菡萏香銷翠葉殘（唐·李　璟）

其二〇（集唐）

迢遞重廊舊寄居（許　渾）　不才多病故人疏（孟浩然）
青楓江上秋天遠（高　適）　腸斷蕭娘一紙書（楊巨源）

無題八首

二〇〇三年

其一

閒將筆墨寫相思　嘔盡心肝亦太癡　記得當年陳跡杳　煙雲過眼鬢如絲

其二

身世飄零感不禁　愛才兼有惜花心　豈知繡閣憐儂意　惹起相如一曲琴

其三

何期愛葉曉昏侵　萬縷情絲繫寸心　一點靈犀誰解得　詩詞都是斷腸吟

其四

已被柔絲一縷牽　愈思解脫愈纏綿　心猿縱有千般巧　逢此情魔也惘然

其五

鄉心遠隔路迢迢　幸有幽芳慰寂寥　魂夢常思倩女影　詩詞時唱念奴嬌

其六

因拘禮義難如願　非為功名始折腰　我欲識情情不斷　客中猶有可憐宵

其七

黃昏脈脈倚高樓　望斷飛鴻入暮秋　紅袖青衫無限意　可憐緣福未雙修

其八

青衫灑淚千秋濕　紅粉清才萬古香　慚愧親朋遠相訪　卅年回首倍淒涼

無題九首（次鄒吉玲女史《無題》九首原玉集句）

二〇〇四年

碧玉生香無點瑕　情能禮義最堪嗟　紅顏銷盡知無補　願結來生並蒂花

其一

玉手和煙弄一枝（唐·張　祜）　花飛老去願春遲（唐·杜　甫）
珊瑚枕上千行淚（唐·李　紳）　錦字挑成寄遠詩（宋·陸　游）

其二

事如春夢了無痕（宋·蘇　軾）　畢竟三生少舊根（近·靜　庵）
獨坐黃昏誰是伴（唐·白居易）　紅閨鎮日掩重門（明·王彥泓）

其三

蕉花紅到綺窗前（清·錢　杜）　夢裏扁舟水接天（宋·陸　游）
欲織相思花寄遠（唐·李商隱）　愛河滾滾苦無邊（近·佚　名）

其四

一架荼蘼送晚春（宋·陸　游）　雨鈴淒咽獨傷神（近·徐枕亞）
鶯啣蝶弄芳菲盡（唐·楊　凝）　猶是春閨夢裏人（唐·陳　陶）

其五

朝陽晴照綠楊煙（唐·薛　能）　起拂多羅整翠鈿（明·王彥泓）
深院隔簾人寂寂（唐·韓　偓）　東風啼鳥落花天（明·史　瑾）

其六

相望相思明月天（唐·白居易）　梨花堆雪柳吹綿（宋·陸　游）
春風送客翻愁客（明·徐　熥）　何處雙砧擣暮煙（唐·韋　莊）

其七（集唐）

嫁得蕭郎愛遠遊（于　鵠）　為君沽酒暫淹留（張　籍）

枕前人去空庭暮（劉言史） 深鎖春光一院愁（劉禹錫）

其八（集唐）

一生襟抱向誰開（杜　甫） 青鳥西飛竟未回（李商隱）
日落長沙秋色遠（李　白） 為君扶病上高臺（劉禹錫）

其九

雲散星離又十年（清·朱彝尊） 憶君迢迢隔青天（唐·李　白）
山牽別恨和腸斷（唐·羅　隱） 愁見孤城落日邊（唐·王　維）

附錄　郗吉玲《無題》九首原作（見《華夏吟友》第五卷之三五八頁）

其一

庭院深深鎖蕙枝　病中難起恨歸遲　秋風不解憐香意　何苦翻儂春怨詩

其二

舊淚痕添新淚痕　歎無利刃割情根　關雎易賦恨難寫　紅雨一庭深閉門

其三

一身春懶倚窗前　況復撩人三月天　蓮頰輕紅因病損　新愁又上翠眉邊

其四

燕子啣來二月春　花開時節暗傷神　楚山湘水千千里　祇見雲箋不見人

其五

脈脈春愁柳帶煙　盈盈妝淚濕花鈿　杜鵑閣外啼紅雨　又是人間二月天

其六

小鳥清啼二月天　春閨復惹恨綿綿　淚痕流不到郎處　卻灑長堤楊柳煙

其七

清明三月踏莎遊　焉得韶光畫裏留　春色惱人今始信　雨絲風片不勝愁

其八

桃花落盡杏花開　人去天涯沒信回　彩筆閒揮憑玉案　香啼暗灑對窗臺

其九

孤負春光又一年　妝臺寂寞困人天　關情最是梧桐雨　慣送秋聲到枕邊

無題（集句）

二〇〇四年

辭家見月幾回圓（唐·岑　參）
愁鬢明朝又一年（唐·高　適）
腸斷青山望明月（唐·白居易）
空將哀淚灑吳天（金·元好問）
美人娟娟隔秋水（唐·杜　甫）
漢水楚雲千萬里（唐·劉長卿）
萬里煙波也夢君（唐·岑　參）
洞房昨夜春風起（唐·岑　參）
壽陽公主嫁時妝（唐·李商隱）
比翼和鳴雙鳳凰（唐·盧　綸）
昨夜月明渾似水（唐·韋　莊）
碧雲仙曲舞霓裳（唐·張　祜）
紅綻櫻桃含白雪（唐·李商隱）
眉娘自比初三月（近·樊增祥）
卿須憐我我憐卿（明·馮元元）
欲說還休休欲說（今·予　婧）
並蒂芙蓉本自雙（唐·杜　甫）
紫薇花對紫薇郎（唐·白居易）
曾經滄海難為水（唐·元　稹）
除卻溫柔不是鄉（明·馮夢龍）
無奈風塵催短髮（明·李東陽）
淩波仙子生塵襪（宋·黃庭堅）

玉人湘管畫簾深（清·吳偉業） 萬里關河驚契闊（宋·陸　游）
歸路迢迢又夕陽（唐·李　中） 天涯一望斷人腸（唐·孟浩然）
憶君遙在瀟湘月（唐·王昌齡） 塞北江南萬里長（唐·王昌齡）

二〇〇四年十一月

無題集句十首

其一

斷腸分手各風煙（唐·杜　甫） 花落鶯啼又幾年（宋·胡　宿）
終日望君君不至（宋·馮延巳） 鳳樓空鎖月明天（唐·杜　牧）

其二

雲雨荒唐憶楚娥（清·吳偉業） 醒來無奈月明何（明·丁鶴年）
湘江竹上痕無限（唐·李商隱） 不道相逢淚更多（明·徐　㶿）

其三

一燈明暗夜如何（金·元好問） 永巷長年怨綺羅（唐·李商隱）
盡日凝眸明鏡裏（清·王士禛） 一生惆悵為伊多（唐·吳　融）

其四（以下集唐）

借問因何太瘦生（李　白） 多情卻似總無情（杜　牧）
分明似訴文君恨（李　益） 冰簟銀牀夢不成（溫庭筠）

其五

吳宮芳樹晚沉沉（高　蟾） 不買長門買賦金（羅　虬）

剪取吳淞半江水（杜　甫）　波瀾倒瀉入君心（方　干）

其六

朱唇不動翠眉顰（李　涉）　重見雲英掌上身（羅　隱）
自別花來多少事（張　籍）　分明說向夢中人（權德輿）

其七

斗酒忘言良夜深（錢　起）　月華偏照此時心（權德輿）
春愁無限莫相問（趙　嘏）　對酒悲歌淚滿襟（錢　起）

其八

冷灰殘燭動離情（李商隱）　一片傷心畫不成（高　蟾）
對酒共驚千里別（盧　肇）　相思迢遞隔重城（李商隱）

其九

水滿清江花滿山（儲光羲）　尋君不遇又空還（韋應物）
渾無酒泛金英菊（鄭　谷）　月冷空庭竹影閒（李　中）

其一〇

萬里清江萬里天（韓　偓）　滿樓明月鏡湖邊（張　喬）
柳絲挽斷腸牽斷（李商隱）　客路秋風又幾年（張　籍）

無題七律一章　二〇〇五年

舞袖香銷羅幌空　伯勞飛燕各西東　恩情易斷憐秋扇　雲雨難忘寄漸鴻
消息今無青鳥至　星河昔有鵲橋通　不堪朝暮陽臺下　長遣襄王憶夢中

無題二首

二〇〇五年

其一

白雲碧水暗相期　盡日思君君不知
記取當時臨別淚　惟看新月吐蛾眉

其二

每逢花月寄閒吟　腸斷春風一寸心
祇恨眼前光景少　畫簾疏雨已春深

無題四首（集句）

二〇〇五年

其一

愁將孤月夢中尋（唐·王昌齡）
四海有天堪寄夢（清·黃周星）
祇願君心似我心（宋·李之儀）
星河寥落水雲深（唐·張　祜）

其二

一簾花月可憐春（明·王廷陳）
木葉下時驚歲晚（明·李東陽）
減盡朱顏白髮新（宋·陸　游）
天涯猶有未歸人（唐·徐　熥）

其三

娟娟紅淚滴芭蕉（唐·韋　莊）
明月有情還約我（清·袁　枚）
小篆吹香已半銷（宋·陸　游）
黃鶯日日向花嬌（唐·盧照鄰）

其四

歎息人間萬事非（唐·杜　甫）
飛紅萬點愁如海（宋·秦　觀）
辛夷花盡杏花飛（唐·錢　起）
楊柳橋邊人未歸（唐·羅　鄴）

再疊前韻（集句）

其一

歸夢悠揚何處尋（唐·權德輿）　一生孤負看花心（唐·張文新）

故人情怨知多少（元·薩都剌）　秋雨瀟瀟雲夢深（唐·李　端）

其二

流水空山自在春（清·汪士慎）　今年花似去年新（宋·梅堯臣）

寸心未與年俱老（宋·陸　游）　老醉花間有幾人（唐·劉禹錫）

其三

更聞殘雨滴芭蕉（唐·徐　凝）　強半光陰醉裏銷（宋·歐陽修）

萬綠叢中紅一點（宋·王安石）　芳名題作女兒嬌（近·金拱北）

其四

老覺人間萬事非（宋·蘇　軾）　剪刀風裏燕初飛（近·易順鼎）

家人折斷門前柳（唐·李　賀）　萬古春歸夢不歸（唐·溫庭筠）

無題（調寄《浣溪沙》）

千里寒雲隔斷蓬　可憐細葉小桃紅　錦屏人去畫樓空

小閣窗低堪待月　垂楊絮軟豈宜風　相思人在夢魂中

二〇〇五年

無題（調寄《玉樓春》）

別來南北思尤切　萬恨千愁凝碧血　溶溶月魄下西窗　漏盡三更燈未滅

二〇〇五年

且將離索書詞闋　欲奏新聲簫管咽　盈盈淚眼倚欄杆　萬種相思憑夢說

無題（七絕一首）

夢中相見更娉婷　二月春光展畫屏　惆悵別時花嫋嫋　覺來江月過前汀

二〇〇五年

無題集句四首（次荃芝兄·新韻）

二〇〇五年三月

其一

揚子江頭楊柳春（唐·鄭　谷）　小屏紅燭話冬心（清·龔自珍）
不須更上滄溟望（唐·薛宜僚）　除卻巫山不是雲（唐·元　稹）

其二

千般嬌娜不勝春（唐·劉言史）　肯許相攜訴寸心（明·馮夢龍）
似此星辰非昨夜（清·黃景仁）　夢來何處更為雲（唐·李商隱）

其四

卿卿不惜瑣窗春（唐·李商隱）　料得君心似我心（唐·劉得仁）
試向三生石上證（清·唐　英）　欲書花葉寄朝雲（唐·李商隱）

其四

花飛紅雨送殘春（唐·殷堯藩）　不把人間事繫心（唐·杜荀鶴）
萬里秋風孤館夢（宋·汪元量）　千山紅樹萬山雲（唐·方　干）

附錄　荃芝兄原作（新韻）

行年已屆七三春　苦辣酸甜記在心　無慮無憂無怨悔　思如潮水友如雲

無題（五律一首）

二〇〇五年十月二十一日

小序：昨宵夢裏吟哦，今晨醒來衹記得『雨餘芳草地，風捲落花天。』二句，披衣起，續成一律詩云：

惆悵畫堂前　幽懷獨悄然　雨餘芳草地　風捲落花天
綠水明斜日　春山淡暮煙　相思頻入夢　心曲彩雲邊

無題四首（集韓冬郎句）

二〇〇五年十二月十五日

其一

園外閒坊半掩門　苑中青草伴黃昏　三春日日黃梅雨　南浦離愁入夢魂

其二

輕風滴礫動簾鉤　腸斷青春兩處愁　未解有情夢梁苑　夜深無伴倚空樓

其三

兩眉愁思向橫塘　醉裏回頭問夕陽　錦字織成添別恨　一生贏得是淒涼

其四

一枝紅杏出牆頭　鳳子輕盈膩粉腰　春色轉添惆悵事　紅薔薇映綠芭蕉

再集韓冬郎句四首

二〇〇五年十二月十五日

其一

眼意心期卒未休　挑燈彎盡兩眉愁　桃花眼裏汪汪淚　忍到更深枕上流

其二

江南行止忽相逢　短袖窄衣鑾錦紅　四體著人嬌欲語　何曾自媚妒吳宮

其三

宮樣衣裳淺畫眉　全身無力向人垂　竹園相接春波暖　聲韻宜裁錦繡詩

其四

一聲歌盡各東西　寒夜歸村月照溪　惆悵擷芳人散盡　隋家宮柳拂金堤

無題五首（集李義山句）

二〇〇五年十二月二十日

其一

欲入盧家白玉堂　未妨惆悵是清狂　柔腸早被秋眸割　不信年華有斷腸

其二

年華憂共水相催　一寸相思一寸灰　借問釵頭雙白燕　不知香頸為誰回

其三

為有雲屏無限嬌　當時歡向掌中銷　人生豈得輕離別　莫損愁眉與細腰

其四

花徑逶迤柳巷深　小欄亭午囀春禽　離鸞別鳳今何在　遠隔天涯共此心

其五

遠書歸夢兩悠悠　樓上黃昏欲望休　我為傷春心自醉　雨中寥落月中愁

無題四首（集句）

二〇一一年三月

其一

好雲無處不遮樓（唐·羅　隱）　鳳泊鸞飄別有愁（近·龔自珍）

記得當時明月在（宋·晏幾道）　一聲柔櫓採菱舟（宋·陸　游）

其二

獨上江樓思悄然（唐·趙　嘏）　憶君迢迢隔青天（唐·李　白）
風林脱葉山容瘦（宋·陸　游）　翠袖天寒最汝憐（清·紀　昀）

其三

獨倚危樓四望遥（唐·韋　莊）　水邊垂柳赤欄橋（唐·顧　況）
欲知無限傷春意（宋·朱　峰）　人事音書久寂寥（唐·杜　甫）

其四

青鏡流年易擲梭（金·元好問）　身名身事兩蹉跎（唐·白居易）
蝸牛角上爭何事（唐·白居易）　富貴空悲春夢婆（金·元好問）

無題五首（調寄《憶江南》）　二〇一一年六月十六日

其一

天涯客　清夢蠡湖濱　月下琴音懷倩影　花前心事悟文君　惆悵意中人

其二

天涯憶　往事記從頭　花好月圓情款密　山盟海誓意綢繆　繾綣復溫柔

其三

天涯遠　水復又山重　七五年高神思合　三千路遠夢魂同　何日更相逢

其四

天涯望　碧水映斜暉　地迥天高鱗羽渺　山長水遠雪霜飛　倦客幾時歸

其五

天涯路　身世一行舟　人事滄桑隨日月　風雲變幻自春秋　煙雨任沉浮

無題十首（檢『尤』字韻集王次回句）　二〇一一年八月二十四日

其一

瓜字年華未解愁　含情不語自風流　玉簫橋畔從容立　分照垂楊月一鉤

其二

日西初見下妝樓　鬟影娟娟迴不猶　待月時光流影動　東風楊柳為誰柔

其三

菱花鏡小自梳頭　貼翠勻鉛兩未休　洗罷玉纖還掠鬢　輕羅紈扇不遮羞

其四

最銷魂處是雙鉤　簾底丰神眼一偷　欲乞瓊漿更無路　藍橋玉杵竟何求

其五

夕陽紅對玉搔頭　咳唾風生絮語柔　賺得伊人一回首　辛夷花下獨勾留

其六

重門寂寂擁金甌　未必天衢踏月遊　睹面心期通一盼　三星邂逅與心謀

其七

芳年似水去難留　新月窺人暮色浮　妒煞嫦娥雙影瘦　良緣莫漫問牽牛

其八

繡幃春曉半垂鉤　楊柳依依拂翠樓　榾柮燒殘香不散　思量殘夢懶梳頭

其九

芳塵銷歇詠三秋　紅葉詩情託御溝　惆悵夜闌金鼎冷　眉纖長鎖鏡中愁

其一〇

碧玉年華似水流　夜深獨自看牽牛　情根我亦蠶絲緊　鎮日垂簾不上鈎

二〇一一年八月二十五日

無題三首（集王次回句）

其一

淡雲微雨早春天　無奈春來別緒牽　記得深宵攜手處　鴛鴦攣轉不成眠

其二

每將緣份問三生　縱使無情也有情　莫說雙飛無鳳翼　可知好事本天成

其三

滿鏡春山自畫時　個中心事又誰知　巫峰十二深藏夢　倘許重來豈礙遲

二〇一一年八月二十六日

無題（效友人《傷別離》·集唐）

其一

君去春江正渺茫（孟浩然）　數杯浮蟻咽離腸（李咸用）
珊瑚枕上千行淚（李　紳）　拭卻千行更萬行（劉　皂）

其二

庭中長見好花開（李咸用）　月入閒窗遠夢回（李　中）
料得襄王惆悵極（劉言史）　去年天氣舊亭臺（鄭　谷）

其三

金花臘酒解酴醿（賈　至）　君向東州使我悲（王　維）

明日花前誰共醉（王　嵒）　數行紅淚滴清池（劉禹錫）

其四

柳絲輕軟小桃香（高　駢）　暫醉佳人錦瑟旁（杜　甫）

日暮酒醒人已遠（許　渾）　黄昏獨自立重廊（柯　棠）

其五

花落梧桐鳳別凰（薛　濤）　江南江北互相望（王　勃）

孤猿更叫秋風裏（戴叔倫）　從此歸舟客夢長（王昌齡）

其六

烏棲庭樹夜悠悠（李　中）　勾起新愁與舊愁（孟淑卿）

惟有別時今不忘（杜　牧）　離心一起淚雙流（裴夷直）

其七

看山對酒君思我（李商隱）　春向江頭待使君（李山甫）

回望長安五千里（李　郢）　目隨征雁過寒雲（李　涉）

其八

離心忽忽復凄凄（杜　牧）　北斗星移銀漢低（王　偃）

坐恐玉樓春欲盡（崔國輔）　一封書寄數行啼（王昌齡）

其九

斜暉脈脈水悠悠（溫庭筠）　水帶離聲入夢流（羅　隱）

卻憶長亭回首處（李商隱）　庭中竹撼一窗秋（杜荀鶴）

其一〇

自嘆清明在遠鄉（權德輿）　落花沉澗水流香（皎　然）
雲藏巫峽音容杳（劉禹錫）　月落猿啼亦斷腸（孟浩然）

其一一

江上逢君春正闌（戴叔倫）　不堪深夜鳳池寒（權德輿）
憐君更去三千里（劉長卿）　楚水吳山道路難（賈　至）

其一二

別君添我鬢邊霜（方　干）　離恨空隨山水長（賈　至）
獨坐黃昏誰是伴（白居易）　三年楚客淚沾裳（崔國輔）

其一三

繡座移來玉案邊（王　建）　深含媚靨嫋朱弦（劉言史）
洛城一別三千里（杜　甫）　不見嫦娥二十年（李　涉）

其一四

惆悵人間多別離（陳　羽）　悠悠斜日照江蘺（李　中）
風霜滿面無人識（韓　愈）　落盡瑤花君不知（白居易）

其一五

辭家遠客愴秋風（楊　憑）　萬里相思一夜中（來　鵠）
三楚田園歸未得（溫庭筠）　天涯此別恨無窮（劉長卿）

其一六

鬱金堂北畫樓東（李商隱）　溪葉先秋臘樹紅（王　建）
弔影分為千里雁（白居易）　自憐羈客尚飄蓬（溫庭筠）

其一七

行盡關山萬里餘（柳宗元）　數行鄉淚一行書（白居易）
如今身是他州客（張　籍）　明月樓中音信疏（李　白）

其一八

百花如繡照深閨（權德輿）　十二峰頭月欲低（李　涉）
離別苦多相見少（劉禹錫）　故人相去隔雲泥（顧　況）

其一九

寒煙漠漠草萋萋（羅　隱）　玉樹花飄鳳失棲（司空圖）
獨倚欄杆正惆悵（張　蠙）　香魂應上窈娘堤（羅　虬）

其二〇

竹寒沙碧浣花溪（杜　甫）　桃李無言鳥自啼（竇　庠）
醉不成歡慘將別（白居易）　千行珠淚滴雲泥（顧　況）

其二一

天明東上閣門開（王　建）　一曲離歌酒一杯（許　渾）
何日池塘春草綠（李群玉）　簫聲重繞鳳凰臺（李　嶠）

其二二

自憐羈客尚飄蓬（溫庭筠）　江館棠梨葉正紅（韓　偓）
不見水雲空有夢（溫庭筠）　沃愁惟怕酒杯空（李　中）

其二三

閒詠風流小謝詩（李　涉）　黄金何日贖蛾眉（白居易）
酒闌卻憶十年事（杜　甫）　前後相思兩不知（白居易）

其二四

此去秦關路幾多（李商隱）　曾蒙丹鳳借枝柯（顧　況）
明眸皓齒今何在（杜　甫）　無奈春來入夢何（杜荀鶴）

其二五

木蘭舟晚泊春潭（齊　己）　天色微涼酒半酣（陸龜蒙）
更把玉鞭雲外指（韋　莊）　一生惆悵憶江南（孫元晏）

其二六

客舍并州已十霜（賈　島）　碧幢紅旆照河陽（白居易）
繁弦促管昇平調（陳去疾）　卻是猿聲斷客腸（張　祜）

其二七

淺紅箋紙小銀鉤（白居易）　腸斷青春兩處愁（韓　偓）
人世幾回傷往事（劉禹錫）　白雲東去水長流（秦　系）

其二八

腸斷紅箋幾首詩（李建勳）　回頭一顧一相思（閻朝隱）
綠楊千里無青鳥（韋　莊）　終日思君君不知（盧照鄰）

其二九

欲上隋堤舉止遲（韋　莊）　白楊今日幾人悲（杜　甫）

秋來見月多歸思（雍　陶）　夢裏關山話別離（王　涯）

其三〇

征帆初掛酒初酣（張　泌）　憶昔初年二十三（白居易）
記得竹齋風雨夜（韋　莊）　夢中猶自憶江南（陳去疾）

其三一

關河萬里路悠悠（劉　滄）　遠雁傷離幾度秋（楊巨源）
紫豔半開籬菊靜（趙　嘏）　望鄉孤客倚高樓（韋　莊）

其三二

年來白髮欲星星（嚴　維）　觸目離愁怕酒醒（李　中）
往事不知多少夢（羅　隱）　牆西明月水東亭（白居易）

其三三

吳越風煙祇自諳（郎士元）　九疑愁絕鎖煙嵐（張　泌）
天邊宿鳥生歸思（韋應物）　兩鬢垂絲已不堪（方　干）

其三四

飄零今日在天涯（柳宗元）　又見秦城換物華（張　蠙）
腸斷東風各回首（韋　莊）　夜來風雨送梨花（溫庭筠）

其三五

楊柳青青滿路垂（戴叔倫）　半含春雨半含絲（溫庭筠）
自慚不及鴛鴦侶（魚玄機）　萬里惟留楚客悲（劉長卿）

唱酬

奉和余正新先生《愛河滾滾苦無邊》 原玉 一九七二年

其一

愛河滾滾苦無邊　殘月孤燈靜可憐　舊雨不來將百日　新詩懶寄有三年

天涯渺渺難為約　別恨般般怕寫箋　我未吟成七個字　淚珠先結露珠圓

其二

一自星分已數年　愛河滾滾苦無邊　看穿世事三更夢　識破人情一片箋

明月白雲遊子意　青山綠水布衣憐　客中轉念天涯客　哪得陽臺夜夜圓

其三

曉來夢醒不成年　獨倚欄杆羨月圓　愧我時時腸欲斷　愛河滾滾苦無邊

囊空身瘦人何苦　命蹇魂癡意盡憐　堪歎有情今遠隔　重勞筆底墨流箋

其四

斷絕音書最可憐　再將消息寫雲箋　詩成珠玉章章慘　淚滴衣衫點點圓

煙水茫茫應有岸　愛河滾滾苦無邊　淒涼滋味都嚐遍　永晝何長似小年

其五

今生可否得團圓　祝告天公須見憐　三月別離情似夢　一燈黯淡夜如年

蟲聲唧唧來深院　清淚浪浪上彩箋　畢竟情緣終是幻　愛河滾滾苦無邊

附錄一　余正新先生原作

其一

愛河滚滚苦無邊　賣盡癡呆祇自憐　盟訂三生如一夢　別來百日似千年

難銷愁恨焚詩稿　卻寄情懷托錦箋　兩地相思空悵惘　西樓望月幾回圓

其二

誤種情根已兩年　愛河滚滚苦無邊　詩多盡是相思句　路遠難傳錦字箋

千種風流勞夢想　十分消瘦有誰憐　金錢夜夜燈前卜　破鏡何時得再圓

其三

空教孤負好芳年　缺月疏桐影不圓　舊事茫茫心欲碎　愛河滚滚苦無邊

身同秋葉輕如許　貌媿梅花瘦可憐　我有閒愁誰解得　倚窗脈脈寫紅箋

其四

不畏人憐畏己憐　悶來焚卻昔時箋　人如隔世離難合　月似多情缺復圓

長夜寥寥愁不已　愛河滚滚苦無邊　高城望斷天涯路　蕭瑟秋風又一年

其五

倚欄怕看月團圓　同命鴛鴦死亦憐　心上話猶如昨日　鏡中人不似當年

杜鵑啼破三更夢　青鳥啣殘五色箋　到底情深終是恨　愛河滚滚苦無邊

附録二　李錦芬先生和答

其一

愛河滚滚苦無邊　薄命紅顔祇自憐　月缺花殘春似夢　衾寒枕冷夜如年

青衫淚灑三江水　紅豆詩傳兩地箋　往事縈懷空悵惘　傷心怕看月團圓

其二

剪燭西窗已數年　愛河滾滾苦無邊　相思欲寄憑紅豆　訊息遙傳藉彩箋
病骨支離還自惜　玉容憔悴有誰憐　舊衣著體難相稱　始覺腰圍漸減圓

其三

韶華似水感流年　月照離人幾度圓　清夜寥寥愁不已　愛河滾滾苦無邊
拋殘血淚終成恨　挑盡銀缸祇自憐　多少衷腸多少恨　一齊都寫入紅箋

其四

捧讀君詩字字憐　淚珠點點上吟箋　銷魂錦帳愁難遣　月照蘭閨夢不圓
淚眼涓涓悲有極　愛河滾滾苦無邊　燒香拜月芸窗坐　強把吟魂惜大年

其五

愁看明月缺還圓　唧唧蟲聲助我憐　祇說身輕偏少福　哪知花好不經年
山長枉作風前約　路遠空煩袖底箋　今古多情同此病　愛河滾滾苦無邊

甲子深秋奉和荃芝道兄《臨別留題》七律原韻　一九八四年

遠客光臨報好音　談今說古互知心　緣由雷義陳重誼　意會高山流水琴
贈米殷情純似玉　題詩妙語貴如金　莫辭薄酒今宵醉　明日關山萬里嶔

附錄　荃芝兄原作（新韻）

久約登臨倍感親　曉來賞菊夜談心　兩腔熱血成一體　一盞醇醪分兩樽
賜教詩文勝萬貫　觀瞻書畫值千金　因緣文字成知己　酬唱吟哦萬象春

奉和錦芬師《席間贈荃芝》原玉

契友今宵藉好風　重逢執手話深衷　吟詩酌酒豪情在　談古論今感慨同
滿室黃花羞蹇命　半生事業歎飄蓬　重逢點筆燈窗下　相對吟哦一笑中

一九八四年

附錄一　錦芬先生原作

長憶先生儒雅風　別來無恙喜相逢　今朝同賞三秋菊　後夜相思兩地同
醉裏挑燈悲劍影　鏡中指髮歎秋蓬　與君共歷風塵路　笑傲滄桑感慨中

附錄二　吴君荃芝兄奉和錦芬先生《席間見贈》原玉三首

其一

長住深山沐雨風　相思夢裏幾回逢　顛顛倒倒隨君共　是是非非與我同
熱血多情心澎湃　春容無賞首飛蓬　從今又得一知己　風雨沉浮顧盼中

其二

地北天南萬里風　有緣幸得再相逢　紅燈高照千株秀　白水長流兩地同
且把衰年付珍重　休教健筆擱荒蓬　年年辛苦猶啼血　喜看群芳笑圃中

其三

思君飽學風　常念少相逢　易得音書遣　難能性格同
傾心培桃李　瀝血歎秋蓬　偶來惆悵意　付與逝波中

一九八八年

奉和謝君嘉德兄《重上廬山》七律一首

重上廬山第幾峰　彩雲深處覓仙蹤　苔封曲徑疑無路　霧鎖蒼松似臥龍
錦繡谷開金翡翠　漢陽峰立玉芙蓉　含鄱口外煙帆遠　望斷家山雲幾重

附錄　嘉德兄原作

舊友新朋牯嶺逢　夜聽溪水旦看松　新晴正好尋花徑　霽雨方宜訪烏龍
雲霧六朝迷邃谷　風帆九派點長空　歸來且盡杯中酒　明日更登五老峰

奉和光庭先生己巳重九遊南山原玉　一九八九年

其一

歲歲重陽節　年年懶出遊　天高鴻雁遠　木落楚江秋
日照丹楓豔　詩題黃菊幽　相逢真快樂　暢敘興悠悠

其二

憶昔秦關上　逍遙自在遊　風高沙障目　雁唳客驚秋
綠蟻三杯醉　黃花滿室幽　歸來憐北國　思緒正悠悠

其三

十載天涯客　名山任我遊　曾觀燕塞雪　今賞故園秋
雨洗匡廬淨　雲浮篁竺幽　詩懷彭蠡闊　吟興自悠悠

附錄　光庭先生原作

今日重陽節　南山作勝遊　登高舒望目　揮筆寫清秋
寺古神龕秀　泉香野老幽　放懷天地闊　詩興自悠悠

奉和光庭先生《漫興》　原玉

萍蹤浪跡未能閒　半世奔波隻影單　北上幽燕臨渤海　西行廣漠越秦關
吟詩未有驚人句　畫竹常宜戛玉竿　卅載天涯人已老　夕陽燁燁滿西山

一九八九年

附錄　光庭先生原作

退休十載賦悠閒　老伴相隨影不單　飲酒敲棋邀契友　賞花讀史掩柴關
常將詩句吟風月　每向池塘把釣竿　如此生涯欣自慰　童顏鶴髪對南山

奉和李璐女史原玉四首

一九九八年

其一

相逢相識話前因　捧讀君詩句句新　廿載別離猶有夢　魚沉雁杳總成塵

其二

難將身世認前因　勘透興衰白髪新　六十年來如一夢　東風無力挽芳塵

其三

落魄秦關會有因　聯珠綴玉墨花新　羨君獨具生花筆　秋水文章不染塵

其四

欲結三生未了因　幾番幽夢月華新　蕙心蘭質姍姍骨　玉潔冰清絕俗塵

附錄　李璐女史原作

關山難越有前因　倏盡殘冬別恨新　變幻浮雲迷蝶夢　滄桑人世化煙塵

奉和某女史七絕原玉四首（集句）　一九九八年

其一

曾識雲仙至小時（唐·李　涉）　吳音嬌軟帶兒癡（宋·蘇　軾）
何當共剪西窗燭（唐·李商隱）　訴盡春愁總不知（清·錢陳群）

其二

聞說幽歡數日癡（明·王彥泓）　一鉤新月是相知（宋·陸　游）
牡丹枝上青春老（宋·陸　游）　又是繁華夢覺時（唐·崔　涂）

其三

欲問孤鴻向何處（唐·李商隱）　蕙心迢遞湘雲暮（唐·劉　滄）
小園香徑獨徘徊（宋·晏　殊）　忽憶故人天際去（唐·白居易）

其四

湘水無情弔豈知（唐·劉長卿）　大江深處月明時（唐·白居易）
劫灰重作江南夢（明·吳偉業）　掩戶留香笑我癡（宋·陸　游）

次原韻再集一首　一九九八年

嬌嬈全在欲開時（唐·鄭　谷）　錦帳佳人夢裏癡（唐·韋　莊）
知有宓妃無限意（唐·李商隱）　憑花說與春風知（宋·陸　游）

附錄　某女史原作

曾記程門立雪時　悠悠一脈總情癡　千回夢裏難忘處　心碎魂飛報你知

奉和會友《送春》七絕四首原玉（集句）　一九九八年

其一

常恨春歸人不歸（宋·歐陽修）　淡然空水對斜暉（唐·溫庭筠）
桃花細逐楊花落（唐·杜　甫）　暮雨江樓燕子飛（近·李希聖）

其二

飛花盡逐五更風（宋·陸　游）　到眼繁華轉眼空（明·唐　寅）
一徑綠茵三月雨（元·虞　集）　西園春事又匆匆（宋·陸　游）

其三

桃花淨盡杏花空（明·唐　寅）　柳浦桑村處處同（唐·趙　嘏）
自是節臨三月暮（明·唐　寅）　綠肥紅瘦柳陰濃（近·吳　仁）

其四

李徑桃蹊覓舊蹤（明·唐　寅）　落花流水自重重（宋·蘇　軾）
與春預定來年約（清·邵挺生）　重聽鶯聲細雨中（唐·劉長卿）

疊前韻（集句）

其一

人去山空鶴不歸（宋·蘇　軾）　更將齋夜憶玄暉（唐·司空曙）
楚煙冪冪久縈恨（唐·司空圖）　萬里長空鳥不飛（唐·高　駢）

其二

春山一雨幾回風（宋·蘇　軾）　浮世悠悠旋是空（唐·司空圖）

寂寞青陵臺上月（唐·儲嗣宗）　衰亡豈可怨匆匆（唐·韓　偓）

其三

花落花飛總是空（明·唐　寅）　了心還與我心同（唐·皎　然）
鶯傳舊語嬌春日（唐·章孝標）　欲解愁腸酒不濃（唐·來　鵠）

其四（集唐）

雲飛花落去無蹤（劉長卿）　雨濕煙和思萬重（姚　合）
人面不知何處去（崔　護）　一生長在別離中（崔道融）

附錄　會友《送春》原作

其一

水滿平沙雁北歸　巢樑新燕競斜暉　可知春日韶光盡　惟有楊花歷亂飛

其二

幾番細雨幾番風　萬紫千紅一掃空　哪管人間寥落甚　清明纔過去匆匆

其三

從此園林花事空　年年別恨古今同　送春我亦傷春客　欲寫新詞墨不濃

其四（新韻）

離亭別罷去無蹤　春到天涯路幾重　灑遍江南三月雨　驪歌一曲淚千傾

奉和會友《湖上》五律一首

一九九八年

彭蠡老漁公　操舟雲水中　騰波迎曉日　破浪趁長風

洲渚蘆花白　江山夕照紅　金樽兼鐵板　醉唱大江東

附錄一　會友原作

欲學老漁公　全家四海中　蛟雷驚雨驟　蛇電掣雲濃
槳破千重浪　帆揚萬里風　豐收多快樂　搖泛任西東

附錄二　國樑兄和韻

願做一漁公　逍遙樂趣濃　衝開迎面浪　劈破打頭風
嘯傲煙霞外　遨遊天地中　常開三面網　任爾去西東

附錄三　謝君嘉德兄和韻

羨煞老漁公　忘機天地中　閒看白浪捲　樂見墨雲濃
鱸美松江水　酒香綠蟻風　輕舟載醉客　嘯詠忘西東

集句五首（謹依曹雲峰老先生《六六感懷》原玉）　一九九八年

其一

少壯幾時奈老何（唐·杜　甫）　還期將壽補蹉跎（今·余正新）
心如老驥常千里（宋·陸　游）　魏武龍興逐逝波（唐·胡　曾）

其二

蕩漾春風綠似波（唐·羅　隱）　門前依舊白雲多（唐·白居易）
野橋沽酒茅檐醉（唐·許　渾）　且放雲山入浩歌（金·元好問）

其三

人情閱盡見交難（明·李東陽）　世上浮名好是閒（唐·岑　參）
多難不堪容鬢改（唐·李　中）　暮年詩賦動江關（唐·杜　甫）

其四

長策胸中不復論（唐·秦　系）　閒將詩句問乾坤（唐·杜荀鶴）
功名富貴知何物（金·元好問）　不羨侯家立戟門（唐·司空圖）

其五

魚鳥依然笑我頑（宋·蘇　軾）　算來爭得此身閒（唐·吳　融）
花逕二月桃花發（宋·陸　游）　終日看山不厭山（宋·王安石）

附錄一　先生《六六感懷》原作

其一

六六年華奈老何　不堪回首歎嗟跎　滄桑閱盡胸懷闊　滾滾長江滾滾波

其二

得失榮枯逐逝波　悲歡離合眼前過　是非成敗輸青史　爵祿功名付短歌

其三

高山流水知音難　澹泊相交豈等閒　梅鶴風儀堪作伴　何須尋杵叩藍關

其四

周溪茅舍好棲身　玩水遊山足怡神　是是非非風過耳　修身養性臥柴門

其五

林泉野老也癡頑　求得浮生盡日閒　一臥西郊驚歲晚　時來托體北邙山

附錄二　利秉將依韻《感懷》五首

其一

花甲重輪奈老何　一生事業歎蹉跎　月明獨酌東窗下　且把窮愁付酒波

其二

中華卅載起滄波　鬭鬭爭爭災難多　今日賢愚知誰是　幾番風雨幾番歌

其三

茫茫人世路艱難　明月清風與我閒　萍水相逢皆笑語　阿儂從不設機關

其四

蹇仄年來貧病身　攤書覓句卻精神　吟哦鎮日枯腸斷　客少何妨晝閉門

其五

老來事事總癡頑　偷得浮生盡日閒　趁此夕陽無限好　杖藜攜酒看珠山

附錄三　吴荃芝和韻

小序：讀利秉將和其岳父的感懷詩，頗感言詞淒切，字裏行間，表現無限的失落。憫甚，遂步其原韻和而以慰之。

其一

世事浮雲轉眼過　何須面壁歎蹉跎　且將好酒臨花飲　時駕輕舟泛小波

其二

滿腹牢騷付逝波　眼前風物寄情多　偶然往事來驚夢　宛若尋常一段歌

其三

翁婿情深逾二難　唱酬心事永難閒　迢迢遠隔情何限　相惜惺惺總有關

其四

酒膽詩腸聚一身　豪情吟得句傳神　詩文自古千年壽　我欲從師夜叩門

其五

心要童真皮要頑　岳翁無事可幫閒　不妨戲彩裝嬌態　唱首兒歌樂泰山

其六（疊前韻）

老而彌堅性愈頑　新詩未就夢難閒　今生事業難如願　不肯冥途過兩山

奉和光庭先生《移居縣城東湖書懷》　原玉

一九九九年

其一

好個幽棲處　柴門對水鄉　柳垂三徑綠　花發四時香
把卷臨湖靜　吟詩興味長　荷風頻送爽　坐愛北窗涼

其二

水秀山青處　先生樂此鄉　詩心同月朗　文筆勝梅香
書裏奇觀好　湖邊幽思長　槳聲驚午夢　柳下綠陰涼

其三

湖天開一碧　愛此水雲鄉　客至千卮少　才高八斗香
人清同竹瘦　詩思共天長　雨過南山翠　風生枕簟涼

其四

湖光山色裏　居此似仙鄉　穗吐嘉禾秀　花開豆蔻香
南園梅子熟　東苑柳絲長　河漢秋期近　松風一笛涼

其五

尼山耕種久　學子遍城鄉　桃李芬芳豔　文章錦繡香
論詩嫌日短　看劍引杯長　月上窗前柳　荷風送晚涼

附錄　光庭先生原作

篁竺峰前叟　離居大樹鄉　怡情山水好　娱目藕花香
步月南廊近　尋芳北廓長　東湖秋月上　坐愛晚風涼

奉和予婧女史《偶成》原玉四首　二〇〇〇年

其一

載酒尋芳訪草堂　杏花村裏午橋莊　投閒自有書為屋　歸隱何須笏滿牀
翠竹千竿春雨細　新詩滿紙墨花香　陽春白雪誰能和　笑倩紅裙嫵媚娘

其二

碧玉橋西一草堂　翠蘿深處杏花莊　亭中渡酒流金盞　松下彈琴坐石牀
雨後山林生淑景　暖回草木發幽香　座中人唱黃金縷　絕勝當年蘇小娘

其三

十日春陰不下堂　今朝乘興過山莊　羊腸細路連雲屋　柳巷清陰覆石牀
山水閱人青未了　詩文傳世玉生香　水晶簾外花千樹　不負東風窈窕娘

其四

浣花溪畔少陵堂　輞水之旁摩詰莊　渴飲杏園花釀酒　醉眠雲屋草鋪牀
千張彩墨千秋畫　萬首新詩萬古香　對鏡應憐人瘦損　風流誰共賦崔娘

附錄一　予婧女史原作（小序：《偶成》七律一首，請斧正並乞和章。）

欲學當年杜草堂　柳陰夾道似仙莊　鶴迎好客來雲屋　燕蹴飛花點石牀
幸自開樽聞雅樂　敢煩匡坐爇沉香　衹愁無著春愁處　兩鬢蕭疏似衛娘

附錄二　吴君荃芝兄和韻二首

小序：老友李菁近得友人《偶成》一首，轉示囑和，我興之所至，依韻和之。

其一（庚辰春節祝會中老友六十三大壽）

不問烏衣顯廟堂　獨玩火土創瓷莊　青花五彩陳盈室　畫卷詩書擱半牀
過海飄洋留史跡　更年換代姓名香　莘莘學子趨如市　教誨諄諄逾杜娘

其二（庚辰春節懷故）

是耶天堂抑草堂　昏昏難辨蝶和莊　且將愛恨埋胸臆　莫渥窮愁哭石牀
情滿千江憑翰墨　淚飛萬點寄余香　年年啼血春歸盡　不見魂歸荊女娘

次前韻酬答荃芝道兄二首　二〇〇〇年

其一

珠山之麓訪茅堂　喚渡昌江到杏莊　載月閒乘蘭桂棹　看雲高臥竹方牀
滿園桃李株株秀　數卷詩文字字香　自有幽人觴詠樂　筵前何用柘枝娘

其二

小舟搖曳訪山堂　棹過長橋到柳莊　紅杏村中沽酒旆　綠楊陰裏譜琴牀
滄桑變幻繁華夢　翰墨猶存姓字香　且對夕陽歌樂府　何須仙曲紫雲娘

敬酬曹雲峰老先生賜贈七律

聲望傳聞響若雷　芬芳桃李滿園開　德高岱嶽千秋範　文過陳王八斗才
萬里風雲開眼界　一庭花月勝蓬萊　詩成字字如珠玉　何用金刀錦繡裁

二〇〇一年

又次先生七絕原玉集句四首

其一（集唐）

一篇佳句占陽春（段成式）　何用浮名絆此身（杜　甫）
每遇登臨好風景（劉禹錫）　眼前猶見詠詩人（張　籍）

二〇〇一年

其二

東風二十四回春（唐·張　籍）　抱膝燈前影伴身（唐·白居易）
滴露研朱點周易（唐·高　駢）　非人磨墨墨磨人（宋·蘇　軾）

其三

客中又過一年春（宋·陸　游）　修竹千竿伴老身（唐·嚴　維）
欸乃一聲山水綠（唐·柳宗元）　扁舟聊作畫中人（宋·陸　游）

其四（倒疊前韻）

我是天公度外人（宋·陸　游）　看山看水自由身（金·元好問）
西州門外花千樹（唐·溫庭筠）　萬紫千紅總是春（宋·朱　熹）

附錄　先生原作（重溫《六六感懷》兼謝李菁《金陵之行》）

其一

無情歲月不留春　倏忽已臨遲暮身　自愧頹唐甘偃息　感君憐我布衣人

其二

情深誼厚似陳雷　獨羡幽蘭為爾開　壯志雄心舒偉業　鴻才大略氣弘恢
金陵覽勝歡猶在　古跡登臨樂共陪　飽賞風光開視野　忝依玉樹感君裁

奉和謝君嘉德兄《三峽》五律集唐

二〇〇一年十一月

小序：一九九四年十二月，長江三峽工程正式開工。一九九七年十一月，大江截流。二〇〇二年水位上昇一三五米。二〇一〇年最高水位將達到一七五米。二〇〇一年辛巳深秋，我有幸乘輪船過三峽，一路上飽覽了它即將永遠沉埋於水裏的千古奇景。歸來，依韻集唐。

巫山十二重（陸龜蒙）　面面看芙蓉（韓　愈）
石髓調金鼎（耿　湋）　濤頭振蟄龍（曹　松）
瘴雲沉去雁（李昌符）　寒日下危峰（賈　島）
向晚微風起（權德輿）　臥聞初夜鐘（許　渾）

附錄　嘉德兄原作

朦朧天欲曉　舟下若游龍　山自水中聳　水從山口衝
蒼穹舞紫帶　白浪鼓黃鐘　淡霧輕雲裏　爭看神女峰

贈小帥

二〇〇二年

紅暈臉邊霞　雲鬟鳳髻斜　微顰嬌不語　風嫋牡丹花

疊前韻集唐二首

其一

朱樓映晚霞（錢　起）　歌袖向人斜（李建勳）
香霧雲鬟濕（杜　甫）　春情著杏花（杜審言）

其二

不復醉流霞（錢　起）　仙源日未斜（顧　況）
春風解人意（李　益）　獨隱武陵花（儲光羲）

附錄　小帥和韻三首

其一

雙頰豔紅霞　柳腰搖欲斜　君憐葩解語　賞我牡丹花

其二

飛盞醉流霞　金釵插髻斜　天然傾國貌　愛我牡丹花

其三

一笑豔丹霞　描眉對鏡斜　他年遇張敞　護我牡丹花

二〇〇三年

恭和劉老師雲鶴先生七律原玉（集句）

小序：一九五七年三月，我初中畢業前夕，語文教授劉老師，帶領全班同學春遊諸仙洞。回來我寫了五首七絕，呈請劉老師批改。因當時揚今批古，且政治斧鉞森森，法律誅心。故先生在我詩稿上，連打五個大『×』，給我善意警告。畢業時，先生惠贈我七律一首，字字句句，終生銘心。今時遷四十七載，感念先生的深情與關懷。昔日學子，如今兩鬢斑白。少年詩思難泯，故步先生原韻集而和之。詩云：

少年心事劍相知（明·高 啟） 且莫猖狂愛詠詩（宋·楊 樸）
一卷素書消永日（唐·劉禹錫） 滿庭黃葉閉門時（唐·耿 湋）
著書歲月窮愁老（宋·潘 鏐） 捲地悲風白日馳（宋·陸 游）
一臥滄江驚歲晚（唐·杜 甫） 鬢邊添得幾莖絲（唐·韓 偓）

附錄 先生原作

小序：會中與予相處一年，時以詩文囑予教正。作文立意新穎，頗多佳句。因家境較難，畢業後考陶校，不取則參加生產。如此處理前途可云確當。離別在即，賦此以贈。一九五七年六月二十日，劉雲鶴並記。

年來聚首感相知 愛寫文章愛寫詩 愧我無能傳博藝 祝君立志趁芳時
英雄事業應承繼 寬廣前途任騁馳 臨別纏綿腸欲斷 斜陽脈脈柳依依

恭和家先生韻僧伯父惠贈七律原玉（集唐） 二〇〇三年

含情遥夜幾人知（李 涉） 祇愧秋來未有詩（司空圖）
玉帛不朝金闕路（錢 起） 惠林虛作碧雲祠（韋 莊）
滿川碧嶂無歸日（羅 隱） 九日樽前有所思（李商隱）
未見鄉書傳雁足（王 涯） 不堪離恨入雙眉（韋 莊）

附錄 先生原作

小序：李菁賢侄戊申歲暮由河北秦皇島返里過春節，相聚甚歡。元宵後又上征途，臨別賦此以贈。

千里歸來喜可知　佳山佳水助新詩　秦皇島畔秦皇塚　西子湖邊西子祠

南北風光多領略　古今勝跡費尋思　河橋又捧別離酒　莫遣鄉愁上客眉

恭和常老開愚先生惠贈大作四首原玉（集句）　二〇〇三年

小序：一九七二年壬子春，予從秦皇島調回景德鎮，別後常老先生曾惠贈大作四首。時光荏苒，忽忽三十餘載。無奈筆硯荒蕪，蹉跎歲月，兩鬢斑白，一事無成，奈何衰老矣。今重讀大作，無限感慨，謹依原韻集句四首。詩云：

其一（集唐）

長劍一杯酒（李　白）　平生江海心（杜　甫）

關河千里別（白居易）　惆悵白雲深（錢　起）

其二

雲白山青萬餘里（唐·杜　甫）　有人剪燭中宵起（清·蔣　坦）

願逐月華流照君（唐·張若虛）　笛聲嫋嫋相思曲（清·紀　昀）

其三

一事無成兩鬢絲（宋·王　中）　花開花落兩由之（今·魯　迅）

春風合是人間客（宋·晏幾道）　兒女青紅又一時（金·元好問）

其四

二月江南柳眉舒（元·虞　集）　思君日日在瓷都（今·吴荃芝）

一莖白髮愁多少（金·元好問）　夜雨殘燈夢有無（明·謝　榛）

附錄　先生原作

其一

李生匆匆去　不及言寸心　翹首南天處　茫茫雲海深

其二

故人別我萬餘里　登樓但見洪波起　知己天涯若比鄰　柳絲漫譜東風曲

其三

東風拂綠柳絲絲　我倩東風一問之　何時共硯燈前語　點畫揮毫得意時

其四

燕北三月柳纔舒　李君離島返瓷都　海濱悵望千帆發　殷詢新圖繪也無

二〇〇四年十一月

奉和謝君嘉德兄《五絕》原韻

小序：予住院療傷時，好友嘉德兄於百忙之中，從鄱陽田畈街前來看我，不勝感激。吾兄並賜近作五絕一首：『心為形所役，落寞復憂傷，倚枕望明月，頓驚雁唳霜』。今次韻集唐二首詩云：

其一

帝子今何在（王　勃）　塵心徒自傷（錢　起）

夕陽無限好（李商隱）　紅樹已經霜（儲嗣宗）

其二

吟詩秋葉黃（杜　甫）　何事更悲傷（張　祜）

好景隨人意（錢　珝）　月明白似霜（白居易）

二〇〇四年十一月

疊前韻集唐七絕五首

其一

草色青青柳色黄（賈　至）　離人到此倍堪傷（羅　鄴）

歸心莫問三江水（張南史）　身似浮雲鬢似霜（白居易）

其二

尋春何事卻悲涼（王　建）　遠目非春亦自傷（李　益）

九月寒砧催木葉（沈佺期）　幾回經雨復經霜（張仲素）

其三

楚天無限更斜陽（韓　偓）　望遠思歸心易傷（獨孤及）

起雁似驚南浦棹（趙　嘏）　珠簾不捲夜來霜（王昌齡）

其四

哀柳殘蟬思客腸（李咸用）　豈堪登眺只堪傷（戎　昱）

九天韶樂飄寒月（盧　綸）　零葉翻紅萬樹霜（杜　牧）

其五

江邊楓落菊花黄（崔國輔）　本自無形何足傷（麴信陵）

縱酒放歌聊自樂（白居易）　滿窗明月滿簾霜（白居易）

奉和利君秉將兄《歸田歌》十首原韻集句　二〇〇五年二月

其一

一村桑柘一村煙（唐·韓　偓）　祇個消遥是謫仙（唐·李咸用）

燕子桃花三月雨（清·沈蓮溪）　春山書畫綠楊船（清·吴偉業）

其二

一洗人間萬事非（宋·蘇　軾）依然惆悵掩柴扉（唐·王　維）
林亭感舊空回首（宋·陸　游）無限春愁掛落暉（唐·吳　融）

其三

江上詩情為晚霞（唐·劉禹錫）東風吹柳萬條斜（唐·竇　鞏）
小舟點點煙波遠（宋·陸　游）竹下忘言對紫茶（唐·錢　起）

其四

金井梧桐秋葉黄（唐·王昌齡）可憐蕭索絕煙光（唐·吳　融）
世情已逐浮雲散（唐·賈　至）終古寒潮送夕陽（清·彭孫遹）

其五

暖煙晴靄自相迷（唐·李山甫）好倚青山對碧溪（唐·羅　鄴）
何日芸窗親筆硯（宋·黄庭堅）花潭竹嶼傍幽蹊（唐·儲光羲）

其六

蘆風勝似竹風幽（唐·賈　至）木葉丹黄繪晚秋（明·王彥泓）
想得故園今夜月（唐·羅　鄴）憶君我正泊行舟（唐·白居易）

其七

水蒲風絮夕陽天（唐·薛　能）露欲為霜月墮煙（唐·李商隱）
燈暗酒醒顛倒枕（唐·元　稹）一牀黄葉擁秋眠（明·徐禎卿）

其八

繁弦急管兩紛紛（唐·司空曙）腸斷當筵酒半醺（唐·羅　虬）
一夜東風人萬里（明·吳國倫）前程從此是青雲（唐·雍　陶）

其九

數家臨水自成村（宋·陸　游）　古木蒼藤日月昏（唐·杜　甫）

紅樹兩厓開霽色（唐·張　祜）　一株斜映竹籬門（唐·薛　能）

其一〇

白髮蕭蕭臥扁舟（宋·陸　游）　相親相近水中鷗（唐·杜　甫）

夢回菱曲漁歌裏（宋·陸　游）　野客從來不解愁（唐·許　渾）

附錄　秉將兄《歸田歌》十首原作

其一

雄心壯志已成煙　解組歸來似小仙　誰道清閒無個事　湖邊好泛釣魚船

其二

不問人間是與非　歸來衹愛掩柴扉　一杯在手無窮樂　醉眼朦朧對夕暉

其三

樹樹桃花豔若霞　一叢新竹對門斜　春光荏苒休孤負　興到詩成客到茶

其四

嫩柳垂絲油菜黃　鄱陽湖畔好風光　煙波萬頃搖空碧　淺草亭邊倚夕陽

其五

尋逐春光處處迷　人間徧是武陵溪　平江渺渺遊人了　無主桃花發舊蹊

其六

桃李爭芳景色幽　幾番風雨又驚秋　囊螢映雪書生事　顧我悠閒一葉舟

其七

風捲蘆花九月天　一雙飛鷺入寒煙　臨湖不管秋將老　蘆絮叢中正好眠

其八

落紅無處不紛紛　一枕南柯日又曛　手足半殘人半廢　管他西雨又東雲

其九

夕陽湖水繞孤村　暮景蒼黄樹色昏　蓬華從無車馬至　多情寒月入柴門

其一〇

我愛鄱湖亦愛舟　垂絲孤影伴閒鷗　朱陳卅日鄱湖戰　笑望夫亭萬古愁

恭和光庭師《八十自壽》七律原玉

二〇〇五年四月

戲綵欣逢十月臨　小陽春色滿千林　荼梅燦爛庭園秀　桃李芬芳雨露深

藝主岐黄鄉國手　詩賡唐韻廣陵琴　滄桑閲遍胸懷闊　把盞高吟論古今

附錄　光庭先生原作（新韻）

節届初冬慶誕辰　開筵共祝闔家春　醫林愧我虚名望　蘭桂騰芳祖德深

塑造靈魂敲木鐸　且憑藝苑振精神　如梭歲月催人老　珍重年華閲古今

奉和邵天柱先生《玉樓》七律原韻

二〇〇五年四月

讀《華夏吟友》中有邵天柱先生獲鄒吉玲女史贈《香豔斷腸詞》百首。邵步韻奉和四首，予未能拜讀鄒女史原作甚憾。今次邵先生和韻《玉樓》一首原韻集唐：

可憐飛燕倚新妝（李　白）　春日偏能惹恨長（賈　至）

秦苑已荒空逝水（韓　偓）　濁醪閒酌送韶光（李　中）
俱飛蛺蝶原相逐（杜　甫）　擬託良媒益自傷（秦韜玉）
滿地落花春又了（鄭　谷）　一回言別淚千行（盧　綸）

附錄　邵先生原作（見《華夏吟友》第五卷之三六五頁）

癡對寒衾懶卸妝　孤燈照影夜偏長　蒼茫曠野花無色　寂寞天空月有光
珠淚都緣千里碎　芳心總被一人傷　玉樓不敢聞啼鳥　最怕鄱湖過雁行

恭讀吳君荃芝兄近作《鄱陽湖二首》次韻酬一　二〇〇五年四月

飛趁征帆過蠡湖　波光雲影接三吳　煙霞盡入新詩卷　匡阜重開古畫圖
五老峰前尋勝跡　雙鐘山下訪仙廬　寫生誰似雲林子　水遠山長繪得無

附錄　荃芝兄原作

其一

傍廬望鄂枕潯陽　浩瀚煙波氣勢昂　贛信鄱修連四脈　金岷嘉漢達三洋
落霞孤鶩千秋景　秋水長天萬里航　蘇子飲泉呼野老　小姑能不戀彭郎

其二

彭蠡煙波冠五湖　宏觀甌越覽三吳　石鐘勝跡東坡記　廬岳煙雲米芾圖
秋水長天接夷夏　落霞孤鶩對匡廬　鄱陽自古傳沉陸　許遜當年記也無

奉和謝君嘉德兄《廬山五律》依韻集唐二首　二〇〇五年八月

其一

誰能凌絕頂（戴叔倫）　高眺白雲中（李世民）
幾韻飄寒玉（楊巨源）　雙橋落彩虹（李　白）
猿聲連月檻（李商隱）　秋色老梧桐（李　白）
處處多遺韻（許　渾）　悠然意不窮（高　適）

其二

煙霞嶂幾重（杜　甫）　秋水老芙蓉（孟　貫）
落日明朱檻（柳宗元）　飛泉掛碧峰（李　白）
雲開千里月（李　洞）　樹老萬株松（靈　一）
長嘯秋光晚（錢　起）　人幽物外蹤（岑　參）

附錄　嘉德兄原作

深谷清溪水　凌空絕壁松　風吹雲化雨　霧散日生虹
遊目傍青石　騁懷看赤楓　悄然思故友　落寞覺秋濃

奉和謝君嘉德兄《詠曇花》二首

二〇〇五年八月

小序：嘉德兄昔年自培曇花一本。每值花開之夜召予往觀，曾出示《詠曇花》七律一首。詩句狀物傳神，自然新奇，綺麗流轉，琅琅上口。予幾欲奉答，自愧淺陋，久未成篇。今秋稍暇，奉和二首，僅作東施效顰而貽笑大方也。

其一（集句）

對酒惜芳菲（唐·賈　至）　人間天上稀（唐·李　白）
仙姬俱綽約（唐·李　洞）　彩服正光輝（唐·賈　至）

涼露滴蒼玉（唐·唐彥謙）　含風染素衣（唐·駱賓王）
一燈來照影（清·袁　枚）　化作彩雲飛（唐·李　白）

其二

一株綠幹費栽培　浴日披風立露臺　玉貌天然盟素志　冰魂豪邁騁詩才
秋含嫩蕊臨宵發　天裏瓊英對月開　清影婷婷中夜賞　欣欣香滿手中杯

附錄　嘉德兄原作

花謝荼蘼荷葉稀　沉沉夜色壓窗幃　驚鴻飄逸清香遠　環珮晶瑩神彩飛
雅韻豈爭春豔冶　素心直與月光輝　悄然來又悄然去　不向人間留是非

奉和謝君嘉德兄登黃鶴樓《浣溪沙》詞原韻　二〇〇五年九月

黃鵠磯頭我未遊　佳篇捧讀勝登樓　清詞妙句記心頭
醉日丹楓秋瑟瑟　催人歲月水悠悠　憑欄無語對東流

疊前韻（集唐）

仙鶴徘徊天上遊（盧照鄰）　鳴鑾赫奕下重樓（武平一）
玉梭金鑷彩橋頭（王　建）　塵裏年光何急急（李　中）
功名身外最悠悠（司空圖）　浮沉無計水東流（許　渾）

附錄　嘉德兄原作

黃鵠斷磯幾度遊　復登新建舊時樓　萬千思緒上心頭

青史壁間光熠熠　浮雲天外任悠悠　憑欄一笑大江流

二〇〇六年二月十日

奉和鄒吉玲女史《無題》原玉（集唐）

其一

冠剪黄綃帔紫羅（薛　能）　秋來江靜鏡新磨（杜　牧）
掃眉才子知多少（王　建）　海内如君有幾何（嚴　維）

其二

莫愛芳菲濕綺羅（竇　群）　近來人事半銷磨（賀知章）
天涯春色催遲暮（杜　甫）　顧影無如白髮何（劉長卿）

附錄　鄒吉玲女史原作

點點啼痕濕綺羅　六朝金粉半銷磨　琵琶聲裏昭君怨　腸斷西風奈恨何

長途電話

二〇〇六年二月十日

小序：一九五七年予初中畢業後與窗友利君秉將兄天各一方。一日，兄來長途電話，告予景德鎮陶瓷美術技藝學校招生的喜訊，吾兄隨即寄來小詩六首，情真意切，字字句句，銘感於心。雖逾五十年，猶未忘也。今次其六原韻一首：

一生都是命安排　天假雲裳巧剪裁　萬礪千磨終夢幻　夕陽寂寞照靈臺

附錄　秉將兄原作

其一

迢迢百里話相逢　見友聲音不見容　我欲飛雲從此去　傷心阻隔萬山重

其二

思君日日總難忘　夢裏相逢話短長　一曲晨啼人影渺　雲山疊疊水茫茫

其三

愁腸滿腹何須猜　肝膽相關說不來　但得山中方七日　千言萬語訴天涯

其四

路遠山遙情果真　相逢今有未相親　臨筒欲訴千行話　經濟三分不讓人

其五

勸君立志莫徘徊　錦鯉校書報訊來　恰是今年八月一　陶瓷技校考科開

其六

天公為爾巧安排　筆底丹青請善裁　『一舉首登龍虎榜』　祝君高上鳳凰臺

二〇〇六年二月十七日

偶感示兒女

關鍵詞：火葬、撒骨灰、不造墳。

其一

氣絕魂飛終我身　不須叩拜淚盈巾　不燒香紙不收禮　不放鞭花擾四鄰

其二

了我塵緣付火焚　青煙一縷上天雯　骨灰灑入昌江水　倡導文明勝造墳

其三

剎那無常永是常　大家歡喜莫悲傷　如今隨水飄然去　送我羈魂還故鄉※

※：昌水悠悠流入鄱陽湖，經我故鄉都昌，然後轉入長江，直奔大海——生命起源之鄉——人類的故鄉。

其四

告別親朋與四鄰　回歸大海作遊神　他年若得長生秘　笑灑人間不老春

其五（疊前韻）

樂與陶潛結比鄰　宅邊五柳亦傳神　桃花源裏詩人國　耕讀漁樵日日春

附錄一　曹雲峰先生和章　二〇〇六年二月二十一日

其一

人生都是夢中身　大限來時淚滿巾　今日乘風離別去　采磯江上覓芳鄰

其二

了卻塵緣火化焚　靈魂縹渺上青雲　骨灰撒盡何憂慮　萬物歸真無點塵

其三

人生苦短是無常　切莫愁懷暗自傷　他日骨灰隨水去　茫茫湖海是家鄉

其四

太白先生是比鄰　詩懷豪放筆如神　行吟四海耽佳句　唱徹人間萬古春

附錄二　利君秉將兄和章　二〇〇六年二月二十二日

其一

閱盡繁華夢裏身　乘風歸去淚沾巾　遨遊萬里青冥上　好與天孫作比鄰

其二

君作新詩切莫焚　琳瑯滿卷好哦吟　蘭芳竹翠宜人句　高唱人生一曲春

其三

生生死死總尋常　分袂陽關勿感傷　留得詩情千載在　九州處處竹蘭芳

其四

樂與青山為四鄰　吟風弄月亦精神　華胥國裏無恩怨　萬古千秋不老春

附錄三　吴君荃芝兄《示兒》四章　二〇〇六年二月二十五日

其一

他年大去後　不要爾招魂　遺體獻醫院　惠澤後來人

其二

自古風流過眼雲　骨灰撒盡了無塵　何須勒石營高塚　永葆青山萬里春

其三

生我之前我何處　生來之後我何人　靈魂一旦隨風去　了卻人間一點塵

其四

在生未盡貪天欲　死後還圖霸一方　壘塚銘碑堪一笑　請君放眼看秦皇

依謝君嘉德兄《五律》原韻集唐　二〇〇七年四月八日

其一

重陽憶舊遊（錢　起）　楓葉滿山秋（呂　溫）
明月孤鴻晚（楊　憑）　殘燈獨客愁（李商隱）
子牟戀魏闕（陳子昂）　堯日識巢由（綦毋潛）

坐久吟方罷（白居易）　微陽下楚丘（馬　戴）

其二

雲山行處合（高　適）　左右竹亭幽（裴　迪）
猿響寒巖樹（張　說）　心懷故國樓（李　白）
雁飛江月冷（張　說）　蟬噪野風秋（上官儀）
此路無知己（高　適）　自然增旅愁（儲光羲）

附錄一　嘉德兄原作

奮力登高處　惘然顧四週　長風吹舊恨　殘月勾新愁
世事難求索　人生貴自由　滄浪歌一曲　響應惟山丘

附錄二　吳荃芝先生和章

其一

老來長作少年遊　祇恨飛天術未週　春日頻傾花底酒　平生永掃眼前愁
繁華風月誰無份　浪漫心情我自由　濠上觀魚嚐世味※1　書山索典探墳丘※2

※1：濠上：濠水橋樑之上。莊子與惠子同遊於濠梁之上，莊子曰：『儵魚出游從容，是魚之樂也』。惠子曰：『子非魚，安知魚之樂？』莊子曰『子非我，安知我之不知魚之樂』。後人多用來比喻別有會心，自得其樂的境地。

※2：即謂《三墳》、《五典》、《八索》、《九丘》，傳說是我國最古的書籍。孔安國《尚書序》中有云：伏羲、神農、皇帝之書，謂之三墳；少昊、顓頊、高辛、唐、虞之書，謂之五典；八卦之說，謂之八索。索，求其義也；九州之誌，謂之九丘。丘，聚也，言九州所有，土地所生，風氣所宜，皆聚此書也。

其二

骨肉斯文氣味投　南華幸讀感莊周　精神園地開花早　詞國詩鄉掃鬱愁
揚子懷才猶執戟　淵明歸里有來由　明年備好追風馬　先訪靈均再訪丘

彭澤渡口過長江望小姑山次秉將兄《夢遊小姑山》原韻

二〇〇七年十一月二十四日

其一

機船篤篤快如風　遙望雲鬟縹緲中　洲淺蘆花鋪絮白　秋深楓葉染山紅
流光消逝青春老　塵世紛紜事業空　濁酒一壺澆塊壘　羨君獨砥水晶宫

其二

草木秋高葉戰風　小姑矗立大江中　波搖倩影千層綠　霜染幽林一抹紅
雲髻精梳開寶鑒　蛾眉淡掃對星空　嵯峨險峻昭千古　永駐蓬萊玉女宫

附錄　利君秉將兄原作

小序：李菁窗友遊小姑山歸來，有紀遊之作和彩照數幅惠我，讀後令人神往，遂夢寐求之得句湊成一律云：

思君入夢駕長風　昨夜神遊阿堵中　古木千章臨水碧　絳巖萬仞映江紅
雲鬟梳裹開天鏡　寶髻縈蟠淩太空　瑰麗岧嶢塵不染　千秋兀立水晶宫

次遼寧錦西畢彩雲《無題》原韻集句

二〇〇八年一月

世上悠悠不識真（唐·柳宗元）　孤鸞舞鏡倍傷神（唐·陸貞洞）
紅珠斗帳櫻桃熟（唐·溫庭筠）　朱戶雕梁乳燕新（今·利秉將）

春院畫圖開蛺蝶（清·郭　麐）　長裾珠履颯輕塵（唐·盧　綸）
宓妃漫結無窮恨（唐·李商隱）　解釣鱸魚有幾人（唐·許　渾）

附錄一　畢彩雲原作

莫道書懷假與真　思如潮水筆如神　紅殘可是梅魂冷　綠瘦因何玉色新
無意浮雲憐月魄　有情落日掩風塵　石頭猶做女兒態　衹歎迷離夢裏人

附錄二　李錦芬和韻　一九九二年

其一

鏡裏嬌容似太真　眼如秋水遠傳神　因人入座猶思舊　與爾論交總覺新
訪戴無緣曾踏雪　托鴻有意未沾塵　暮雲愁向江頭望　不見巫山夢裏人

其二

莫道迷離認未真　海棠依舊韻如神　天涯芳草牽腸思　海角停雲霽月新
紅瘦綠肥憐倩影　雪泥鴻爪寄風塵　常思奮擊三千里　卻叩妝奩夢裏人

附錄三　吴荃芝和韻　一九九二年

其一

夢也迷離夢也真　醒來茫渺倍傷神　幽幽共覓桃源路　暗暗追尋彩色新
萍水一朝逢知己　長空萬里蕩浮塵　可憐浩漠滄煙裏　舉目誰悲失路人

其二

望夫石女寄純真　千古冰霜百煉神　遼錦一尊活石女　風情萬種舊愁新

紅殘遍灑腮邊淚　綠瘦平添榻畔塵　歲歲飛鴻皆過矣　三生石訂是何人

奉和吳君荃芝兄《謝劉長庚先生贈書》二首依韻酬一　二〇〇九年三月

奇文絢彩貫長虹　自渡萍蹤信筆工※1　膽劍心戈誅魍魎　街談巷議賦玲瓏
難時歷盡風和雨　打狗還因飯後鐘※2　獨有一枝高手筆　噴珠吐玉記深衷

※1：《自渡》、《萍蹤信筆》是劉先生近年出版的大作。
※2：五代王定保《唐摭言·起自寒苦》：王播少孤貧，嘗客揚州惠昭寺木蘭院，隨僧齋飡。諸僧厭惡，播至，已飯矣。後二紀，播自重位出鎮是邦，因訪舊遊，向之題已皆碧紗幕其上。播繼以二絕句曰：『……上堂已了各西東，慚愧闍黎飯後鐘。二十年來塵撲面，如今始得碧紗籠。』

附錄　吳君荃芝兄《謝劉長庚先生贈書》原作二首

其一

羡君意氣浩如虹　演繹人情筆底工　『欺主』無門偷打狗　刺貪有據響黃鐘
腮邊猶掛知青淚　心底長懷濟世功　人海茫茫憑《自渡》　《萍蹤信筆》漫抒衷

其二

多謝劉郎贈玉書　恰如灌頂得醍醐　觀君書後心相合　顧我人前道不孤
捧讀文章開眼界　還從字底得功夫　行文瀟灑淋漓處　願拜程門肯納乎

庚寅初伏過訪鄱陽蒔山陳士林同窗　二〇一〇年七月二十五日

其一

飛車行百里　頃刻至君家　萬畝茶園綠　千株楊柳斜
開筵陳桂醑　把盞話桑麻　庭苑四時翠　芳菲解語花

其二（疊前韻）

徘徊庭樹下　風景似吾家　花竹盈門秀　莳山對閣斜
東園垂桔柚　西圃種桑麻　酒醒鶯歌裏　臨池看藕花

其三（再贈七絕一首）

天翼同窗友誼花　襟分南北各天涯　卅年執教勤培育　桃李芬芳萬萬家

其四（自題）

雙鬢皤然兩眼花　當年負笈走天涯　歸來研讀青花史　複製元明裕萬家※

※見一七五頁其四小注

附錄　吳君荃芝兄和章

其一

當年分大小　今各老人家　歲月時雖改　平生路未斜
胸懷仰北斗　權勢比芝麻　相顧重攜手　同開一樹花

其二

五十年前事　謀食到山家　屋陋風聲緊　林深月影斜
插秧人喘月　煉鐵汗如麻　學業當時廢　傷殘祖國花

其三

曾是當年祖國花　高懷理想闖天涯　落茵有幸杏壇業　譽滿莳山樹一家

其四（《揚州慢》·蒔山）

凝望蒔山，峻巒蒼翠，九天點綴雲花。正稻香豆熟，喜果碩蓮佳。入初伏、陽候肆虐，未曾銷斂，炎暑交加。有農機、收刈田疇，迎送朝霞。

綠圍翠擁，隱叢樓、嘉景堪誇。藉彩筆題詩，長焦攝影，歌舞嬌娃。更有白頭翁媼，槐陰下、漫切西瓜。看桑麻雞犬，村村歡樂人家。

其五（自示）

耳尚聰靈眼未花　神思萬縷騁天涯　百年有夢終非幻　事業為心永是家

二〇一〇年十一月十二日

寄懷張羽道兄

小序：羽兄原擬今秋十月來華旅遊，時至十一月中旬矣，期君未至，脈脈情思，藉小詩以記之。

其一

先生何日訪昌江　企盼東瀛早啟航　正值菊黃家釀熟　又逢荻白蟹肥香

暮雲春樹心相印　雷義陳重友誼長　意契金蘭安可比　兩情深處海難量

其二

先生何日再光臨　攜酒東籬把菊尋　寸意漫隨秋月迴　高情猶向碧雲深

杯澆黃菊誰同賞　夜伴青燈我獨吟　別後相思空悵望　夕陽燁燁照千岑

其三

先生何日抵浮梁　楊柳蕭疏槐葉黃　日有小詩思至友　宵來幽夢繞扶桑

讜言述古似珠玉　講授創新如海洋　執教瓷都十四載　莘莘學子滿城鄉

其四

先生何日旅珠山　遠隔天涯雲水間　室外寒風聲瑟瑟　簾前夜雨響潺潺
金蘭有約三生幸　魚雁無緘一字艱　東海茫茫今可渡　相思入夢盼君還

又呈五律一首

二〇一〇年十一月十二日

時時翹首望　何日到昌南　離別千般苦　相逢一枕酣
歡言驚四座　旨酒罄三罎　秋聲醒我夢　明月照煙嵐

再呈七言絶句一首

二〇一〇年十一月十二日

憶曾初晤教師樓　已歷風霜五十秋　漫道海天相隔遠　一衣帶水夢長留

附錄一　吴君荃芝兄和章

——中日邦交源遠流長（古風十二韻）

中日邦交歷史長　榮多辱少往來忙　漢朝海上絲綢路　清末東方日領航
古代倭奴來學我　如今華夏趕扶桑　晁衡歸國經風險　李白題詩哭友傷
空海秉承王氏筆　嵯峨賦就漢詞章　鑒真東渡傳佛教　聖武宗唐塑金剛
科技文明休褒足　詩書禮義效漢唐　參觀省縣修行政　仿照長安建奈良
明治維新識時務　康梁變法卻遭殃　賢愚治國分安亂　良佞經邦見逆昌
互學互尊友誼賽　科研建設各圖強　和平共處民安樂　中日永遠好鄰邦

附錄二　吴荃芝贈李菁三首（新韻）

其一

蘭馨竹韻伴遊魂　廿五年華飄泊身　耿耿孤懷投北國　迢迢千里拜師門
靜觀山水開胸臆　深研青花啟慧心　獨闢元明新畫法　生花妙筆報知音

其二

蘭為肌骨竹為魂　野鶴閒雲寄此身　興至吟哦邀契友　病來臥養閉柴門
詩隨萬里尋芳徑　夢斷三更寫素心　對月懷沙憐楚客　一枝孤劍托知音

其三

蘭香竹影鎖吟魂　拋盡年華誤此身　詩卷有靈憐瘦影　月光著意照寒門
南疆北塞天涯夢　萬語千言一瓣心　墨飽情濃無限意　虞卿韻裏續餘音

二〇一〇年十一月十五日

酬荃芝兄原玉三首（新韻）

其一

蘭芳竹翠駐吟魂　負笈天涯贖劫身　十載秦關荒藝業　滿川風雨撼柴門
空驚鬢髮三分白　孤負平生一片心　直欲漁樵隨野老　富春江上覓知音

其二

蘭芳竹翠啟吟魂　老驥奔馳豈惜身　鐵筆沉沉賡古調　鹽車軋軋繞金門
蓬窗彩墨千張畫　瓷苑青花一瓣心　改革繁花抒爛熳　全民和樂譜新音

其三

蘭芳竹翠伴吟魂　情繫珠山寄此身　三徑黃花珍晚節　四時風月入柴門
林間鳥語怡人意　石上泉聲悅我心　九畹香生幽谷裏　松風竹韻感知音

讀《鄱湖遺韻》次董晉先生原玉

鄱湖湖水水悠悠　詞國詩鄉競探求　白雪陽春輝百卷　珠圓玉潤著千秋
先賢佳句銷塵慮　野老清泉洗客愁　自古鄱陽多俊彥　一編在手樂無憂

二〇一〇年十二月二十八日

附錄一　董晉先生原作

鄱湖遺韻韻悠悠　搶救皆緣情與求　辭藴江山千里月　墨凝吴楚一天秋
强銷塊壘抒胸臆　忍録滄桑慰客愁　渡盡刼波復味世　人間尚有杞人憂

附錄二　吴君荃芝兄和章

學書學劍事悠悠　總為儒冠誤探求　幸有千篇百子韻　長留四海五湖秋
孤燈瘦影寒窗淚　匹馬金風客路愁　檢點行藏歸一冊　了緣了悟了凡憂

贈羽兄

二〇一一年一月十五日

小序：吾友張君羽兄歸國後，思予心切，來書告曰：擬今秋參加赴滬一日遊之旅行團，約予届時抵滬相會，以慰離衷。感謝老友之深情厚意，特賦小詩記之，詩云：

其一

故人來自海門東　萬里相逢一笑中　滬瀆繁華開眼界　申江情韻壯秋風
放懷對月傾金盞　促膝披襟敘曲衷　一日心期千日夢　天涯相憶盼飛鴻

其二

今朝相聚樂融融　明月金樽且暫同　學富五車經世策　才高八斗濟時功
當年初識荊州面　畢世相知管鮑風　臨別依依揮手去　好風幾日到瀛蓬

附錄　吴荃芝寄張羽先生次李菁《贈羽兄》其一原韻

問君何日到申東　雲水茫茫相望中　喜聽翩翩高闊論　欣瞻奕奕晉賢風

蓬山渺漠生離恨　思緒纏綿寄苦衷　萬語千言付『英特』　電波極速勝飛鴻

恭和張煒先生《七十閒吟》原玉（新韻）　二〇一一年五月八日

其一

先生臨屆古稀年　盛德煌煌燭大千　壽比南山欣祝福　樽傾北海不須權

良朋好友詩情壯　奇語真言奥理玄　今日林泉堪嘯傲　才情豪氣透心甜

其二

先生先屆古稀年　世路悠悠歷萬千　沐雨沐風還浴雪　為民為國不謀權

傾情文藝編新著　寫意詩詞釋古玄　德藝雙馨光燁燁　老來蔗境味尤甜

其三

予今亦過古稀年　閱歷滄桑感萬千　著意丹青師美術　寄情詩賦藐強權

蘭朋竹友傾心合　佛理禪機解藝玄　立馬珠山看世界　紅塵滚滚品酸甜

附錄一　張煒先生原作（新韻）

不知不覺古稀年　往事縈廻緒萬千　無悔無尤無大憾　笑神笑鬼笑強權

林泉嘯傲觀魚樂　藝苑推敲品奕玄　莫問滄桑風雨路　人生何處不酸甜

附錄二　吴荃芝先生和章（新韻）

其一

惜我雄心白首年　煙雲過眼早盈千　欣逢華夏和諧日　樂秉詩詞造化權
素性諶言深感悟　情思意境妙通玄　毫端難得文三昧　細寫人間苦與甜

其二

不負紅妝美少年　亟須磨劍試三千　卌年啼血凝《幽夢》　十載園丁失教權
詭異商飆憑藝術　靈通網絡探機玄　揮戈誓指竿頭日　啣石無功苦也甜

其三

自古英賢惜晚年　從心所欲化三千　老駹伏櫪存鴻志　白首垂綸獲帥權
北海牧羊情脈脈　函關寄語意玄玄　文經武略功勳著　歷盡酸鹹苦辣甜

奉和曉寒教授七夕招飲詩友相聚於名士閣中敘談甚歡口占原韻

二〇一一年七月七日

其一

相逢今日識荊遲　七夕筵開酒滿卮　我欲程門長立雪　詩心乞巧月明時

其二（倒疊前韻）

秉燭稱光惜暮時　常將君作當金卮　從今細品詩書味　研讀更深領悟遲

附錄一　曉寒教授原作

七夕黄昏月上遲　閣中名士酒盈卮　新知舊雨歡情洽　共探文心乞巧時

附錄二　吴荃芝先生和韻二首

其一（七夕）

露冷風輕月落遲　鵲橋牛女賦金卮　人間乞巧年年事　總把相思寄此時

其二（爱之精神不死）

曾記當年晤面遲　情濃如酒酒盈卮　堪傷萬劫痴兒女　百世鴛盟證此時

附錄三　沈沉先生和韻三首

其一

久已聞名見面遲　酒逢知己飲千卮　以文會友樂何極　淺酌低吟共品詩

其二

人生悟道豈嫌遲　希望盈懷酒滿卮　話到時評心事湧　須知憤怒出真詩

其三

才鈍應慚得句遲　分攜時候更傾卮　嗟卑嘆老非吾事　著意人間要好詩

附錄四　徐明柳先生和韻六首

其一

三五龍鍾步履遲　啜醨難得共斟卮　楓山酒肆塵囂靜　正是書生論道時

其二

一樣花開豈怨遲　安貧歲歲對清卮　墜茵落溷尋常事　風骨嶙峋不佞時

其三

覓句稀齡莫嘆遲　清詩一誦一傾卮　高情卓識吟懷雅　茅屋秋風自冠時

其四

心路歧迷歸計遲　如潮物欲鴆千卮　風清月白渾難事　世道公平可有時

其五

陌上牛車故故遲　杞憂無計只耽巵　耄年力乏難吹律　黍谷春回是幾時

其六

白髮相知未感遲　黄昏猶自喜傳巵　微吟相與留鴻爪　激濁揚清各一時

奉和嘉德兄冬遊美國大洋城五律

神往大洋城　何年聯袂行　金沙入妙畫　花木綻瓊英
盛夏避炎暑　嚴冬賞水晶　天然風物好　四季勝蓬瀛

二〇一三年一月二十四日

附錄　嘉德兄原作

消暑名勝地　冬遊心自平　沙灘群鳥聚　棧道少人行
落日妍初日　風聲和海聲　一朝盈夏客　何處覓詩情

《尋蘭訪竹》拙集編成感賦恭酬衆師友

二〇一三年二月十日

其一

雪隨殘臘盡　花綻嫩春紅　訪竹情無限　尋蘭意未窮
磋磨今古事　沐浴聖賢風　拙集堪娱目　忘形皓首翁

其二

千首打油詩　余生願了之　十年猶瀝血　五夜每凝眉
師長授聲韻　友朋題讚辭　傾情酬雨露　蘭竹寸心知

跋

好友李菁先生，花了畢生精力，成就了兩件大事：一是開創仿製了元末明初青花瓷、洪武釉裏紅瓷。同時將此項技藝投放市場，為景德鎮許多製瓷作坊帶來了巨大的經濟效益，惠及萬家，而迄今方興未艾，更展示將來。二是他致力於文學創作——在艱難困苦的條件下，寫出了一千八百餘首的《尋蘭訪竹》詩集，這對他來說，無異於《左傳》、《國語》的問世。因為他體弱多病，三次遭車禍，被病痛、傷殘折磨了半生，可憐他的成就卻被滾滾紅塵所淹沒。碌碌風霜，到頭來被世俗所遺忘，空空如也！嗚呼！試問：今日景德鎮許許多多仿元明青花作坊，其宗師是誰？有誰知道它的創始人就是李菁。

所幸者，他倔強地堅守自己，躲在自己的小樓，陶醉在自己筆耕墨耨的心田，才感到一點著力的踏實和收穫的滿足。他在創作中經過了不少的艱辛，正像筆者在他的《尋蘭訪竹》序言中所說：『赤日炎炎奔閩粵，寒風颯颯走幽燕』。這句話，不是詩詞中的聯想，而是他的行為真實的寫照。他排空一切雜念和煩惱，以及身體上的苦痛，放浪思緒於廣袤的時空，冥冥之中，與上古的聖賢對話，與他喜愛的古人鉤玄獵秘。一有機會，就與當今的師友執經問難……經過了許許多多的道鍵禪關，於是他崇敬梅之孤傲；領略蘭之清芬；稟承竹之風骨；效仿菊之堅強。亦如荷之玉潔冰清，猶似松柏之淩寒蒼翠。這些高尚品德，都是他一首首詩中所展之義，所騁之情。這些感情，流淌於筆端，便成了本書的精神。哪怕是他疾病多多，困難重重，仍然是念茲在茲，釋茲在茲，這就恰好透露了一種責任和赤誠，體現著他對人生的嚮往與尊嚴。

吴荃芝

二〇一三年元月十五日於景德鎮

圖書在版編目(CIP)數據

尋蘭訪竹 / 李菁編著. —合肥：黄山書社, 2013.12
ISBN 978-7-5461-4006-3

Ⅰ.①尋… Ⅱ.①李… Ⅲ.①詩集-中國-當代 Ⅳ.①I227

中國版本圖書館 CIP 數據核字(2013)第 295398 號

尋蘭訪竹 李菁 編著

出 版 人 任耕耘
責任編輯 歐陽慧娟 張元婷
裝幀設計 王運天

出版發行 時代出版傳媒股份有限公司(http://www.pressmart.com)
黄山書社(http://www.hsbook.cn)
官方直營書店(http://hsssbook.taobao.com)
營銷部電話:0551-63533762 63533768
(合肥市政務文化新區翡翠路 1118 號出版傳媒廣場 7 層 郵編:230071)
經 銷 新華書店
印 制 上海中華商務聯合印刷有限公司

開本 787×1092 1/16 印張 20.25 字數 280 仟字
版次 2014 年 1 月第 1 版 2014 年 1 月第 1 次印刷
書號 978-7-5461-4006-3 定價 168.00 圓